秋に墓標を（上）

大沢在昌

角川文庫 14266

1

最初に砂浜にいこうといいだしたのは、私ではなくカールだった。房総半島の沖合いに三日ほどいすわっていた低気圧が、ようやく体力をつけてきた太平洋高気圧に押しあげられる形で去り、朝からよい天気になった。南斜面に建つ我が家の窓からは、守谷《もりや》海岸の白い砂浜と、青く澄んだ海がくっきりと見えた。遅い朝食の洗いものを終えた私が、その日最初の煙草を吸おうとベランダにでると、カールがもう待ちきれないというように吠《ほ》えたてた。

「あせるな」

私はひと言いって、氷を入れたばかりのアイスコーヒーがよく冷えるようにかきまぜ、煙草に火をつけた。スポーツ新聞の一面にざっと目を通し、一枚めをめくった。その垂れ下がった端にカールが嚙《か》みついた。

「カール！」

新聞はひきずられ、ベランダの床に落ちた。どうだわかったか、といわんばかりにカールは海を見つめ、また吠えた。

カールがいらいらしていることは私にもわかっていた。週に一度は、このパートナーを私は海岸に連れていってやる。首輪を外し放してやると、へとへとになるまで波打ち際を駆け回るのだった。

最後に海に連れていってやってから六日が過ぎていた。三日間の雨の前は、比較的好天だったのだが、私が仕事で忙しかった。

天気のよい日に外にでれば、机に向かうことの虚《むな》しさを強く味わう羽目になる。虚しさを味わった反動は、てきめんに仕事の内容に表われる。だから締切を控えた好天の昼間は、なるべく一階に降りないようにしている。仕事部屋のある二階はカールからのプライバシーを保つ、というのは彼とパートナーシップを結んで以来の約束だからだ。

海の近くに住むことは、長いあいだの私の夢だった。それがかなった今、私は常に、天気と私自身の遊びの虫との折り合いをつける苦労を味わう羽目になった。それ以外の苦労はすべて東京においてきた。したがってその苦労すらなければ、満ち足りすぎてつまらない人生だと考えるようになったかもしれない。

決めていたことだが、カールを焦《じ》らせてやった。

一本目の煙草を吸い終えたあとも、私はベランダにおいた木製のベンチを動かなかった。このベンチは、私がこの家に移ってきてから半年のあいだだけ凝った大工仕事の唯一の生き残りだった。四年めに入り、だいぶガタがきているのだが、そのガタつきすらを「手作りの味」であると自分にいい聞かせ、直さずにいる。

二本目の煙草に火をつけた私を、カールは吠えるのをやめ「まだわからないのか」というように見つめた。

私は彼から目をそらし、砂浜を見おろした。海までは直線距離で約一キロだが、実際に歩いていくには遠すぎる。家の建つ別荘地を抜けていくだけで一キロ近くあり、それから海沿いの国道一二八号線にでるまで、もう一キロ近くの下り坂を降りることになる。

「道は混んでいるかもしれないぞ。もう夏だからな」

梅雨入りはすでにしている筈《はず》だが、まださほど不快な天候はつづいていない。気温も、三十度を超えることはめったになかった。今日はだが三十度を超えるかもしれない。

カールがひと声吠えた。それがどうしたのだ、というわけだ。真夏の渋滞ほどではないだろう。

「それはそうだ。今日は平日だしな」

曜日を意識するのは、海岸線に沿って走る車の数が多いと感じるときだけだ。特に真夏の外房《そとぼう》では、午前中は西行きの一二八号線が、午後は東行きの同じ道が、大渋滞する。海岸であがるロケット花火の音が深夜までつづき、ふだんは静かな漁師町が喧騒《けんそう》と原色に埋まる。しかし、そうした町全体の、一過性の躁状態《そうじょうたい》を私は嫌いではない。夏のうちの何日間かを近所で過す別荘族は、下品だのやかましいだのといって嫌うが、なにあと七、八年もすれば、彼らの気どった子供たちが、海岸で娘をナンパし、飲みつけぬ酒を過して深夜に大騒ぎするようになるのだ。今はとりすまして、親の運転するゴルフカートに乗っていても、いずれゴルフなどよりもっとおもしろい遊びが自分たちにはあることを発見するにちがいない。

真夏のその時期、あたりの別荘から弾《はじ》ける笑い声をひとりで聞いていることに飽きると、私はカールを車に乗せてふもとの民宿街にでかけてゆく。

シーズンオフの夜ならば八時には人影の絶える民宿街は、同じ時刻、肌をむきだしにし、互いを値踏みする若者で溢《あふ》れかえっている。

私はそこをのろのろと走り、獲物にありつけず都会で思い描いていたバラ色の夏休みの夢に破れて、酒を片手にすわりこむ若者たちを眺める。そして、自分がもうその年頃を卒業していることを心からよかったと思うのだ。

体から若さが失われることには抵抗するが、心がドラマを求める気持を捨てるのには安《あん》堵《ど》を覚える。

私の望みは、心が静かであること、それだけだ。怒りや嫉妬《しっと》、羨望《せんぼう》などとは無縁の暮しをしたいと願って、ここに移り住んだのだ。興奮を欲したときは、レンタルビデオや活字によって得ればよい。それ以外で私に興奮を与えてくれる存在は、海の中にいる。釣りは、私にとり、今や生きる証《あか》しとすらいえるほど生活の中で重要な位置をしめる作業となった。

四年前までは、自分がこれほど釣りにのめりこむとは思ってもいなかった。その多様性と、料理のレパートリーを増やすという目的のふたつが、私の心をとらえたのだ。船釣り、磯釣り、投げ釣りと、それにあった道具、釣果《ちょうか》にあわせた包丁を買い揃えたものの、そのすべてを縦横に使いこなしているという実感はまだない。というよりは、心の底から満足のいく大釣果にお目にかかっていない、というだけに過ぎないのだが。

「キスかな。キスだろうな」

私はカールにいった。守谷海岸は砂浜である。砂浜でできる釣りといえば投げ釣りで、外房の砂浜ではキスがその主な釣果として考えられる。

「釣ったキスで、ヒラメやコチを狙う手もあるぞ。まあ、宝クジだが」

カールはそっぽを向き、吠えた。お前の頭でっかちにはあきれるよ、といった風情だ。

その通り、私の釣りのキャリアはわずか四年だが、活字やビデオで得た知識なら、その道三十年の釣り師とでもはりあえる。

これほど海の近くに住み、思いつきや活字で得た〝悟り〟を、いくらでも実行に移す機会に恵まれているというのに、まだ一度も私自身が心から納得する釣りをした経験がないというのは不思議なことだった。

それはおそらく、私のこの釣りが、まったくの独学で、師匠と呼べるような存在をひとりももたないことが最大の理由だろう。外房には、いくつもの釣りクラブや、研究会があって、それらの団体には、釣り具店などを通じればいくらでも参加できる。そこには釣り歴何十年というベテランがいて、初心者には、季節に応じて何をどこでどのような仕掛けで狙えばよいか、親切に教えてくれるという話だ。当然ながら、彼らの経験と学習に裏打ちされた〝釣技〟を目のあたりにすることも、釣果をのばす大きな参考となる。

しかし私は、どこの組織にも属したくない。仕事であろうと遊びであろうと、団体の決定したルールに縛られ、行動の開始や終了を規制されたくはない。

幸いに私の仕事は、組織に属さずひとりきりであっても、充分な収入を得ることができ、なおかつ必要以上に他人と接触する機会をもたなくともよい。

もちろん、だからこそこの仕事を選んだともいえるが、実際には仕事の方が私を選んでくれたのかもしれない。

結局のところ、それほど度外れではないにせよ私は変わり者で、ある種の「世捨て人」的な生活を好む性格であることは自覚している。そうなった理由は、生まれついての部分も多少はあるが、やはり外房に移ってくるまでの東京での暮らしの反動もあるにちがいなかった。

東京での私の暮らし――いや、それを暮らしと呼ぶのはまちがっている。生計、と呼ぶべきだろう――を知っている人々から見れば、今の私のこの生活は、まるでそぐわないものに見えるにちがいない。当時かかわっていた大半の人々は、今私がどこにいるかすら知らない。もし何かのきっかけで私とここで出会ったら、よく似た別人だと思うかもしれない。それはむしろ当然だろう。東京での私は、毎日毎日を、演技することで生計につなげていたのだ。役者であったわけではない。しかし役者以上に、舞台に上がっている時間の長い暮らしだった。

しごくありふれた仕事だったし、その仕事で私はそれなりの成功をおさめてもいたが、始めてから辞めるまでの十五年間というもの、一度としてその仕事を心から楽しんだことはなかったのだ。

私は前の仕事では、有能ではあったが生き甲斐《がい》を感じなかった。現在の仕事では、それほど有能ではないかもしれないが、この暮らしを可能にしてくれる点でひじょうに満足している。

アイスコーヒーを飲み終え、立ちあがると、あきらめたふりをしていたカールが素早く反応した。

「よし、じゃ、いこう」

空のグラスと灰皿をキッチンにおき、私はTシャツにスウェットパンツのままビーチサンダルをつっかけてガレージに回った。

パジェロのショートボディと釣り道具、ゴルフ道具が屋根つきのガレージにはある。

釣り竿《ざお》は、傘立てを流用した三つの箱にさしこんであった。ひとつは船釣り用の竿、ひとつが投げ竿、ひとつが磯竿だ。道具箱は基本的にはひとつだが、投げ釣りや船釣りでは、さまざまな錘《おもり》を使う。錘ケースは、パジェロの後部に積みっぱなしだ。

ガレージには小型のフリーザーも備えてある。氷やオキアミの冷凍ブロック、さらにはたまに釣れ過ぎる魚を保存するためにおいたものだ。今のところアジ以外の魚をそこで冷凍したことはない。

アジだけは、いい日にあたれば、船でなく堤防だろうと、ひとりでは多過ぎる釣果に恵まれることがある。

そんなときは天気のよい日を待って干物にするために冷凍する。

竿立ての横に積んである三サイズのクーラーボックスから、一番小さなものをとりあげた。フリーザーからだしたブロックアイスをひとつ入れておく。飲み物を冷やし、エサを弱らせず、釣果をしまい、さらには椅子になる。

キッチンに戻り、缶ビールを二本、クーラーボックスにおさめた。

パジェロの運転席を開けると、カールがしなやかに飛びこんだ。助手席に、後脚を尻《しり》にしくようにしてすわる。

「釣り具屋に寄るぞ。投げだからな」

私の言葉を無視し、カールは前方に目を向けていた。

冷凍された甲殻類であるオキアミをエサに使う磯釣りや船釣りとちがい、投げ釣りでは、生きた環形動物のイソメ類をエサに使う。オキアミに比べ鉤《はり》先に刺して遠投しても外れにくい利点があるからだ。

松部《まつべ》にある釣り具店でジャリメを一パック買った。ジャリメはミミズをひと回り細くしたようなイソメで、キス釣りには一般的なエサだ。

守谷海岸へは、一二八号線を鴨川《かもがわ》方向に向かい、トンネルを抜けた先にある信号を左折する。

この海岸は、浜の砂が周辺とちがって白いことで人気がある。数年前に海水浴客のための大駐車場が整備され、さらに人気があがった。

だがその大駐車場はまだ営業を開始していない。

私は一二八号線から守谷海岸へと至る短いアプローチの道を走るのが好きだ。その道は、ゆるやかな登り坂を描いていって、海岸への中間で頂上に達する。そのとき、水平線は坂の頂上より上にある。したがって坂の向こうがいきなり大海原であるかのような錯覚を与えるのだ。

カールもその光景が気に入っているようだった。坂の頂上にさしかかると瞬《まばた》きもせず、海を見つめている。

下り坂を降りていくと、道は防潮堤にぶつかってT字を描く。防潮堤の向こうは、急勾《きゅうこう》配《ばい》の砂浜が海に向かって下っている。真夏になれば防潮堤に沿うようにして海の家が林立する。

防潮堤の内側の、広くなった部分にパジェロを止めた。すでに数台の車が止まっている。防潮堤は、約一メートルくらいの高さのコンクリートで造られた塀だった。

砂浜には何組かの先客がいた。子供連れでシートを広げている姿もある。

運転席を降りたち、私が後部から釣りの道具をおろすあいだ、カールはかたわらでじっとしていた。

首輪がついているとはいえ、主の見えない犬が砂浜を走り回ると、怯《おび》えるような小さな子供もいるかもしれない。海岸では、私の目が届く範囲でのみ、カールに自由行動を許している。

二本の投げ竿と道具箱、クーラーボックス、折り畳み式の竿受けを手にして砂浜にでた。ゆるやかな南風が海から吹きつけてくる。白い砂浜は太陽光を反射し、気温はかなり高く感じられた。

「いいぞ、カール」

私はいった。カールは砂を蹴《け》って駆けだし、まっすぐに波打ち際をめざした。寄せてくる波に吠《ほ》え、鬼ごっこを演じるのが、一番のお気に入りなのだ。

投げ釣りをやっている先客がひとりいた。入り江になった守谷海岸の右手の方、砂浜からつきでた岩場の近くにひとりいる。

右手の方が釣果があがることは私も知っていたが、これだけの広さがある砂浜で、何もオマツリになる危険をおかしてまで近くに寄って釣る必要もない。

左手の、車を降りた地点から正面にあたる波打ち際に進んでいった。カールもそのあたりにいる。

雨のあとだったが、海はそれほど荒れていなかった。荒れるとこのあたりの海は、砂だけでなく海草を巻き上げるため、仕掛けにそれがからんで釣りにならなくなる。

クーラーボックスを砂浜におろし、竿受けの三脚を組み立てた。二本の竿のリールに巻いた力糸《ちからいと》の先に、二十号の錘を結んだ。錘はL字型をした金具が中央からつきでた海草テンビンを使う。金具の一方をリールの糸とつなぎ、もう一方に鉤のついた仕掛けを固定する。仕掛けは二本鉤で、それぞれにジャリメを縫い刺しにした。

投げ竿は長さ四メートルほどの、カーボンを素材に使った振りだし竿だ。

後方に人がいないことを確認し、剣道の「面」の要領で竿を振りおろす。約八十メートルほどまっすぐ飛んで、仕掛けは波頭に吸いこまれた。

投げ用の大口径のスピニングリールを巻き、糸フケをとって、私は竿受けにかけた。もう一本の竿は、やや左、入り江の端の岩場との境を狙って投げこんだ。

カールはまだ波との鬼ごっこに飽きていない。寄せ波でジャリメの体液がついた指先を洗い、私はクーラーボックスに腰かけた。

竿先を眺める。竿はなるべく急角度で立ててあるが、波打ち際の海底が抉《えぐ》れているため、どうしてものびた道糸が波頭に叩《たた》かれる。それによる竿先の揺れと、魚が食ったアタリを見分けなければならない。

煙草に火をつけた。後方ではフリスビーを始めたカップルの叫び声がするが、波の砕ける音の方が大きい。カールの吠え声もまた同じだ。

いずれ一度はカールは大きな波をくらってびしょ濡《ぬ》れになる。それもまた、奴にとっては儀式なのだ。

煙草を吸い終えると、最初の竿を手にとった。軽くあおって錘を浮かす。そのときに魚がついていれば手応《てごた》えがある。

手応えはなかった。巻き上げると、エサは一本の鉤から姿を消していた。小魚についばまれたと考えるのが妥当のようだ。

エサをつけ直し、同じ方向に投げこんだ。今度はもう少し距離がでた。百メートルとはいわないが、九十メートルほどは飛んだろうか。

次の竿は、鉤が二本とも消えていた。フグの仕業だった。フグの歯は正面から見ると、人間の前歯のような薄い二枚歯である。その歯の鋭さは魚体から想像する以上で、糸を嚙《か》み切るだけでなく、細い金属鉤をも嚙み切ることがある。それが、掌《てのひら》にのるようなちっぽけなフグによるものだとは、釣りを始めてからしばらく、私にはわからなかった。アタリも感じさせず、鉤や糸を嚙み切っていくのは、いったいどれほどの大物だろうと、首をひねったものだ。

フグはだいたい群れている場所がある。仕掛けをとり替えても同じ地点に投げ入れたのでは、またやられる。

私はもう少し岩場から離れた位置に投げこんだ。

缶ビールをとりだした。喉《のど》が渇いたというほどではなかったが、こうして何かをしていることで、次の巻き上げまでの時間を潰《つぶ》す。

釣りの中でも、投げ釣りが最も、私にはのんびりとした釣りだった。

一年中、キスを追っているような釣り師になると、こんな釣り方はしないものだ。投げこんだらゆっくりと糸を巻いて、アタリのでる場所を探したり、投入地点を、砂浜の端から端まで歩き回って変化させる。

そこまで私はキス釣りに燃えていない。キスの投げ釣りは、砂浜での時間潰しだ。

ビールの栓を開け、ひと口喉に流しこんでから、私は砂浜を見渡した。サングラスをかけていたが濃い色ではなかった。砂浜には、全部あわせても十人ほどしか人がいなかった。

家族連れがひと組に、アベックがふた組、釣り人が私を含めて二人、そして、弓なりの砂浜を向こう側から波打ち際に沿って歩いてくるひとりの女だ。

盛夏には、この砂浜は、砂が見えないほどの人で埋まる。水の透明度と白砂の魅力だ。ただし外房という地形上、少しでも海が荒れるとたちまち遊泳禁止になる。

私が向かいあうこの海は、東京湾ではなく太平洋だ。水難事故は決して珍しくない。

カールを捜した。鬼ごっこにはいつのまにか飽きたようだ。波打ち際を砂浜の端に向かって走っていた。やがて歩いてくる女と出会い、くるりと背を向けて、こちらに走りだした。

私は立ちあがり、ビールをクーラーボックスの上において竿《さお》を手にとった。

あおると、重みがあった。ただし動きのある重みではない。海草をひっかけたようだ。

リールを巻いた。微妙な動きが伝わってきた。海草だけではないかもしれない。フグと海草の一荷か――苦笑いが浮かんだ。

仕掛けが寄ってきた。海草がからんで錘《おもり》と鉤《はり》がひとつになってしまっている。が、緑色の海草の中でパールピンクの魚体が動いた。

「おやおや」

本命のシロギスだった。十五センチほどの大きさは、まあまあといえるだろう。鉤を外そうとかがみこんだ。

「何ですか、そのお魚」

声が聞こえた。ふり仰ぐと、一瞬息を吞《の》んだ。それほどきれいな女性だった。生身でこれほどの美人を見るのは、東京を離れて以来だろうと思った。

「キスです」

「あ」

女性はつぶやいた。キスという魚を知っていても、釣り場で生きた姿に接すると一瞬、その正体がわからない。キスに限らず、釣りをやらない人にとって、魚の正体をそれとわかる最もあたり前の姿は、死んで並べられた魚屋の店先だ。

私は鉤を外したキスを掌にのせ、彼女の方にさしだした。もちろんまだ生きている。恐がるかと思ったが、そうではなかった。すっと手をのばしてつかみとった。私の方がそれに少し驚いた。

「きれいな色」

「このあたりは砂が白いから」

私はつぶやいた。見れば見るほど彼女は美しかった。長い髪が風で片側に吹きよせられ、胸が痛くなるほど白い首すじや肩の一部が、木綿のワンピースの襟からのぞいている。

「砂が白いと色がきれいになるんですか」

キスから私に彼女が目を移した。サンダルの踵《かかと》は低かったが、私と十センチはちがわなかった。切れ長の、くっきりとした奥二重だ。胸もとに、本物である筈《はず》はない、巨大な一粒ダイヤのペンダントをさげている。

私は口ごもり、うろ覚えの知識を喋《しゃべ》った。

「魚にも保護色があります。キスはたいてい砂地の海にいますから、その砂の色に近くなる」

「じゃ、黒い砂のところのキスは黒?」

「いえ。でもこれほど淡い色ではありません。もう少し灰色っぽい。このキスは、白よりもピンクがかっているでしょう」

彼女は頷《うなず》いて、再び魚を見つめた。私はあたりを見回した。

なぜか彼女がひとりできた筈はない、という思いが強かった。どこかにエスコートする男の姿がある筈だ。

しかしそれらしい人影はなかった。カールが再び、砂浜の端からこっちに向かって駆けてくる姿が見えただけだ。

「魚の保護色って多いんですか」

彼女が訊《たず》ねた。優しい、耳の奥で溶けるような声音だった。

「たとえば、鰯《いわし》や鯖《さば》のような魚を考えて下さい。ああいう連中は、腹が白くて背中が青い」

「ええ」

私の目を見つめ、真剣に頷いた。私は息苦しさを感じた。

「それは、海の中にも外にも、彼らの敵がいるからです。彼らより深い海を泳いでいて、上にいる獲物を探している魚から見ると、白い腹は光のあたっている海面と見分けがつきにくい。反対に、海の上から襲ってくる海鳥からは背中の青さは、水の色と区別がつきにくいわけです」

彼女は目をみひらいた。

「そうだわ。本当に」

微笑んだ。私はどぎまぎした。笑みを返すべきかどうか迷った。

カールが私たちのすぐそばまできていた。そのとき、大きな波が砕け、カールは全身にしぶきをかぶった。情けない悲鳴をあげ、カールは突進してきた。そして——。

「駄目だ！　カール！」

私は叫んだ。彼女もカールの方向をふりかえっていたが、私のように起こるであろう事態を予測できていなかった。

カールは激しく身震いした。そのため、大量の水と砂が、私と彼女を直撃した。

彼女は小さな悲鳴をあげ、首をすくめた。

「この、馬鹿犬！」

私は怒鳴りつけた。

淡い紫色をした彼女のワンピースに一面、染みが散っていた。

「申しわけありません」

私はあわててあやまった。彼女が笑い声をたてた。

「ひどい！」

そしてカールに人さし指をつきつけた。

「覚えてらっしゃい。いつかやっつけてあげるから」

笑いながらいった。私は手をふくためのタオルをさしだした。

「あの、ちょっと生臭くてよければこれを使って下さい」

彼女の額や頬にも濡《ぬ》れた砂がこびりついている。

「ありがとう」

彼女は受けとろうとして、

「そうだわ」

キスを私にさしだした。

「食べるんですか、それ」

私が受けとったキスをクーラーボックスにしまうと、彼女は訊ねた。

「ええ、食べます」

「やっぱりテンプラで？」

「数が釣れれば。釣れなければ干物です」

「キスの干物」

彼女はつぶやいた。そしてタオルで顔や首をぬぐい、私に返そうとした。

「洋服もふいて下さい。砂がいっぱいついてしまった」

そして私は平然としているカールに厳しい視線を向けた。

「そういう態度をとりつづけていると、お前もいつか干物にしてやるからな」

「怒らないで」

彼女がすばやくいった。

「わたしがいちゃいけないところにいただけですから」

カールは人間どうしのやりとりには興味がなかった。自分が話題の中心であることを知ってか知らずか、再び浜辺を駆けていった。

「本当に申しわけありませんでした」

私はもう一度あやまって、クーラーボックスからジャリメのパックをとりだした。彼女はタオルを使ってワンピースの砂をはらいながら私の動作を観察していた。

鉤にジャリメを刺すときも無言だった。たいていの若い女性は、虫エサを釣鉤に刺すところを見ると感想を口にする。といっても、言葉ではなく、「うへぇ」とか「うわあ」といった嫌悪感の混じった表現だ。

私が投げこむために竿をもちかえると、彼女はすっとさがった。見られていることを意識したせいかコントロールが狂った。錘《おもり》は、放物線を描かずライナーで波につき刺さった。距離もでていない。

私はすぐにリールを巻いた。投げ直さなければならない。ライナー性の投入は、仕掛けのオマツリの原因にもなる。

オマツリはしておらず、今度の投げこみはうまくいった。

彼女は無言だった。私はもう一本の竿《さお》を手にとってあおった。軽かった。魚はついていない。もうしばらくそのままにしておくつもりで糸フケだけを巻きとった。

「ウキは使わないんですか」

彼女が口を開いた。

「ええ。キスというのは底にいる魚ですし、ウキを使ってはあそこまで遠くには仕掛けを飛ばせません」

私はいい、改めて彼女を観察した。髪が長かった。腰の近くまである。肌は白く、それが初夏の陽射しのせいでうっすらと赤らんでいる。ワンピースの下はストッキングに包まれた形のよい脚とサンダルだった。

ストッキングに私は違和感を覚えた。海岸には滅多にくることがないのだろう。海にきなれているならば、素足でいる方を選ぶ筈だ。

ストッキングの光沢を伴った女性の脚は、海辺では最も見ることの少ない「男の楽しみ」かもしれない。このあたりでは一年を通して、水着よりもスーツ姿の女性を探す方がはるかに難しい。

「釣りってしたことがないんです」

「女性はそうかもしれませんね」

私は頷いた。切れ長の二重瞼《ふたえまぶた》で、目もとが俗にいう涙袋でふくらんでいる。かわいこちゃんタイプではなく、正統派の美人だ。

「教えてくれる人がいなくて」

彼女がいった。ややひっかかるいい方だった。私は彼女を見る自分の目が少しだけ冷たくなるのを感じた。

「自分でもできますよ。教わらなくても。本を買って読んで、釣り具屋さんにいって道具選びを相談すればいい」

彼女は少し驚いた表情になった。すぐに私は自分のいい方を後悔した。媚《こ》びを感じる女性の発言に過剰に反応するのは、私の悪い癖だった。

「すいません。ただ私は、誰かに教わったわけじゃないので」

「……そうですか」

彼女はいった。やや寂しげな口調だった。

私は尚《なお》も後悔してしまうようなことをいった。竿を手にとり、

「巻いてみますか」

と彼女に訊《たず》ねたのだ。

私に対し話しかけたことを悔やみ始めていたような彼女は、さらに驚いた顔になった。

「でも――」

「釣りというのはこの瞬間なんです。どんな獲物がついてくるか、わくわくしてリールを巻くときが一番楽しい。さあ」

ややぶっきら棒ない方になった。もし彼女に連れがいたら、その目にはなれなれしい男に映っただろう。

といって私自身は、彼女と二度と会うとは思っていなかったし、名前を訊《き》こうという気すらなかった。

それはいわば、私自身の身勝手な罪滅ぼしに過ぎなかった。彼女の私に対する意識とは関係なく、彼女に対して冷たいい方をしてしまったことへの私の内部での代償だったのだ。

彼女はおずおずと竿を手にとった。彼女の目前で投げこみ直した方の竿だった。手渡すときにわずかだが手応《てごた》えを感じていた。

「そのリールのハンドルを巻くんです。あわてなくてもいい。同じスピードでずっと巻いてみて下さい」

彼女は左手で竿を握り、ぎこちない手つきでリールを巻いた。

「重い」

驚いたようにいって私を見た。不安そうだった。私は頷《うなず》き、

「いいから巻いてごらんなさい」

と促した。

彼女は真剣な表情になって巻きつづけた。

私は彼女のそのようすに、「何やってるんだ」と声をかけてくる連れの出現を予期していた。そして心の片隅で、その連れが彼女を連れ去ることも願っていた。

それは私自身が彼女とこれ以上共にいることにためらいを感じていたからに他ならない。

もし彼女が連れもなしにたったひとりで海辺に現われ、偶然私という釣り人に声をかけたとすれば、その出現はあまりに私の心に波風をたてすぎていた。もし彼女が今すぐにこの場を立ち去っても、私は何日間か彼女の姿を思いだし、また出会いたいと願うにちがいなかった。そうした無駄な妄想を私に抱かせないためにも、彼女の〝恋人〟が登場し、私の空想の材料を断ち切っていくことを私は望んだのだ。

若くて美しい女性の生活範囲での出現は、「世捨て人」的な生活を願う者にとって、迷惑でしかない。

「あ、あ」

彼女は小さく叫んだ。錘が波打ち際を通過し、それにつづいて二本鉤《ばり》の仕掛けが砂浜に尾を引いて現われた。そこには二本の美しい魚体がついていた。

最初の一尾めほどではないが、近い大きさのキスだった。

「止めて」

私は彼女にいい、錘をつかんで、彼女の目の前に魚をぶらさげてみせた。

「これがついていたんですね」

「巻くときに、ただ重いだけではない抵抗があったでしょう」

「ええ」

「この魚が釣れていたからです」

私はいって、素早く鉤をキスの口から外した。

「かわいそう、釣られちゃって――」

彼女はつぶやいた。

「そうですね。ですがしかたがない。胃袋に入ってもらいます」

私は二尾のキスもクーラーボックスにしまった。入れかわりに残っていたもう一本の缶ビールをとりだした。よせよせ、という声を耳の奥に聞きながら、

「飲みますか」

と彼女に訊ねた。

案の定、彼女は首を振った。

「いいえ。どうもすいません、ありがとう」

私は頷き、ビールを戻した。一瞬だが、気まずい沈黙が漂った。そしてそれこそが、私の望んだものだったのだと、私は自分にいい聞かせた。

距離をおくために、わざと親しげにふるまってみせる。相手は警戒し、退《ひ》くだろう。

私は新しいエサを鉤につけ、竿を彼女にさしだした。

「投げてみますか」

「いえ」

彼女はいって、申しわけなさそうな笑顔を浮かべた。

「まだわたしには難しいみたい」

「それほど難しくはありませんよ」

私はいい、しかし自分の手で仕掛けを投げこんだ。

「――どうもいろいろとありがとうございました」

彼女は立ち去る気配を私に与えようとしながらいった。

「いいえ」

私はいい、ずっとそのままにしてあったもう一本の竿を手にとった。手応えはなかった。巻きあげ始めると、彼女が私から遠ざかっていくのがわかった。

私はふりかえらず、巻きあげた仕掛けを見た。エサだけがきれいに消え、ひどくからまっている。

クーラーボックスに腰をおろし、飲みかけのビールをひと口飲むと、仕掛けをほどきにかかった。

仕掛けをほどき終わり、新たなエサをつけ、投げこむために背後をふりかえった。彼女の姿はなかった。彼女ひとりだけが、今まで存在しなかったように砂浜から姿を消していた。カールが私のはるか後方で砂を掘っている。

カールに彼女の行方を訊いたとしても、知らぬふりをされることだろうと思った。私は竿を振り、仕掛けを投げこんだ。そして、この天気のいい釣り日和に、好奇心にかられただけで私に話しかけ、私の心を乱しそして侘《わび》しさを残して立ち去った彼女と自分自身に、いらだちを感じながら、ビールをもうひと口飲んだ。

2

そのあとの一時間で、もう二尾のキスを追加したところでエサがなくなり、その日の釣りを私は終えた。カールを車に乗せ、家に戻った私は、庭でカールとともに真水のシャワーを浴びた。

ファックスがきていた。先週の原稿に関する、編集者からの要望だった。それにざっと目を通し、要望に応える形で今週の原稿を書くことを決めた私は二階にあがった。

六時過ぎまで仕事をした。私の仕事は、漫画の原作脚本を書くことだ。八年前、青年向けの漫画週刊誌が募集した原作脚本の新人賞を受賞して、私はこの仕事を始めた。

現在は青年向けの隔週刊誌と少年向けの週刊誌に連載をもっている。青年向けの作品では、読者アンケートの結果がよほど悪くならない限り編集者から内容についての強い要望がでることはないが、少年誌ではアンケートに対応した細かな要望が毎週だされる。

漫画雑誌においてはアンケート結果は絶対のもので、どれほど大家ベテランの作品であろうと、上位十位から落ちれば「打ち切り」へのカウントダウンを担当者は始めなくてはならない。

それは創作行為としてはひどくシビアで、作品に曖昧《あいまい》な存在意義を許さないシステムをとっている。が、その結果が、現在の日本の出版界における漫画部門の隆盛を生んでいるのだ。

現代では、たいていの場合、漫画家は限られた時間に要求されるページを作画することに精いっぱいで、じっくりと取材しストーリーを練る余裕はない。漫画の世界ではさまざまな「絵になる」職業がテーマとしてとりあげられることが多いが、実際に漫画家がその仕事を経験してみるのは不可能である。結果、特に青年、成年誌の分野で、原作脚本と作画の分業が進んだ。

私がデビューを果たせたのは、それまでの十五年間に身をおいてきた職場の内幕話が、読者や編集者の興味を惹《ひ》いたからに他ならない。私の新人賞受賞作はそのままシリーズ化され、現在も隔週刊誌に連載されている。昨年はテレビドラマにもなった。

少年誌の連載作品は、まるでちがう内容で、半年前にスタートしたものだが、私がこちらにきて覚えた釣りを題材にしている。漁師の息子で天才的な釣り師の少年を主人公にすえたものだ。その点では、作者の願望充足型主人公といえなくもない。

ファックスは少年誌の編集者からのもので、明日がその締切のため、私は今日中に原稿を書きあげる必要性を感じていた。作画の仕事では、締切がぎりぎりまでのばされることはあるが、原作脚本が遅れればそれは作画時間を削る結果につながり、そういう形でパートナーに迷惑をかけるのだけは避けるべきだと私は考えていた。

書き終えた原稿をファックスで東京の出版社に送り、私は一階に降りた。

西陽が海面を美しく輝かせていた。風がでてきたようだ。南よりの風で、それは外房では波を起こし海水に濁りを生じさせる。

「明日はクロダイ日和かもな」

私はいって、海に面した窓を閉めた。吹きこむ風が、新聞や灰皿の灰をまき散らしている。

釣ってきたキスは、醬油《しょうゆ》と味醂《みりん》にさっと漬け、ベランダの干物籠《かご》の中にあった。陽が完全に落ちるまでは干しておくことにして、私は夕食の仕度にかかった。

高校を卒業した私が最初に勤めたのは、新橋駅の近くにある喫茶店だった。私はそこでスパゲティやサンドイッチ、ピラフなどの調理法と簡単なケーキの作り方を学んだ。そこで二年ほど働き、同じ経営者が銀座で開いていた割烹《かっぽう》に移った。本格的な板前の修業をしたわけではなかったが、魚をおろす方法や総菜を作るコツなどはそこで覚えた。料理は私にとって苦痛ではなく、しかも趣味というよりはもっと私自身の深い部分につながっている。

特にスパゲティやサラダなど、初めて勤めた店で覚えた品をその当時と同じ手順で作ろうとするとき、私は郷愁に似た感傷的な気分にすらなったりする。

その夜私は、キュウリを主体にしたイタリア風のサラダを作り、ニンニクとアンチョビソースをレモンジュースで割ったドレッシングをかけた。冷蔵庫に保存してあった昨夜の残り御飯とホワイトソースでドリアを作って、とりあえずこの二品で夕食をすませることにする。

カールの方は、彼のリクエストでこのところ凝っている新製品のドッグフードということになった。

どちらかといえば私も彼も、お手軽な献立というわけだ。

テレビをつけ、衛星放送のゴルフ番組を見ながら食事をした。空想を止めることはできなかった。浜辺で知りあった彼女が、より私と親しくなることを望めば、料理の品は確実にあと二種類は増え、私は水のかわりに地下室からだしてきたワインを飲んでいただろう。リビングの照明には調光器がついているので、部屋はより暗くなり、窓に叩《たた》きつける風の音を消すためにハイファイのスイッチを入れたにちがいない。

空想の材料を手に入れることは恐れるくせに、空想そのものは、始めてしまえば楽しい行為だった。

やがて私たちは食事に満足し、場所をベランダに移して酒を飲み始める。酔いが気持を開放的にするだろうし、これから夏がやってくるという期待はこの地ではさまざまな楽しみの実践につながる。海の近くで暮らすというのは、自分が「海の家」のラーメンやカレーライスをおいしいと感じなくなる年であっても、夏を至上の季節として待ち焦がれていることを認めるようなものだ。

空想はもちろん性的な領域にも及んだ。私はストッキングに包まれた美しい脚を鮮烈に覚えていた。都会では雑踏や電車などでごく日常的に目に入る、光沢を伴った曲線が、外房ではひどく珍しい。彼女がここにくれば、それを私は心ゆくまで鑑賞し、なおかつ触れ、愛撫《あいぶ》することすら可能だったかもしれない。

いや、空想であるがゆえに、当然愛撫までいきつく。

彼女が女性として未熟である筈《はず》はない。あれだけの美貌《びぼう》であれば、ごく早いうちに異性との接触の機会をもっただろうし、そうならば肉体は成熟している筈だ。

彼女の年齢はいったいいくつくらいだったのだろう。
二十四、二十五？　多くとも三十歳は超えていないだろうが、二十三以下ということもない。私とは十以上ちがうが、ここで空想を広げる限り、年齢差が興を削《そ》ぐことはありえない。
だが、空想の中で、彼女の衣服を、ベッドではなくベランダで剝《は》がしたとき、私は目覚めた。

空想が最後までいきつけるほどの若さが自分にはもうない、と悟った。同時に、テレビから流れる音声と目の前の半分ほど手をつけて冷えてしまった侘《わび》しい夕食の実態が、耳と目にとびこんできた。

具体的な対象をもたない空想や、回想に根ざした空想であったら、私はこれほど惨めさを感じずにすんだろう。

すべては彼女が実際に私と出会ってしまったために生まれたものだった。もちろん彼女に責任はない。たまたま出会ったからといって、その相手の男がひとり暮らしに倦《う》み、結果、彼女を性的な夢想の対象に選び、夢からさめてみたらよけい寂しさをつのらせて怒りを感じたというのでは、あまりに理不尽だ。

ただ私はそうなる自分を知っていて、だからこそ自分に警告を発したまでだ。その警告はおそらく、彼女の耳には届いていない。

届いても平気だと思うほど私は人間嫌いではないし、礼儀知らずにもなりたくないのだ。

釣り師の中には、話しかけられるのを極端に嫌う連中がいる。それは釣りにかける集中力を阻害されたり、仕掛けやエサの秘密を知られるのを厭《いと》う気持もあるが、釣りという本来孤独な作業に浸っている自分の心に、人恋しさや会話への飢えといった〝弱さ〟を植えつけられるのを恐れるからでもある。

釣り人どうしが話し、そして片方が片方に別れを告げ去っていくとき、残された釣り人は、不意にその釣り場が、今まで思っていたほど釣れそうには見えず、むしろよそよそしく感じられるようになることがある。

それはしょせん、「人間」が、海という自然の、本来の〝会員〟ではないことに気づかされるからだ。

魚や貝、海鳥や舟虫に至るまで、「人間」を別にしてそこにいる生き物たちは、海という、この地球を現在の地球ならしめた最大の要素である自然の〝会員〟である。

しかし「人間」はちがう。海にとっては、かつて太古、そこから生まれた生物の子孫ではあるかもしれないが、海をすみかとして生きられる生物ではない。「人間」は海から〝会員〟を収奪はするが、何も与えない。海をよごし、その領域を変化させ、〝会員〟のルールを無視した生殺与奪をおこなう。

釣り人はすべからく、海にとっては迷惑な存在である。余分な手だし、おこなうべきではない間引きを〝会員〟に対してする厄介者なのだ。

釣り人はもちろんそれを知っている。であるがゆえに、常に釣り人は、海を畏《おそ》れ、怯《おび》えを感じている。それは、いつか、この海が、〝会員〟でもない「人間」によって無法にごされ収奪されてきたことへの怒りの牙《きば》をむくのではないかという予感だ。

だからこそ釣り人は海と向かいあうとき、おのれを卑小に感じ、そしてまた感じることで、自分がとるに足らない存在であると海に〝容認〟してもらいたいと願う。

なのに「人間」が「人間」と出会えば、海の面前で彼らは、いかにも「人間」が自然を支配する存在であるかのような傲岸《ごうがん》な会話をせざるをえない。会話が終了し、再び海と向かいあってひとりきりになったとたん、「人間」は不安を覚える。

今のこの会話を海が聞いて、不快に思ったのではないかと怯えてしまうのだ。

それを予期し、釣り人は会話を嫌う。


私は我にかえり、のろのろと食事を片づけた。皿を洗い、残った食物を保存し、テレビを消した。

グラスに氷とウイスキーを注ぎ、部屋を暗くした。空想と内省が心を痛めつける日は、早く酔い寝てしまうに限るのだった。

都会ではないこの地では、夜は夜として圧倒的な支配力をもち、小賢《こざか》しく夜を生計の手段とするような人間の存在を許さない。

ほどほどに酔うのが困難なら、べろべろにまで酔ってベッドにもぐりこむのが道である。夜の許しは朝になれば得られる筈で、暖かな陽射しと輝く海面が前夜のうとましい気持をすべて忘れさせてくれることを期待する他はない。

私はいつもよりかなり早くカールにおやすみを告げ、二階にあがった。ひどく酔ったわけではなかったが、この夜は、起きていることの無為を手ひどく感じさせられていた。

枕もとのスタンドをつけ、ベッドにもぐりこんだ私は、細く開けた窓から吹きこむ風の唸《うな》りに耳をすませ、重い潮の香りを吸いこんでいた。移ってきた初めの頃そらおそろしくもあったこの唸りは、今や慣れ親しんだ海の息吹きだった。その唸りを心地よいと感じることで、私は自然に媚《こ》び、あたかも〝会員〟の一員になったかのような錯覚を自分に与えていた。

嗅《か》ぎ慣れぬ匂いに目覚めた。枕もとの時計を見ると午前一時を回った時刻だった。その匂いの正体に、目覚めた瞬間から私は気づいていた。匂いを嗅いだ瞬間、心の奥底で警報の金切り声があがるのを私は聞いたのだ。

何かが燃えている。

まずそれが自分の家であるかどうかを確認しなければならなかった。海からの風はますます強まっていた。この強風と私の家が建つ別荘地帯をさえぎるものは何もない。万一、火災が発生すれば、それは家屋にとっては致命的な結果をもたらす。

カールが吠《ほ》えていた。

瞬時に、心だけではなく、私の肉体も目覚めた。

「カール！」

私は叫び、はね起きてベッドを降りた。階段を駆け降り、リビングにとびこんだ。

幸いにリビングに煙は充満していなかった。カールは玄関と海に面した窓のあいだを激しく動き回りながら吠えている。

私は家中の明りをつけた。きなくさい匂いが漂っていたが、それはこの家の内部から発せられたものではない。

私はスウェットを手早く身につけ、ガレージに回った。外部とつながったドアを開くと、匂いはさらに強まったような気がした。

火災が発生している。この家ではないが、この家の近くであることは疑いない。

私は別荘地を縫う道へとサンダルをはいて駆け出した。

我が家の周辺は、どの家も完全別荘で、使われていないときはまったく無人である。私が海から帰ってきたときも人が訪れた気配はなかった。

両隣からも、さらにその両隣からも、赤い炎はおろか、煙すらあがっていない。

私は風上に顔を向けた。風は、まったくの南風ではなく、別荘地帯の奥、南東の方角から吹きつけていた。

私の家があるのは、別荘地のほぼ中央で、奥は傾斜地になり、やがてつきあたって山の斜面と境界を接している。その別荘地のつきあたりに、私と同じような永住者がひとり住んでいた。

日本画の大家で、横森静逗《よこもりせいとう》という老人だった。ほとんどつきあいはないが、会えば挨拶《あいさつ》はかわす。七十代初め頃の年齢で、地元のお手伝いが毎日通いできている。

私はパジェロのキィをとりに家に戻った。

ガレージから夜釣り用の大型ハンディライトをつかんで助手席においた。あとを追って乗ろうとするカールを叱りつけ、エンジンを始動した。

もし火災が横森老人の家ならば、付近の別荘に利用者がいない限り、老人自身をのぞいて通報者となる人物はいない。

私はパジェロのアクセルを踏みこみ、別荘地の奥へとつながる坂を駆け登った。

道は一本道だが、家が少なくなるため細くなる。左側はやがて雑木林になって、右手も海に面した方角に林でへだてられた家がぽつりぽつりとあるていどだ。

坂の勾配《こうばい》が増し、ゆるいカーブを描いている。が、横森老人の家を見る前に、火災がそこであることを私は知った。

坂の頂上の空が赤く染まっていたのだ。すぐに燃えさかる家が目にとびこんだ。

横森老人の家は、アトリエを兼ねた、木造の二階建てだった。炎はその骨組にまで回っていた。

横森家は周辺の雑木林を含めたかなり広い敷地をもっていたが、私はその敷地の端にすらパジェロを進ませられなかった。

登ってきた車がUターンするためのスペースが、坂の頂上には設けられている。そこにパジェロを止め、降りたった。全身に激しい熱がどっと押しよせてきた。

私は息を呑《の》み、燃える家を見つめた。炎は風にあおられ、まるでバーナーのような勢いで構造物から噴きだしている。炎の音、風の音、そして雑木林の葉ずれが一体となって恐ろしげな轟音《ごうおん》をたてていた。

「横森さーん！　横森さーん！」

私は叫んだ。無駄とわかっていた。これほどの火炎なら、逃げのびて私の目の届く場所に老人がいない限り、生きていられる筈《はず》はない。

それでも私は、可能な限り横森家を囲む雑木林に踏みこむと、倒れている老人の姿がないかを捜した。

老人はいなかった。となれば、あの炎の中心部にいるとしか考えられない。

私はパジェロで自宅にとって返し、一一九番で消防車を呼んだ。

鎮火は、空の白みかける午前四時過ぎだった。その場には私の他に、別荘地の管理者も何名か呼ばれていた。別荘地の入口に管理事務所があるのだが、日勤のみの管理者しかおかれていない。日が暮れると彼らは近くの自宅に帰ってしまうのだ。

横森老人の家は全焼し、雑木林も数十平方メートルが延焼した。消防士と警察官による簡単な事情聴取に私は答えた。警察官が興味をもったのは、これが失火によるものでなく、侵入した別荘荒しが老人相手の強盗と変じて犯行を隠すために放火した可能性を、考えたからだ。

管理者によって叩《たた》き起こされ、軽自動車で駆けつけたお手伝いは、夫を海難事故で亡くした漁師町の婦人だった。おろおろとして、ほとんど口もきけないありさまで、だが夕方五時に帰るまで、火の気もなく老人も元気だったらしいことを警官に伝えた。

私は不審な人間を見なかったか、車の音を聞かなかったか、としつこく問い質《ただ》された。早めに寝てしまったので、まったく思いあたらないと私は答えた。

警察官が当面の質問を終えたあとも、私はまだしばらく火災の現場にとどまっていた。横森老人の安否に関する情報が何か得られはしないかと思ったからだった。

やがて焼け落ちた家のほぼ中央付近で、消防服を着けた男が声をあげた。

「おおー、いたぞーっ」

別の消防士たちが駆けつけるのを待つあいだに、その消防士は足もとに向かって合掌した。その動作が意味するものは明白だった。

私はひどく重い気分になり、パジェロに乗りこんだ。たとえ挨拶ていどの関係とはいえ、近所に住む知人が不自然な形でとげた死は、私の気分を滅《めい》入らせた。消防士の合掌は私の目に焼きつき、そのあとに現われるであろうものを目にするのはごめんだった。

坂を下り、家に戻った。カールが外にいると予期していた私は、ヘッドライトなしでも輪郭が見てとれるようになった家の周囲にその姿がないことを不思議に思った。

いっしょに暮らす相手として、犬が人間よりすぐれていると思うことがある。それは、妙な僻《ひが》みとは無縁であるという点だ。犬は、さっき冷たくされたからといって、すねて知らんふりをしたりはしない。でがけに私がカールをふりはらったとしても、彼が今、自分の居場所で私の帰宅に気づかぬふりを演じているとは思えなかった。

もちろんカールは、犬としてはクールなタイプである。必要以上にじゃれついたり、私が人間も含む他の生き物と親しくしたからといってやきもちを焼いたりすることはない。であるとしても、カール自身、今夜は匂いと気配で不安を感じていたにちがいなく、私の帰宅を走って迎えにこないのは不審なことだった。

車をガレージに止め、私は無用になったライトを手に降りたった。家は明りをつけたままで、鍵《かぎ》もかけていなかった。

「カール」

私は呼びかけながら玄関をくぐった。サンダルを脱ぎ、短い廊下を抜けてリビングに入った。

立ちすくんだ。

リビングの中央に彼女がいた。カールはうっとりとした表情で彼女に抱かれ、目を細めている。

彼女はすばやく立ちあがった。私は驚きに言葉をなくして彼女を見つめた。

「申しわけありません。まるで泥棒みたいに勝手に入りこんで——」

彼女は早口でいい、深々と頭を下げた。

彼女の服装は昼間砂浜で会ったときとかわっていなかった。だがそのありさまはまるでちがっていた。

頬が墨にでも触れたように黒ずんでいる。木綿のワンピースには裂け目ができ、ストッキングは伝線していた。そして砂浜でははいていたサンダルはない。玄関の三和土《たたき》にもサンダルはなかった。

「いえ」

私は短くいった。

「本当にごめんなさい。まっ暗でどうしていいかわからなくて、一一九番しようと思って降りてきたらこの家があったので……」

「横森さんの家にいたんですか」

私は驚いて訊《たず》ねた。彼女は顔を伏せた。

「はい」

「いつ、ここに？」

私は訊ねた。私が通報しに戻ってきたとき彼女はまだいなかった。もし坂を降りている途中だとすれば、私が気づかなかった筈はない。

「さあ……。時計をなくしてしまったものですから……。あの――」

彼女はすがるように私を見つめた。

「横森先生はご無事だったんでしょうか」

その表情を私は真剣に見返した。彼女と火災に関係があるのか推し測ろうと思ったからだった。

私は無言で首をふった。彼女の表情が一変した。顔が歪《ゆが》み、結んだ唇が震えた。彼女は横を向き、

「ああ……」

と吐息を洩《も》らした。両手で顔をおおい、下を向いた。

嗚咽《おえつ》が指のあいだから洩れた。

「警察と消防が原因を調査しています。横森さんのお宅にいたのなら、彼らと会った方がいい」

彼女は両手を離し、横を向いたまま髪をはさんでかきあげた。自らを力づけるように深く息を吸いこんだ。

「──そうですね」

低い声でいった。

それは、そうすべきであると知っている、という意味でしかなかった。そしてもし彼女が本当にその気であったなら、私の家になど忍びこまずに、現場にいたであろうことに私

は気づいた。

彼女が横森家に火を放ったのか。

一瞬、その疑問が頭に浮かび、私はぞっとした。もしそうなら、目の前にいる女性は、放火殺人犯だ。

「でも……」

そのとき彼女は小さな声でいった。虚《うつ》ろな目をカールの方に注いでいる。

「わたしはいけないんです。たくさんの人に迷惑がかかってしまう……」

「どういう意味です」

彼女は小さく首をふった。そしてはっと私をふりかえった。

「お願いです。もうしばらくここにいさせて下さい。決してご迷惑はおかけしませんから」

私は立ちつづけていることに疲れを感じ始めていた。ソファに腰をおろし、膝《ひざ》の前で手を組んで彼女を見つめた。

「──お願いします」

けんめいな表情だった。

「火事と関係があるのですか」

私は訊ねた。彼女は私の言葉の意味をつかみかねたようだった。そして次の瞬間、激しく首をふった。

「わたしは――。何も知りません。気がついたら、先生のお宅が燃えていたんです」

真実にせよ嘘にせよ、今の彼女の立場ではそう答えるのが当然だと私は気づいた。無意味な問いだった。

彼女をここにおくのは、ひどく愚かしい行為だ。彼女は重大な犯罪を犯した直後かもしれず、警察の追及をかわすために、ここに隠れていたいのかもしれない。さらにいうなら、次の犯罪の対象が私でないという保証もなかった。

「――名前を」

私はようやく、訊ねた。

「内村杏奈《あんな》です。アンナは、杏《あんず》に奈良の奈です」

私は首をふった。とても本名とは思えない。まるで芸名か源氏名だ。

「松原さん……。そう、おっしゃるんでしょう」

私は小さく頷《うなず》いた。入るときに表札を見たにちがいなかった。

「こんなことをいっても無駄かもしれませんし、信じられないのも当然だと思いますが、本当なんです。わたしは火事とは関係ありません」

「――火事が起きたとき、どこにいました？」

私は訊ねた。

「先生のアトリエの横にある、小さな部屋で眠っていました。先生は二階の、ご自分のお部屋にいらっしゃいました」

「前から横森さんのことを？」

「いいえ。お会いしたのは今日が初めてです」

彼女はいった。私は少し驚いて彼女を見つめた。

「あの……ある方から紹介されて……。先生の絵のモデルになるためにうかがったんです。ただ、先生はおひとり暮らしですし、わたしが夜、同じ家の中にいたとなると、ご迷惑をおかけするかもしれないと思って……」

「ご当人は亡くなっているんです。迷惑はもうかからない」

「でも――」

内村杏奈と名乗った女は強い口調でいいかけた。が、すぐにうなだれ、

「そうですね。おっしゃる通りかもしれません……」

とつぶやいた。

「横森さんのお宅へは何時頃、いったのですか」

私は彼女の言葉を試すつもりで訊ねた。答がもし午後五時前ならお手伝いの女性が彼女を覚えていた筈で、杏奈は嘘をついている、ということになる。

「七時過ぎです。先生のお宅に電話をしたら、夕食のあとにきてほしい、といわれました

ので」

「あそこまではどうやって？」

「タクシーでいきました」

「だとしたら、あなたのことをいずれ警察は知る。この町にタクシー会社はふたつしかありませんから」

杏奈は首をふった。

「こちらの車ではありません。タクシーといっても、東京の車ですから」

「東京の？」

杏奈は頷いた。

「じゃあ昼間会ったときは？」

「道路で待っていてもらいました。貸し切りにしていたんです。早くきて、このあたりをドライブしたり、散歩したりしていましたから……」

私は黙った。東京のタクシーを見た記憶はなかったが、だからといって杏奈が嘘をついているという証拠にはならない。それに何より、私自身がこの訊問《じんもん》のような会話に嫌気がさし始めていた。

「いさせていただけますか」

彼女はあらためて訊《たず》ねた。それを聞いたとき、まったく別の可能性が私の頭に浮かんだ。

もしかすると、彼女は誰かに追われているのかもしれない。火事は、別の人物が原因となったもので、彼女はその人物から逃れるための隠れ場所を探していたのではないだろうか。が、すぐに私はその考えを打ち消した。馬鹿げている。もしそうならば、ここにいるよりも、早くこの街から逃げだす方を選んだろう。

そこで私は気がついた。浜で会ったときもそうだったが、彼女はハンドバッグや、身の回りのものを入れておく類《たぐい》の品を何ひとつもっていなかった。

「荷物は？」

「ありません。横森先生のお宅に何日かご厄介になる予定だったので着替えなどはスーツケースに入れてもってきたんですが、ハンドバッグすらもってでられませんでした。逃げるのに必死で……」

悲しそうに微笑んだ。

「靴まで失くしてしまったんです。煙がひどくて玄関からは逃げられそうにないので、アトリエの窓から下にとび降りたんです」

もしそうならば、いくらなんでも彼女が放火したということはありえない。

杏奈は、今身につけているものが持ち物のすべてだといっているのだ。着たきり雀で、破れたワンピースにストッキング、そして胸もとのペンダント。

私は息を吐いて頷いた。

「わかりました。ここにいてかまいませんよ。ただしここは、私のひとり暮らしだ。あなたが着られるような洋服はないし、女性の、何かこまごまとした必要なものはひとつもない」

彼女は救われたような表情になって首をふった。

「何もいりません。ありがとうございます、本当に」

「いや」

答えて、いつのまにか杏奈に寄りそっているカールを見やった。

「それにこいつもあなたと離れるのが嫌らしい。昼間ご迷惑をおかけしたせいがあるかもしれないが、わりに人見知りするたちなのにこれだけなついているところを見ると、あなたに恋をしたようだ」

杏奈は嬉《うれ》しげに微笑んでカールを見やった。

「ありがとう。あなたがわたしの信用保証をしてくれたのよ。でも、もう水はかけないでね」

私も微笑んだ。外はすっかり明るくなっていた。

「いろいろ必要なものもあるでしょうが、まだ店は開いていない時刻だし、私ももう少し眠りたい。私の部屋は二階です。あなたがもし眠りたいのならそのソファを使って下さい。毛布を今とってきますから」

「ありがとうございます。そうさせていただけるならすごく助かります」

私は頷き、二階から予備の毛布をもって降りた。日が昇れば南向きのこの家では、毛布一枚で寝ても風邪をひく心配はない。

杏奈がソファに横になり毛布をかけると、カールはその足もとにうずくまった。私は苦笑していった。

「どうやら飼い主の交替を迫られているようだ」

明りを消し、二階にあがった。彼女に対する私の判断がまったくの誤りであったとしても、現金や高価な品はほとんどが二階にある。したがって私が目覚めたとき彼女が消えていたとしても、彼女とともに消える可能性があるのはカールくらいのものだった。

3

彼女は消えなかった。私は眠りにつくまで三十分近くを要し、目覚めたときは、すでに昼近くなっていた。バスルームは一階にあるため、私が下に降りていくと、杏奈がカールとともにベランダにいる姿が見えた。

顔を洗った私は、新しい歯ブラシとタオルを彼女に手渡した。

「眠れました?」

「ええ。このところ夜あまり寝ていなかったので、ぐっすり」

彼女は微笑み、頭を下げた。

「本当にありがとうございました」

「いや。何か食うものを作りましょう。私はひどく腹が減ってる」

「そんな。それならわたしが――」

私は首をふった。

「ここは私の家だ。それと――私は料理が好きなんだ。朝から私の楽しみを奪わないように」

彼女は開いた口を閉じ、頷《うなず》いた。

「ごめんなさい。お任せします」

睡眠をとり、夜明け前の重たい気分から解放された私には、彼女が火事とはとうてい関係ないように見えた。その日も青空が広がり、水平線はくっきりとしている。光を浴びるベランダに戻って再びカールと戯れている杏奈は、この家が迎えた最も美しい人間だった。私はキッチンからその姿につかのま見とれた。が、冷静に事態を判断すべきだと告げる、もうひとりの私がいた。

かりに彼女が火事とは無関係であったとしても、このまま警察や消防との接触を一切おこなわないのは、道義的な問題がある。

杏奈は火災に気づいたときの状況を捜査員に伝える義務があった。それをせずここに隠れているのは、無責任のそしりを免れない。また知っていて手を貸す私も、同罪である。

皮をむいた新ジャガ芋を千切りにして水に漬けた。アクが抜けるのを待つあいだホットケーキの材料を準備する。

ベーコンを焼き、フライパンに残ったその油でジャガ芋を炒《いた》め揚げした。卵料理は細ネギとマッシュルームのオムレツだった。

ホットケーキの焼ける甘い匂いにカールが吠《ほ》えた。カールは冷めたホットケーキに目がない。

できあがった朝食をつけあわせのピクルスとともに食卓へ並べた。火事のことさえなければベランダで食べたかった。しかしそれはいくらなんでも浮かれすぎだ。彼女はいずれにしてもあと数時間でこの家をでていく。

料理を並べるのを杏奈は手伝った。目をみはり、

「本当にお料理が上手なんですね。それに早い」

といった。

「以前、そういう仕事をしていたんです」

私は答えた。最初に焼いたホットケーキをカールの〝食卓〟にのせた。カールはベランダにそれをくわえてもっていき、のんびりと寝そべってかじった。

「行儀の悪い奴だな」

「コックさんだったんですか」

「いいえ。昔、スナックのような店をやっていた」

彼女は私の目を見つめ、頷いた。

「いただきます」

ひと口食べ、

「おいしい」

とつぶやいた。

「ホットケーキがまるでお店のみたい。きれいに焼けていて……」

「たいして難しくはない。火加減だけです。今の粉は甘いから焦げ目がつきやすい」

杏奈は首をふった。

「こんなすてきなお宅にいらしたんですね。きのうお会いしたときはてっきり――」

言葉を捜した。

「田舎のおっさんだと思った？」

「そんなこと――」

「その通りだ。田舎のおっさんだ」

「とんでもない」

杏奈は強く否定した。

「ここは別荘なんですか」

「このあたりの家はほとんどが別荘だけど、私と横森さんだけは永住していた」

横森老人の名を聞いたことで、彼女の顔は翳《かげ》った。

「本当にわたし……考えてみたら非常識でした」

「今日でも地元の警察にいって事情を話してみたら？」

もし必要なら私がついていこう、という言葉は喉《のど》の奥でくい止めた。

彼女は口を動かしながら私の喉もとを見つめた。まるで私が止めた言葉が見えているようだった。

杏奈はしかしさらに目を伏せた。手が止まり、体が硬くなった。

「——そうしなければいけないことはわかっています。でも……できないんです」

私は深呼吸した。なぜ、という言葉も喉の奥につかえていた。

かかわるべきではない、静かに生きてきた本来の私が告げていた。やはり杏奈は、容易には人にいえないものを背負っている。そのことを知ろうとすれば、私が手に入れたこの生活に歪《ゆが》みが生じるだろう。

私は吐息をついた。

「最終的にはあなたの判断だ。しかし、私までもが黙っているわけにはいかない。警察はたぶんもう一度、私から話を聞こうと思うだろう。そのときには、あなたの話をせざるをえない」

彼女は目をあげ、

「わかっています」

と頷いた。きれいな澄んだ目だった。が、澄んだ目の持主に嘘つきはいないというのはただの〝迷信〟だった。私は以前の仕事でたっぷりとそうした嘘つきを見てきた。大半が彼女と同じ年くらいの女性たちだった。

「松原さんには本当に感謝しています。でも、今は言葉でしか感謝を表わせません。ごめんなさい」

「それはいっこうにかまわない。それよりむしろ、あなたがここを早くでていきたいのなら、本当はいけないのかもしれないが、交通費くらいなら援助できる」

杏奈は目をみひらいた。私は彼女と見つめあうのをさけるため、ベランダの方角を向いた。

「まるで何かのドラマのようだが、あなたにはいろいろと秘密があるらしい。今はそれを知りたいとは思わないし、知らない方がむしろいいだろう。とにかくあなたは、何かの理由で、警察とはかかわりたくない、一刻も早くこの町をでていきたいのなら、その手助けはする。ひと晩泊めた、さあでていけ、というのでは中途半端だ。着のみ着のままでは、あなたもどうにもならない。ただし、あなたの秘密を知った上で手を貸したとなると、あとあと面倒になるかもしれないので、それはさけようということです」

彼女に目を戻した。彼女は大きく目をみひらいたまま私を見つめている。

「――それ以上のことは期待しないでほしい」

「充分です」

彼女は低い声でいった。

「充分すぎるほど」

「じゃあ、せっかくの朝食を食べなさい」

「はい」

彼女は素直に頷き、フォークをとりあげた。

「食事がすんだらあなたを車に乗せて下の町へ連れていきます。野暮《やぼ》ったい安物しかないだろうが、少なくとも今着ている服よりはましなものが見つかるでしょう」

杏奈は微笑み、裂けたワンピースを見おろした。

「パンクでは通じない?」

「たぶんね。Tシャツやジーンズを引き裂いたのは見たことがあるが、そんな上品なワンピースをパンクは好まないだろう。それに漁師町とパンクはあまりにも合わない」

杏奈は笑い声をたてた。

食事が終わると、杏奈は私をふりきって、洗い物をおこなった。私はコーヒーを手にベランダにすわった。そこでは新聞を読むのが日課だったが、世の中のできごとに今日はまるで興味がおきなかった。

彼女を町に連れていき、衣服を買ってやって駅まで送ったら、その足でクロダイ釣りにでようと私は決心した。ひとりでまっすぐこの家に戻りたくはなかった。

洗い物をすませた彼女はベランダにくるといった。

「あの、たいへん厚かましいお願いをしていいでしょうか。シャワーをお借りしたいのですけれど」

私は頷いた。

「勧めようと思ったが、誤解を招きたくなかった」

バスルームに彼女を案内した。海に向かった大きな出窓にかかったブラインドをさした。

「もし沖の船に、とてつもなく目のいい船員が乗っていたら、すごく喜ばれるかもしれない。そうでない限り、ブラインドをおろさなくとも誰からも見られる心配はない」

バスルームは南側の斜面にせりだすようにして作ってあった。下は急斜面の雑木林で、ふもとから人間はあがってこられない。

「素敵」

「ごゆっくり。鍵《かぎ》もかかります」

私はいってバスルームをでた。ドアが閉まり、鍵のかかる音が聞こえた。

ベランダに戻った。ホットケーキを食べ終えたカールが飲み物を要求していた。それに応《こた》え、新聞を読むことにした。

活字はまったく目に入らなかった。ため息をついて、煙草に火をつけた。

性的な空想を働かせるのと、それを実行に移すことは、まったく別の問題である。

私は過去、女性と接触の多い仕事をしてきた。結果、多くの女性たちと親しくなったが、外房に移ってからは、まったくといってよいほど彼女らと会ってはいない。性的な意味では、ここでの暮らしは充実しているとはいいがたい。

しかしそのぶん、さまざまな人間関係の苦労からは完全に解放されている。美しい女性が、向こうからこの家にやってきたからといって、現実に性的な関係を要求する気にはなれなかった。

いや、このいい方はまちがっている。彼女は、性的な関係をもつには危険すぎる、と私の経験が判断したのだ。

どれほど魅力的であっても、警察とかかわるのをさける女と我が家で情事をもとうと考える人間は少ない筈《はず》だ。

残念だとは思わなかった。私には彼女の正体がまるで想像つかなかった。

芸能人や水商売であって不思議のない美しさだが、のばしていない爪や仕草などを見る限り、そうした匂いは希薄だった。

それどころかむしろ、彼女には、〝世捨て人〟的な暮らしをしている私から見てもなお、どこか浮き世離れしたところがあった。

たとえば、火事で財布から衣服まですべてを失ったというのに、そのことで悲嘆に暮れるようすがまるでない。私からの申し出がなければ、バスに乗ることすらおぼつかなかったにもかかわらず、この家から誰かに電話をするなりして援助を要請する気配もない。

それらのことを考えあわせると、警察から手配を受けた重大犯罪者ではないかとすら思えてくる。

が、これほど若くて美しい女が犯罪の容疑をかけられていたら、ジャーナリズムがほっておく筈はない。同様にして、彼女が〝失踪中《しっそう》〟の私の知らない芸能人である、という可能性もない。

気づくと、濡《ぬ》れた髪をタオルでふきながら彼女がリビングに現われていた。

「ありがとうございました。本当にさっぱりしました」

「いいや。沖の方から急に方向を転換する船がいはしないか眺めていたが、いなかった」

彼女は声をたてて笑った。

ベンチにすわる私の隣に腰をおろし、海を見つめた。

「きれいな海。日本にも人がいなくてこんな景色のいい別荘地があったんですね」

「海外では知っている？」

そのいい方に、私は訊《たず》ねた。彼女は小さく頷《うなず》いた。

「バハマに二年ほどいました」

「フロリダ沖の？」

「はい」

「ああいう観光地とはちがう。もっと生活に密着した海だ」

「そうですね。でも、バハマも観光地ばかりじゃありません」

何があるのだろう。私の疑問を察したように彼女はつづけた。

「仕事だったんです」

「仕事？」

彼女は頷き、しかしすばやく話題をかえた。

「松原さんは独身でらっしゃるんですか」

「そう。一度も結婚をしたことはない」

「こちらには長くお住まいなんですか」

「四年めになる」

私は煙草に火をつけた。

「あの――、一本いただいてよろしいでしょうか」

「どうぞ」

彼女は煙草を抜きだすと優美な仕草で火をつけた。気どっているのとはちがう。

「――いつもはそんなに吸わないのですけれど……。やめていたのが、日本に帰ってきてまた吸い始めてしまって」

「バハマから帰ってきたのは最近？」

「二週間ほど前です」

「よく帰ろうという気になったね」

「ご存じですか」

「いや。しかしテレビや雑誌で見る限り、楽園のようだ」

彼女は無言だった。その沈黙は、必ずしも私の意見に賛成していないことを意味していた。

彼女が煙草を吸い終えると私はいった。

「町へいこう。洋服を買って、あなたを駅まで送っていく」

「ありがとうございます」

「ちょっと待っていて下さい。私も仕度をしたい」

彼女に告げ、二階へあがった。クロダイ釣りではコマセを使うため、よごれてもよい服装が必要だった。それに釣っている時間も長くなる。日が暮れたあとも釣ることを考えると防寒対策も考えなければならない。

釣り用の服装に着がえてきた私を見て、彼女はこころもち目をみひらいた。

「また釣りにいらっしゃるんですか」

「南風が吹いたからね」

私はベランダの方角をさしていった。

「潮に濁りが入るし、波も高くなる。そういうときが狙いめの魚もいる」

「何というお魚ですか」

「クロダイ」

杏奈は首を傾げた。知らなくても無理はなかった。魚屋の店先にはあまり並ばない。しかしれっきとしたタイ科の魚である。イシダイやエボダイ、キンメダイといった「名のみ」の鯛《たい》ではない。

「とりあえず、これをはいて」

私は杏奈にビーチサンダルをだし、ガレージでパジェロに釣り道具を積みこんだ。クロダイ釣りの場合、コマセ用のバケツやウキなど、釣りに必要な道具がひどく多い。

クーラーにはまだホットケーキが残っているので今夜中に帰れば大丈夫だろう。私自身の空腹は、コンビニエンスストアの弁当か何かで手当てできる。

杏奈を助手席に乗せて出発した。別荘地を抜けるまでのあいだ、誰かに見られはしないかと緊張した。私の家を女性がひとりで訪ねてきたことは今まで一度もない。もしこのあたりのことをよく知る人間が、横森家の火災のあと、隣人の私が見知らぬ美しい女を隣に乗せて走る姿を見れば、噂の的にならない筈はなかった。別荘地とはいえ、ゴルフコースの従業員や管理関係者など、地元の人間は何人もここにいる。オフシーズンの見知らぬ客は、東京とちがって噂の対象になりやすいのだ。彼らは見ていないようでその実、別荘地内のできごとをよく観察している。

誰にも見られることなく私は丘を下り、ふもとの町へとパジェロを走らせた。靴から下着、そしてふだん着まですべてを扱う、大型の洋品店が海沿いの国道にあった。その駐車場にパジェロをすべりこませた。

財布から三万円を抜きだし、彼女に渡した。

「ここなら一万円もあれば、すべてそろう。残りは交通費だと思ってもらえればいい。さっ、私はここで待っている。好きな洋服を買ってきなさい」

杏奈は私を見つめ、

「ありがとうございます」

といい、助手席のドアを開いた。

「まあ、迷うほどの品がそろっているとはいわない。シャネルは期待しないように」

私がいうと杏奈は微笑んで頷いた。

煙草を吸い、ぼんやりと待った。杏奈が買物に要した時間は十五分足らずだった。洋品店のガラス扉が開いたとき、ジーンズにトレーナーを着けた杏奈の姿が見えた。すべては大量生産の安物なのだが、まるでそうは見えなかった。足もとはビーチサンダルからスニーカーにかわっていた。

「お待たせしました」

彼女はわずかに息を弾ませながらパジェロに乗りこんできた。手には洋品店の紙袋をもっている。たぶん今まで着ていたワンピースが入っているのだろう。

「いや。いった通り迷わずにすんだろう?」

杏奈は笑い、頷いた。洋品店の方角に目をやると、ガラスごしに店員がこちらを見ているのがわかった。主婦のパートとおぼしい女性たちで、人の噂を何よりも好む人種だ。

私はパジェロのエンジンをかけ、国道に走りでた。

「あなたを安房鴨川《あわ》の駅で降ろそう。勝浦《かつうら》よりも観光客が多いので人目につかないですむ」

「はい」

勝浦を避けたのは、私自身の理由もあった。勝浦の駅前には、行きつけの本屋などがある。それに交番も目の前だった。

「鴨川は外房線の特急の終点だ。東京まで特急なら二時間で着く」

私はいった。

「本当にお気づかいいただいて……。あの」

私は彼女の顔を見た。

「松原さんの住所を教えて下さい。東京に戻ったらお金をお返しします」

いらない、といいかけ呑《の》みこんだ。女性に現金をプレゼントして喜ぶ男たちが、私はかつて何よりも嫌いだった。

別荘地の名前を告げた。細かい番地は必要ない。郵便はそれで到着する。あとは街区の名称と私の名で充分だ。

「松原、何と?」

「松原龍」

「龍？　ドラゴンの龍ですか」

「そう」

本名だった。親は辰《たつ》年生まれの私の名を、最も簡単な理由で決めた。

鴨川までは三十分足らずだった。平日の道は空《す》いている。同じ距離を東京で走ろうとするなら、倍から三倍の時間を覚悟しなければならない。

鴨川の駅前までパジェロを乗りつけた。

「気をつけて」

私はいった。

「はい。これから釣りにいかれるのでしょう？」

私は頷《うなず》いた。

「釣れるよう、お祈りしています」

白い歯をちらりと見せ、彼女はいった。

「ありがとう。じゃあ」

私はいい、パジェロを方向転換させた。杏奈は駅前にたたずみ、私を見送っていた。その姿はひどく頼りなげで、行き場をなくした者のように見えた。

もちろんその筈《はず》はない。杏奈ほどの美人なら、手を貸したい男はいくらでもいるだろう。

駅の前の道を走りながら私は一度だけルームミラーを見た。杏奈の姿はまだそこにあった。私はいわれのない罪悪感を感じた。

決して彼女を見捨てたわけではないのに。

彼女がどれほど深刻なトラブルの渦中にあろうと、私はそれを知らない。彼女は何も話さなかった。だから、見捨てたわけではない。私は自分にいい聞かせていた。

だがもうひとりの自分は、彼女がそのトラブルの内容を話さないようにしむけたのが私自身であると告げていた。

その理由は、彼女のトラブルにあったのではない。

私が本当に恐れたのは、彼女に惹《ひ》かれることだった。親しくなり、彼女についてあれこれ知ることでより以上、惹かれてしまうのを恐れたのだ。

より以上。

そうだ。私は初めて砂浜で彼女と出会ったときから彼女に惹かれていた。だからこそ、二度目の出会いは私を不安にしたのだ。彼女のことを知れば知るほど抜き差しならなくなる自分を警戒したのだ。

私はとりあえず、自分との闘いに最善を尽した。彼女を不快にさせることなく、自分もまた失望することなく、彼女に別れを告げられた。

これでいい。三度目の出会いはない。なぜなら私が拒否したからだ。私の発したそのメッセージを、理由はともかく彼女は受信している。

すべては終わった。杏奈には告げるといったが、私は警察や消防の人間に彼女の話をする気はなかった。私と彼女がいっしょにいる姿を別荘地の人間に見られるのを恐れたのは、そのためだった。

車を勝浦方面に走らせ、途中の釣り具屋でクロダイ用のコマセと付けエサを購入した。コマセもエサも冷凍のオキアミだった。コマセのオキアミは、釣り具屋の店先にある木箱の中で細かに砕いた。あとは海の状況しだいで、濁りか匂いを強めるための集魚剤を添加する。

国道から右手にのぞむ海は、まだうねりを残していた。白い波頭も沖に点在している。風はだいぶ昨夜に比べるとおさまっている。ただうねりがある関係で、もろに潮をかぶる磯やテトラポッドでの釣りは敬遠した方がよさそうだった。

私の頭には、以前から攻めてみたいと思っていた堤防があった。変哲のない小漁港で、どちらかというと潮通しもあまりよくはない。だが外海がシケている、今日のような日はおもしろいかもしれなかった。

唯一の問題点があるとすれば、梅雨のこの時期、産卵を終えたクロダイはあまり活発な動きをしない、ということだ。

クロダイが駄目ならメジナもある。とにかく釣りをして心を切りかえるのだ。彼女のことをすべて心からしめだしてからでなければ、家に帰ろうという気が起こらなかった。狙っていた堤防に釣り人の姿はなかった。おそらく夕刻になれば、アジ狙いの釣り人がでてくるだろう。

堤防にバケツと椅子を並べ、道具をだして釣りを開始した。コマセを途切らすことなく打ちこむ。

エサ盗《と》りは活発だった。ボラ、フグ、小メジナなどだ。そのうちの何匹かは不運にも鉤《はり》にかかった。いらだたしい存在ではあるが、彼らを殺すのが好きではない私は、二度と私の鉤には近づかないよう懇願して海に帰してやる。

本命のクロダイはやってこなかった。海に向かって抱えこむようにのびた二本の堤防の、私がいない方の先端には常夜灯がついていた。夕刻、陽が西に落ちかけた頃から、そこに何人かの釣り人が入った。おおげさな身仕度ではなく、ノベ竿《ざお》にバケツひとつといった軽装の人々だった。アジ狙いの地元の釣り人だ。アジは光の下に集まる性質がある。

陽が沈み、ウキのトップに目印の発光体をつけようかと考え始めた頃だった。クロダイ用の立ちウキが勢いよく消しこまれた。クロダイでないことはそのアタリでわかった。

竿を立てると、十四、五センチほどのアジが釣れあがってきた。鉤を外すためにつかんだとき、魚体の傷に気づいた。銀色のその横腹に小さな丸い穴が開き、赤い肉がのぞいている。

イカの仕業だ。

この時期、アカイカやバショウイカが産卵のために浅場へ乗っこんでくるのも外房の特徴だった。

イカが釣れ始めると、好ポイントは地元釣り師の激しい奪いあいにあう。堤防からでも胴寸三十センチにも及ぶイカがあがるためだ。釣りたてのイカは、釣り人以外には決して味わえない甘さがある。食味だけを考えても目の色をかえるのは無理もない。

放すつもりだったアジを、水を汲《く》んだバケツに入れた。

竿からクロダイ用の仕掛けを外し、負荷のある大型ウキにつけかえた。鉤の代わりに鼻カン付きのイカリ鉤を結ぶ。イカ用の仕掛けだった。このアジがどこでイカに襲われたかは知らないが、新しい傷跡といい、弱った体をここまで別のフィッシュイーターたちに食われずにいたことといい、そう遠くの海ではなさそうだった。

アジの鼻にカンを通し、イカリ鉤が尾の少し下にくるよう調整して仕掛けを投げこんだ。クロダイ用の竿では柔らかすぎ、ふだんのイカ狙いほどには遠投ができない。固い竿は投げ用のものしか今はパジェロに積んでいない。本当はそれでも替えた方がよいのだが、とりに戻るのが面倒だった。

ウキは電球を内蔵した大型だ。小さな港の船道に落とすと、払いだす潮に乗って十メートルほど流れた。

鼻カンをつけたアジは、海に戻ると元気を回復したようだった。ときおりウキを波間に沈めながら動き回る。

自分の機転を自画自賛しながら煙草に火をつけ、ウキを見つめた。何年か前、外房がアカイカの当たり年だったことがある。

その年は今頃の時期から大量の小鯖《こさば》が湧いていた。鯖といっても、人さし指ていどの大きさしかない本当の幼魚だ。それが、コマセを打つと海面がまっ黒になるほど集まってくる。

その鯖を狙って、今度はアカイカが大量にやってきたのだった。大は四十センチ近いものから、小は鯖とほとんど大きさのかわらぬものまで、海面近くを群れをなし編隊を組んで泳ぎ回る。

常夜灯の下では、地元の釣り人たちが、釣るなどという手間はかけず、ギャング鉤を使い、引っかけてはあげていたものだ。ギャング鉤というのは、カエシのない鉤が何本も傘のように開いたものを二重、三重に連らねた仕掛けだ。

ふとウキを見やると、波間に沈んだきり動かない。竿を立てた。異様な重さが加わり、柔らかな竿が満月にしなった。イカが乗ったのだ。

イカは獲物となる魚に抱きつくと、首や臓器に近い下腹にクチバシを立てる。合わせは、その体にイカリ鉤を刺すことで、魚の口に鉤をかけた場合とちがって、外れやすい。

外さないためには、道糸を決してゆるめることなく足もとまでひき寄せ、タモ網ですくう他ない。

幸いにクロダイ釣りなのでタモ網を用意してあった。

ひき寄せるまでのイカは魚のような抵抗はしないが、水面が近くなると激しい〝ジェット噴射〟をして逃れようとする。たいていの場合、イカリ鉤は胴ではなく十本ある脚のどれかにかかっているので、そこでミスをすれば、釣りたてのイカ刺しとはお別れである。

中腰になり、竿を立て、糸を巻きとりながらイカを寄せた。堤防から水面までは、約二メートルほどの高さがある。

この時間が釣り人にとっての至福のときである。獲物をかけ、とりこむまでのあいだ、心の中は空白になる。

竿を左にもちかえ、タモ網を右手でだした。水面近くで〝ジェット噴射〟が起こった。シュッという、怒ったような音をたてる。怒っていて当然だ。

〝ジェット噴射〟の瞬間、イカは素早く横に移動する。これにもたつくと、タモ網入れは失敗する。

膝を折り、タモ網を深く水中にさしこんだ。暗い水中ではイカの姿をはっきりとは認められない。道糸の張り具合でおよその位置をつかみ、タモ網をあげた。

胴寸三十センチオーバーのアカイカが入っていた。しっかりとアジを抱いている。

笑みがこみあげた。

タモ網を畳みこみ、堤防にイカをあげた。アジはすでに絶命していた。これではエサとして使えない。

イカをバケツに入れると、墨を吐いた。この墨はしばらく吐きつづける。

たった一匹のまぐれのアジをエサに、思わぬ大物をしとめた。もしアジがまだ確保できるなら、イカ釣りを続行するのも可能だ。

だがイカの群れが港内に入ってくると、エサにされるアジは怯《おび》えて口を使わなくなるのが普通だった。アジに限らず、ほとんどの魚がそうだ。

釣果《ちょうか》に満足し、道具を畳むことにした。

ほんの一瞬だけ、杏奈のことを思った。彼女に、この釣りたてのイカを食べさせてやりたい、と。

4

翌日はどんよりとした曇り空になった。太陽の気まぐれは終わり、梅雨前線が本来の勢いをとり戻したようだ。

遅い朝食を終えた私はパジェロで本屋にでかけた。注文しておいた本が届いており、それ以外にも数冊の新刊を購入して帰ってきた。

外房で暮らすようになってから、週刊誌の類にはほとんど目を通すことはなくなった。新しい情報に価値があるのは、その流通速度が早く、入手が遅れるとたちまち別の情報にとってかわられてしまうような土地での話だ。外房では、東京の新しい情報には、ほとんど何の価値もない。どんな店が流行《はや》ろうが、若者のファッションにいかなる変化があらわれようが、また最新の風俗店がどのようなサービスで客を満足させようが、私には無縁である。

結果、私の読書対象は小説や歴史物などの文芸書にしぼられる。

さし迫った原稿もなく、天候も外にでたいと思うほどではないとき、私は一日をのんびりと活字にひたって過す。

こちらで暮らし始めた頃、私はそういう時間の潰《つぶ》し方にどうしても慣れなかった。一日を何もせず過す——実際は読書をしているのだが——ことに、妙な罪悪感を覚えてしまうのだ。

当時の私は、何か行動をしなければ、という焦りに似た気分に四六時中、とりつかれていた。一日をただ漫然と過すのは、時間の浪費である、という考えが強かったのだ。本を読むよりは、まだ、釣りをしていた方が、正しい時間の過し方に思えた。

そしてそうであったことは、私にとってのある種の歯止めの役割を果たした。

つまりそれはこういうことだ。誰からの制約もうけず、非難の対象にもならないのがわかっていても、人間は自分の行動に不安を感じるようなときがある。その不安を感じなければ、一日中、いや何日も何日も、ベッドからでることなく眠りつづけても平気だし、朝から晩までのべつまくなしに好物を食べつづけることもできる。また、アルコールでも別の薬物でも、入手しうる限り溺《おぼ》れることに抵抗を感じない。

もし初めから、私に「何をしてもかまわない」という並外れた解放感があれば、私はためらわず酒を手にしていたろう。そして一年足らずで、重度の肝臓障害かアルコール依存症になっていたにちがいないのだ。

変化に乏しい時間の流れは、一度それを苦痛に感じ始めるとひどくつらいものになる。アルコールは、一時的に時間の流れを早める効果がある。酔った状態でいると、自分の思考速度や運動能力が衰えるため、自分をとり巻く周囲の時間が早い速度で流れているように感じられるからだ。

都会で酒を飲んでいる人間の多くは、「外では飲むが、自宅では飲まない」という。連日、盛り場の飲食店でべろべろになるまで飲むくせに、週末の自宅では一滴も飲まない、という人間は実在する。

しかし現在の私のような暮らしをしている者にとって、そうした飲酒の規則は無意味である。また、飲み始める時間に関しての禁忌もない。

私は一日中、いついかなるときでも酒壜《さかびん》を手にとることができる。それをさまたげる理由はどこにもない。

重要なのは、この「どこにもない」という事実に、いつ、どのように気づくかだ。暮らし始めてすぐにそれに気づけば、私は危険だったわけだ。気づくまでに時間を要したことが、こちらでの生活の基礎パターンを作りあげ、結果、アルコールへの依存を低めにしたのだった。

現在の私は、過度の飲酒をすることはほとんどない。昨夜のような場合は、アルコールよりも別の行為、つまり釣り、で、自分の気持を他に向けられるからだ。それが飲酒より倫理的に優れている、などという気はまるでない。

コマセを打ち海洋を汚染し、自然淘汰《とうた》以外の部分で海中の生命に干渉するのと、自分の体内にアルコールを流しこみゆるやかな自殺につなげるのとでは、後者の方が明らかに、全地球的規模で考えるなら倫理的に正しい。

海辺で暮らすようになり、私は東京に住んでいた頃に比べ、はるかに自然というものの意志を感じられるようになった。その意志は、人間の思惑のはるか外側にある。人間からやさしさを示してやらなければならないほど、この自然がもつ意志は脆弱《ぜいじゃく》ではない。地球環境を考えることは、「傷んだ自然に対する同情」からではなく、「自然の中の夾雑物《きょうざつぶつ》になりつつある人間としての分をわきまえる」面からでなくてはならないと思っている。

自然が偉大であり、人間の力では決してねじふせられない存在であることは、産業革命の以前も以後も何らかわっていない。

やさしさを示そうとすることはときに思いあがりであって、むしろそれより自然の寛容と猛威を見切り、そのはざまで暮らしていく方の道をとりたい。

海をよごすことを避けるのは、次に自分がそこを訪れたとき不快な思いをしたくないから、という理由に他ならない。といって、二度と訪れないであろうからと、どこであっても平気でゴミを放置していく神経も私はもちあわせない。

要は、対自然、などという思いあがったスタンスではなく、対自分としてどちらを選ぶかに過ぎないのだ。

海はまちがいなく、すぐそこにある。それは百年たち、千年が過ぎても変化しない。千年後の海の状態を考えて環境保護につとめるのは、高尚ではあるが無為に近い。むしろ、自分自身の不快さを避けるための環境保全の方が私には有意義なのだ。

私は本を読み、コーヒーを飲み、飽きるとカールを連れて散歩にでかけた。

焼け落ちた横森邸に近づく気にはなれず、今にも大粒の雨を落としそうな空を見上げながら、別荘地の他の街区を歩いて回った。

梅雨前線におさえこまれ、海はべったりとないでいる。梅雨どきは一年中で一番、海が穏やかな季節である。やがて梅雨が本格化すると、このあたりには濃い霧がでるようになる。

港で釣りをしていてふと気づくと、あたり一面に濃い白いベールが降りているさまは、なかなか幻想的な光景ではある。

散歩を終え、家に戻ってきたのは、午後の五時過ぎだった。そろそろ夕食の仕度にとりかからねばならないが、それほどの空腹は感じていなかった。

昨夜のイカは昨夜のうちに私の胃袋におさまり、残ったいくらかは冷蔵庫の中にある。

電話が鳴った。

「はい」

受話器をとった私の耳に懐しい声が流れこんだ。

「ハイ！　相棒。元気か」

少し酔っているようだった。しかし酒で自分を失った姿はいまだかつて見たことがなかった。

「何とかな。そっちはどうだ」

「俺か？　街か？」

「その順番で聞こう」

「俺は……そう、コークと縁を切ろうと決めて三日目だ。やらなくてもつらいことはないが、やめてみてわかったのは、あれもまあ、日常の楽しみのひとつだったってことだな」

かつての私の共同経営者は笑った。しゃがれた太い笑い声だった。

「今何時だ、そっちは？」

「ん？　夜明けにはもうちょいと間があるってところだ」

「街はどうだ」

「かわらねえ。大統領選が近いんで、お偉方はちょっと浮き足だってるってところか」

「商売は順調か」

「まあまあだ。モスがやめちまったんで新しいベースを入れたが、こいつがひでえジャンキーだった。てめえの鼻の頭にスノウがくっついていても気がつかないような野郎さ。今、クビにする口実を考えてる。ジャンキーってのはなんであぁ、中毒がひどきゃひどいほどてめえのことを天才と考えているのかな」

「自分の胸に手をあててみろ。よくわかるだろう」

「あいかわらずクールだな。魚ばかり食って、血がもっと冷たくなっちまったんじゃないか、リュウ」

「コークはやめようという、その心がけは評価しておこう」

笑い声がまた聞こえた。

「ところで、四、五日、日本に帰ることになるかもしれん。遊びにいってもかまわないか」

「薬《やく》ぬきはニューヨークじゃ無理か」

ケインは再び太い笑い声をたてた。

「そう、ずばずばいうな。懐しいぜ。この街で水商売をやってると、長生きしたさに本音がいえなくなってくる」

「いつ頃くるんだ」

「まだわからん。決まったら電話する」

「どうせまた成田からだろうが」

一年半前ケインが帰ってきたときは、突然成田空港から電話があり、その足で我が家にやってきた。

「かもな。まだそこにいるってことを確認したかったのさ」

「ああ、いる。海もまだある。魚もまあ、泳いでる」

「食いついちゃこないが？」

「そういうことだ」

　ケインの笑いが爆発した。

「わかったぞ、リュウ。お前がクールなのは、カッツの魚がお前にクールだからなんだろう」

　ケインは勝浦をいつも「カッツ」と呼ぶ。

「大当たりだ。今度寝ているあいだに口に鉤《はり》をひっかけてやる」

「俺の口はなかなか開かないんだ。キャッシュを前にしない限り」

「ケイン、日本にくるのはやばい仕事でか」

「まさか。日本のヤクザ・マネーがこっちでロンダリングされる時代に、そっちへやばい仕事でいく奴はいないよ」

「オーケー、それならいい。お前さんの道具は、サックスと一物以外はもってきてくれるな」

　ケインは笑った。よく笑う男だった。ケインの笑い声が私は大好きだった。

「ま、一物もおいていってもいい。リュウの趣味がかわってなけりゃ、カッツじゃ使い道はなさそうだ」

「素敵だな。その申し出は拒否しない」

ケインは大笑いし、話せてよかった、と私にいった。私は心から待っている、と彼に伝え、電話を切った。

ケインと私が出会ったのは、もう二十年以上も前のことだった。ケインは売れないミュージシャンで、食べるためにウエイターの仕事をしていた。私も同じ立場だった。ケインは両親の顔を知らずに育った。母親が中国系だということは確かなのだが、父親はさまざまな民族の血が混じった人間だったようだ。

肌は浅黒く、がっしりとした体つきで、アフロアメリカン系の肌色ながら容貌《ようぼう》はギリシャ人のような彫りの深さがあった。英語と広東語に堪能《たんのう》で、根っからの女たらしだった。十代の後半から二十代の終わりまで、ケインは女から女を渡り歩き、言葉もマナーも、そして喧嘩《けんか》のやり方まで女から学んだのだった。

私とのパートナーシップを解消したあと、二人で山分けにした金を手に、ニューヨークへ渡った。ニューヨークにはユダヤ人の商売人と結婚したかつての女のひとりがおり、ケインの長年の夢をかなえるのに協力した。

ケインの夢は、食事と酒、そしてしっとりした音楽を売り物にした店をニューヨークのまん中で開くことだった。

その夢の九割がたは、かなったように私には見える。彼の店には一度しかいったことはないが、ときおり話を聞く限りでは、客にも恵まれている。

問題は、夢がかなったあとのケインだった。薬に深入りしたのだ。コカインに始まって、クラック、スピード、ヘロイン、LSDと、ひとわたり手をだしたあげく、元のコカインに戻り、かなり重症のジャンキーになってしまったのだった。

ケインは一時的にひどい自己嫌悪におちいった。ケインによれば、ジャンキーとは自分を決して好きになれない人間が選ぶ、消極的な自殺の手段であるという。すなわちジャンキーになることによって、薬の手助けを得て自分と折り合いをつけ、かつゆるやかな自殺を開始するのだ。

が、自己嫌悪の問題はともかく、自殺はケインの性分にあわないようだった。そこでケインは薬の快楽は享受しつつ、死にはつながらない生活を送ることにした。そのために半年から一年に一度、「薬ぬき」をおこなうのだ。

ヘロインに比べればコカインは激しい禁断症状もなく、またそこまで重度のジャンキーにならないようこの数年気をつけていることもあって、「薬ぬき」は成功していた。ただ、その間彼は「里帰り」と称して、日本にやってくるのが常だった。アメリカに比べ、薬が手に入りにくい日本で、自らをあきらめさせるのだ。

ケインがジャンキーになったことに私はさほど驚きは感じなかったが、その動機にはいささか奇異な思いを抱いた。

成功が、ケインをジャンキーにしたてたわけだ。人生の目標が手に入ったことによって、逆に薬に溺《おぼ》れるというのは意外な反応である。

だがケインにいわせると、アメリカにはそういう人間が少なくないという。特にアッパーミドルクラスで、離婚を経験し、キャリアのある頭脳労働者にコカイン中毒者が多い、というのだ。

彼らは収入に恵まれ、自分をとり巻く労働環境にも満足している。ある意味で「これ以上」を望めない地位にまで到達しているわけだ。結果、未来に対して絶望を抱いてもいる。その絶望の定義は複雑だが、要するに、

「この先、これといって楽しみがない」

ということらしい。手に入れたのは確かに欲しかったものだが、長年かかって手に入れてしまうと、とたんに幸福感が消えてしまう。そして堕落するには頭がよすぎ、かつ勇気もない人間が、新種の暇潰《ひまつぶ》しとして薬に手を出す。

薬代に困るような生活でもなく、またそれで残りの人生を棒にふるほど愚かでもない彼らは、自らが薬と折り合いをつけていけると信じるのだ。

「だが結局、奴らは死にたがっているのさ。その証拠に、そういう連中の三人にひとりは、ドラッグをやったあげく高速道路をぶっとばして自爆したり、ある朝バスルームで拳銃《けんじゅう》を口にくわえたりしてるよ」

あるときケインはそういったことがあった。薬をやりつづけることで、新たな自己嫌悪

を体内に生みだしているのだ。

ケインはそこまで複雑な考え方はしていない。ケインにとって「薬ぬき」は、ダイエットとさしてかわらない。意志の弱い人間が、美食の誘惑が多い都会ではダイエットをおこなえず、田舎に合宿をしにでかけるのと同じなのだ。

「薬ぬき」中のケインは多少ナーバスになることはあっても、おおむね明るく、健康的にふるまっている。そして何よりも彼は私の元パートナーで、互いを世の中で最もよく知った人間であると信じる安心感がもてた。その点で、彼を迎えることは、私にとっては負担にならない気分転換なのだった。

三日間が過ぎた。いつも通りのどうということのない日々だった。勝浦警察署の警察官が私を訪ねてきたのは、杏奈を鴨川の駅に送っていった二日後だった。彼らの話によれば横森邸の出火原因は、煙草の火の不始末で、火元は横森老人の寝室らしい。横森老人はヘビイスモーカーだった。

私は初めから、杏奈のことを警察官に告げる気はなかった。しかし火事の原因がどうやら彼女とは無関係であるというのは、私の心に平穏をもたらす知らせだった。

そして四日目、彼女が現われた。

朝食を終え、いつものようにベランダでコーヒーを飲んでいたときだった。不意にカールが吠《ほ》え、それから数秒後、玄関のチャイムが鳴った。

私は歩いていってドアを開いた。杏奈が立っていた。

プリント地のサマードレスに、足もとにはボストンバッグ、という姿だった。髪は少し短くなり、ストレートになっていた。初めて出会ったときよりもきちんとした化粧を施し、もちろん杏奈だとわかってはいても息を呑《の》むほど美しかった。

杏奈は不安と緊張の混じった、硬い表情を浮かべていた。私は、

「やあ」

というのがせいいっぱいだった。彼女はぎこちない微笑を浮かべ、

「また、きてしまいました」

といった。

「そのようだね。それほどここが気に入ったのかい」

私はいいながら、ドアを大きく開き、彼女を招じ入れようとした。杏奈は一瞬躊躇《ちゅうちょ》し、かぶりをふった。

「つらい思い出はあります。けれども……」

言葉を途切らせた。

「けれども？」

私は訊《たず》ねた。杏奈は深呼吸し、

「他にいくところがないんです」

といった。

今度は私が言葉に困る番だった。他にいくところがないとは、どういう意味なのか。彼女が住む家もなく、暮らしていく費用にも困窮しているほど経済的に逼迫《ひっぱく》しているとはとても思えなかった。

やはり犯罪に何か関係しているのだろうか、そのとき思ったのはそれだった。

「とにかくお入りなさい」

が、私はそういっていた。彼女は大きく目をみひらいて私を見つめ、

「いいのでしょうか」

と訊ねた。

「君はもうすでにここにきている。そして他にいくところがないという。とりあえず私はそうとしかいいようがない。いいのでしょうかといわれても、私にも答えることができない」

私はいった。彼女の口もとがゆるんだ。

「そうですね。わたしは何をいっているんでしょう」

そのときカールが私のかたわらをすり抜け、彼女の足にとびついた。

「カール」

彼女はいってかがみこみ、カールの頭をなでた。私が立ったままそれを見おろしていると、杏奈はいった。

「ごめんなさい。まるでカールを人質にしたみたいで……」

「そんなことは思っていない。もし君を本当に追い返したければ、カールの首輪にヒモをつけ、それを君に握らせて追いだしている」

「……よかった」

「こっちへ」

私はいって、先にベランダへ向かった。杏奈はカールを従えてやってきた。暖かだが、雲の多い日だった。海面の一部に、雲の切れ目からさす陽が鈍い輝きを与えている。

「すわって」

彼女にベンチを勧め、新たなカップにコーヒーメーカーからコーヒーを注いで渡した。

「ありがとうございます」

カールはひどく満足そうに彼女の足もとにうずくまった。

私は予備の折り畳み椅子をだして、彼女の向かいに腰かけた。ぬるくなったコーヒーを口に運んだ。

「あのあと、松原さんのことをいろいろと考えました」

杏奈はいった。

「私のことを？」

「きっとすごくご迷惑だったにもかかわらず、わけも訊《き》かずにわたしを助けて下さった。もし松原さんと会えなかったら、きっとわたしは大変なことになっていただろう、って」

「おおげさだね」

私はいって煙草に火をつけた。

「浜辺で会ったのは偶然だが、火事の晩、君がこの家にきたのは偶然ではない。ここは、横森さんのお宅から一番近い、人の住んでいる家だからね」

「でも松原さんとお会いできたのは、わたしにとっては奇跡のようなものです」

私は首をふった。杏奈のいい方は決しておもねるようなものではなかったが、突然現われ、こうしたことを聞かされるのはどこかに違和感を感じずにいられなかった。

「あのとき何も訊かなかったからといって、君の人間性を全面的に信用したわけではない」

「わかっています。警察の人はあれからきましたか？」

「きたとも。火事の原因についても話していった」

私はそこで言葉を切り、彼女を見つめた。自分のことをいやみな奴だと感じ、すぐにつけ加えた。

「横森さんの煙草の火の不始末らしい、ということだった」

私の視線をうけとめた杏奈の目に揺らぎはなかった。

「君のことは——話しそびれた」

杏奈は初めてうつむいた。

「松原さんは、静かに暮らしていたいのだろうと思いました。きっと、なるべく外側の世界と触れあわずに。こういういい方は無神経でしょうか？」

「いいや」

私は首をふった。認めることに今はさほどのためらいを感じなかった。なぜなら今回も、彼女の方から私を訪れたのだ。

「また、会いたい、と思っていたからね」

杏奈は頷《うなず》いた。

「わたしもです。なぜだかはわからないのですけど、わたしのことを相談できる人に初めて会えたと思いました」

「他にいくところがない、というのはそういう意味でいったのかね」

「はい」

私は息を吐いた。

「ひょっとしたら私は、そういう役には一番不向きな人間かもしれない」

杏奈は目をみひらいて私を見つめた。

「ご迷惑でしょうか」

「君がここにいることはまるで迷惑ではない。だが身の上相談は、できれば聞きたくない。私は『見ぬもの清し』という言葉が好きなんだ」

「わかりました。では、相談をするのはやめます。わたしをここにおいていただけますか」

「君は――」

いいかけ、とまどった。私はいったいどうすればよいのか、不意にわからなくなった。

「わたしのことをハウスキーパーとして扱って下さるのならそれはそれでけっこうです。恋人だと思っていただけるなら、もっと幸せですけど」

私はしばらく杏奈の顔を見つめていた。彼女はすべてをさしだしてでもここにいたがっている。

いったい何から逃げようというのだろう。

彼女はやはり私を利用しようとしている。そのとき私は確信した。私に肉体を自由にさせてでも、ここに隠れていたいのだ。

「ひとつだけ訊きたいことがある」

私は声に冷たさが加わるのをおさえられなかった。

「君は警察に追われているのかね」

「いいえ」

杏奈は首をふった。

もしかしたら横暴な夫から逃れようとしているのかもしれない——そう思い、とっさに彼女の左手の薬指を見た。指輪も、それらしい跡もなかった。そのことは、私をほっとさせた。

「他に何か、お知りになりたいことはありませんか」

何から逃げているのか——その言葉が喉《のど》もとでつかえていた。だが口にだせなかった。

私は彼女に対し無関心でいると、宣言したようなものだった。

「魚は好きかい」

杏奈はにっこりと笑った。

「大好きです」

5

その夜の夕食は、冷蔵庫にあるもので彼女がこしらえた。たいした材料があったわけではない。薄切りの豚肉と野菜が少し、それに卵だった。彼女が夕食を自ら作るといいだしたとき、私は断わりづらいものを感じて、それをうけいれたのだった。

買いだしにいこうかという私の問いに、彼女は冷蔵庫の中味を調べ、必要ない、と答えた。それを聞き、たぶん料理の腕には自信があるのだろう、と私は思った。

私は二階の、物置きどうようにしていた空き部屋を整理し、彼女のための寝室を用意した。

彼女が私を利用しようとしているにちがいない、と思った瞬間から、私は彼女と肉体的な接触は絶対にもつまいと誓っていた。あくまで共同生活者として、ここにおくのだ。

部屋の仕度が整うと私は杏奈を呼び、披露した。

「ここが君の部屋だ。狭いが陽あたりは悪くない。好きなように使ってくれてかまわない」

それは六畳ほどの和室だった。私はそこに来客用の布団《ふとん》と小さな座卓をおいた。

「部屋の扉に鍵《かぎ》はかからないが、私は勝手に入ったりしない」

杏奈は私の顔を見つめ、

「ありがとうございます」

といった。

「それからひとつだけ守ってほしいルールがある。それは、カールは二階にあげない、ということだ。この階には私の寝室と仕事部屋がある。だからカールにはこないように教えてある。その約束を君にも守ってほしい」

「わかりました」

私たちは下に降りた。事務的ないい方をしたことで、私の中に気まずさが残った。それは、私が彼女に決して手をだす気がないことを彼女が感じとったのではないか、という懸念も加わっていた。

私はそう気づかれることで彼女が傷つき、出ていくといい出されるのを恐れていた。利用されている、と確信しながら、私は彼女にいてほしいのだった。

「松原さん」

杏奈が呼びかけた。

「お願いがあります」

「何だい」

「ここにいるあいだに、わたしに釣りを教えていただけませんか」

意外な〝願い〟だった。

「それは簡単だが――」

「自分で釣ったお魚を食べてみたいんです」

私は微笑んだ。

「魚はおろせるかい」

杏奈は頷いた。

「小さな頃、母から教わりました。育ったのが海の近くだったものですから。忘れているようなら、教えて下さい」

「わかった。明日かあさって……早速、海に連れていってあげよう」

「嬉《うれ》しい」

彼女は笑みを見せた。

夕食は少し早めの時間になった。杏奈は豚肉の細切りに卵をからめてソテーし、温野菜をつけあわせに添えた料理を作った。

「松原さんはお酒を召しあがります？」

「一応、何でも飲む」

食事を作る直前に杏奈がした質問がそれだった。

「今日は何を？」

私は彼女の顔を見直した。飲みたい酒にあわせて料理の内容を和風か洋風に決めようというのだ。「作れる」料理を作る、というのとはまるでちがうスタンスだった。

「きなさい」

私は彼女を地下室に連れていった。さほど自慢できるものではないが、百本ほどのワインが地下室には寝かせてあった。半分は自分で揃えたもので半分はもらったものだった。

「まあ」

彼女はいって、しゃがみこんだ。地下室には、私が東京に住んでいた頃の品物もかなりしまいこんであった。彼女がそれには余分な興味を示さないことを私は願った。

ワインは赤が主にイタリアとフランス産で、白はドイツとカリフォルニアだった。ドイツワインの白は、特に寝酒として愛飲している。

「ワインがお好きなんですか」

杏奈は私をふり仰ぎ、訊《たず》ねた。

「酒は何でも飲む。ワインはおいておくのには手がかかるが、飲む手続きは簡単だ。ひとり暮らしにはぴったりなんだ」

「今日はワインを？」

私は頷いた。ふと、初めて会った日の晩の空想がよみがえった。もちろん事情がかわった今、あれは実現化しない。

「好きなのを選ぶといい」

並外れて高価なものは一本もない。私には眺めて楽しむ趣味はないからだ。どれを空けようが、落として割ろうが、苦にはならない。

杏奈は手をのばして一本を抜きとった。イタリアの赤ワインだった。やや重いが、飲んだあとはさっぱりとしている。

「これが好きなんです」

「けっこう」

その結果でてきたのが豚肉のソテーだった。味つけはレモンをベースにしたさっぱりとしたものだった。むしろつけあわせの温野菜の方にチーズを使った濃いめの下味をつけている。

「すごくおいしい」

クラレットグラスに注いだワインを飲みながら私はいった。クラレットグラスを選んで食卓においたのも杏奈だった。我が家は、ワイン用のグラスだけは、種類を揃えてあるのだ。杏奈がクラレットを選んだということは、それだけワインを飲む食事に慣れている証拠だった。

「よかった」

料理は誰かに習ったのか、という問いを私は呑《の》みこんだ。杏奈の料理は、嫁入り修業用の料理学校あたりで身につくものではない。特に温野菜の下味は、プロレベルのコックの技術だ。

しかも、その手際とスピードは、まさしく慣れた人間のものだった。本やうろ覚えの知識を頼りに作ったとはとうてい思えない。

食事がすむと、私はいった。

「後片づけは私がしよう」

「いいえ、全部自分でしないと気がすまないんです」

杏奈は強い口調でいった。

「わかった」

「松原さんはポートワインでも召しあがっていて下さい。チーズでもお切りしますか」

「いや」

私はいって苦笑した。

「それより熱いお茶が一杯ほしい」

「おもちします」

ベランダにいき、煙草を吸った。湿りけのある南風がワインで少し火照《ほて》った頬に心地よかった。

やがて杏奈が湯呑みにほうじ茶を注いで運んできた。

風に乗り、潮騒《しおさい》がかすかに聞こえた。静かな晩だった。

杏奈は湯呑みを両手で包み、茶を飲んだ。

「静かなんですね」

「じきに賑《にぎ》やかになる。真夏には花火の音でうるさいくらいだ」

杏奈は光る目で私を見つめ、無言で頷《うなず》いた。私はいった。

「君の料理は最高だ」

「合格ですか」

「偉そうに君に朝食を食べさせたのを後悔している。あのときもさっさと作ってもらえばよかった」

「とんでもない。不安だったんです。昔、プロでいらしたと聞いたので……」

「それほどのものじゃない」

「よかった。迷っていたんです。作ろうかどうしようか。でも居候をお願いしておいて、料理くらいできなかったら、明日にでも叩《たた》きだされそうで……」

いつまで、という問いが私の胸にはひっかかっていた。彼女が立ち去り、訪れるであろう寂しさに怯《おび》える気持が、すでに私の心には芽生えていた。

「あつかましいお願いついでなのですが、食費はわたしに負担させていただけますか」

杏奈はいった。私は無言で彼女を見つめた。

「お料理は大好きなんです。松原さんが召しあがりたいというものを何でも作ってみます。ただ、食材を選ぶときに、自分のお金でないと迷ってしまって……」

「気持はわかる。だが労働以外の負担を君にはしてほしくない」

「どうして？」

私は海の方角に目を向けた。雲のせいで、水平線は暗闇に呑まれている。

「たぶん君は、永久にはここにいないだろう。いなくなったときの私のことを考えてもらいたい。君が生活の中で占める割り合いはいかなるものであれ、小さいに越したことはないんだ」

彼女の方は見ずに喋《しゃべ》った。しばらくの沈黙があり、

「そうですね」

低い返事が聞こえた。

「君にはいるあいだはずっと、〝お客様〟でいてもらいたい。本当はその方が気が楽なんだ」

杏奈がゆっくりと息を吸いこむ音が聞こえた。

「では、前もっていくらかをお渡しするのはかまいませんか」

私は横を向いたまま頷いた。

「それで君の気がすむのなら……」

「はい」

私は彼女をふりかえり、空になった湯呑みを見せた。

「お茶のおかわりをもらおうか」

杏奈は無言で立ちあがった。

私はすわったまま新しい煙草に火をつけ、何も見えない海と空に目を向けていた。明日からの私たちのようだ。いったい何が起こり、どうなっていくのか、まるで見当がつかない。


翌日、朝食を作ったのは私だった。杏奈は必要以上に出しゃばらないと決めたようだった。買いおきのアジの開きと納豆で食事をした私たちは買物にでることにした。当面、杏奈がここで暮らしていくのに必要な、最低限の品を揃える必要があったのだ。

杏奈の希望で、私は前にも彼女が衣服を揃えた大型の洋品店に連れていった。彼女が買物をしているあいだ私は、通りの斜め向かいにある釣り具屋に寄った。

このあたりではジンタと呼ばれる小アジの群れがそろそろ港内などに入っているようだった。土地の人間が専門に狙うのは、夏はアジ、冬はサヨリである。クロダイのような、エサ代や時間を要するわりには釣果《ちょうか》に恵まれない魚を地元の人間が狙うのはまれだ。

私はコマセに使うイワシのミンチと付けエサの粒アミを買って車に戻った。

パジェロに杏奈が戻ってくると、釣り具屋のビニール袋に気づいた。

「何を買ったんですか」

「堤防からアジを釣ってみようと思ってね」

杏奈の目が広がった。

「今から？」

「いや、日が暮れてからだ。だから今夜の夕食は、堤防でも食べられるものがいい」

一瞬考え、

「魔法壜《びん》はあります？」

私に訊《たず》ねた。

「あるとも」

「スープにステーキサンドは？」

「いいね」

「じゃ、早速準備しなくちゃ」

彼女を大型のスーパーに連れていった。食材は、彼女と私の双方が選んだ。彼女は選ぶときに、我が家のキッチンに何があって何がないかを細かに訊ねなかった。だが選ぶ品を見て、昨夜のうちにチェックがすみ、あらかじめ頭の中にリストが作られていたことを知った。

買物から帰ってくると私は二階にあがった。彼女が夕食を仕度しているあいだ、私は仕事をしようと思ったのだ。共同生活にパターンが生まれるまでは、可能な時間に、〝しなければならないこと〟をしてしまう必要があった。そしてそう思ったせいかはわからないが、その日の能率は、ひどくよかった。私は通常かかる時間の三分の二で、一週分の原稿をしあげてしまった。

仕事が終わったのは四時過ぎだった。階下へ降りていくと、スープの温かな香りが漂っていた。

ジーンズ姿の杏奈は、ベランダでカールと戯れている最中だった。冷蔵庫から冷えた麦茶をだして飲み、それを見つめた。

杏奈は私に見られていることにまるで気づいていなかった。カールと戯れているときの杏奈は、ひどく饒舌《じょうぜつ》で、気どりがなかった。言葉づかいにも飾りけがなく、ふと別人を見ているような錯覚をおぼえるほどだった。

だがカールはそうした杏奈にとまどいを感じてはいなかった。じゃれつき、ときには大胆すぎるほど杏奈の体にまとわりついた。

――このスケベ！　何考えてんだよ

杏奈がそういっているのを、私はキッチンの陰で聞いていた。

――お前な、そんなことばかりしているとホットドッグにして食っちゃうからな
私はグラスを手にこっそりと二階に戻った。私がカールとのやりとりを聞いたことは、彼女には内緒にしておこうと思ったのだ。

杏奈が私に対し、〝演技〟をしているのだとするなら、それは何のためなのかを考えずにはいられなかった。

彼女はいったいどういう女性なのか。洗練された容貌《ようぼう》と物腰、驚くほどの料理の才能、まるで不良少女のような口のきき方。

ただ謎めいているだけではなく、本当の謎が、彼女にはあった。

私は彼女がそれを話す機会を封じてしまった。

机の上には何も書かれていない白い封筒がのっていた。朝食のときに杏奈からうけとったものだ。中には、前回私が彼女に貸した三万円の他に、十万円が入っていた。

私はそれをそのまま机のひきだしにしまった。

十万円がいったい何日分であるのか、彼女は口にしなかったし、私も訊ねなかった。

ただいえることは、やはり彼女は、経済的には決して困っていない。もちろん十万円は大金とはいえないが、十万円の現金の他にも、彼女は〝財産〟と呼べるものをもっているにちがいなかった。

ヘアスタイルがかわり、新たな服装で現われたことをとって見ても、彼女には、「帰る

場所」がある筈《はず》なのだ。

にもかかわらず、ここにこうしているのは、何かの理由があってにちがいなかった。それが何であるかはもちろんわからない。

私は知ろうとすべきなのだろうか。

たぶん、彼女が真実を語ってくれるなら、そうすべきだろう。

だが私にはそうなるとは思えないのだった。杏奈は私を利用するために〝作り話〟めいたものをする。私はそれをすぐに見抜くだろう。

しかし見抜くことと、それを相手に知らせるのは別の問題だった。

かつて私は、女の専門家だった。もちろん、比喩《ひゆ》的な表現である。が、多くの女の相談にのってやり、身の上話と称する〝作り話〟に耳を傾けてきた。彼女たちの目あてはいろいろだったが、常に自分の利益がその中心にあった。私ほど、女の「真実」を目にした人間も少ないだろう。結果、女たちの「嘘」と「嘘でないこと」の境目に敏感になった。

身の上話というのは、奇妙な効果を語った本人にもたらす。それは、語った人間が、それ以降、聞かせた相手に対し、当然のように友情なり愛情を期待するようになることだ。

身の上話を、知りたいと願って聞かされたのなら、それは不自然ではない。

――あなたのことをもっと知りたい、聞かせてほしい

と告げるのは、親近感の表われであり、友情や愛情のスタートになりうる。しかし、そ

れを望んだわけでもないのに、一方的に身の上話を聞かされ、「あなたには私の話を聞かせたのだから」と、〝情〟という形の甘えを押しつけられることが、かつて私はたびたびあった。

しかも奇妙なことに、身の上話が〝作り話〟であったとしても、それ自体には何のちがいもないのだ。

たとえ作り話であろうと、語った本人は、身の上話を聞かせたという意識をもっているし、私の方もそれが作り話であると気づいたとしても、相手にそのことを悟らせずにきた。結果、彼女たちは、私に甘え、友情を要求したりトラブルをもちこんだりしたのだった。

私はそれに疲れていた。身の上話を聞かされるたびに、たとえそれが嘘であってすら、その後の彼女らの期待に応《こた》えることを望まれ、うんざりしていた。

そうしたとき、私が彼女らの作り話を見抜いているとそれとなく知らせても、事態にさほどの変化はなかった。作り話と見抜いたと知らせることは、結局、別の身の上話を聞かせろと私が要求しているような形になってしまうからだった。彼女らの期待をさらにエスカレートさせるだけだ。

私がもし杏奈の身の上話を聞けば、それが真実であろうとなかろうと、杏奈は私との距離が縮まったと考える。

だが事実は私にとって逆なのだった。いかなる身の上話であろうと、聞いてしまった私は、さらに彼女とのあいだに距離をおくことになるだろうという予感がある。彼女は話したあと、私と彼女が肉体関係をもつことを当然の成りゆきと考えるかもしれない。

通常の男女においてはそれは自然である。出会った日の晩、私がめぐらせた空想もその〝手順〟を踏んでいた。

しかし私と杏奈は、もはや通常の男女の関係はもちえない。彼女に惹《ひ》かれるものを感じながらも、私は彼女を疑っている。そしてその疑いを口にだし、さらなる嘘を聞かされることを恐れている。

杏奈がそれに気づいているかどうかはわからない。

ただ、杏奈が、自分の利益のみを中心におくような、私がこれまでいくらでも見てきた女たちと同じ考え方をしているなら、私と寝ることを早めにすませておきたいと思っているだろう。

寝てしまえば、自己利益の優先は正当化されやすくなる。

体が最大の財産であった女たちにとり、肉体の提供のみかえりは、男たちによる物理的な奉仕だ。多くの場合それは、〝金〟という言葉でおきかえられる。

午後五時になると、私は階下に降り、杏奈に仕度は整ったかと訊《たず》ねた。

杏奈はテーブルの上に並べた魔法壜《びん》とアルミホイルの包みをさした。微笑み、

「万端です」

と答えた。

杏奈はジーンズにトレーナーといういでたちだった。私はその上に羽織る革のジャンパーを選んだ。

「これじゃ暑すぎません？」

「海というのは、いつも風が吹いているものなんだ。街なかでは微風でも、海辺ではかなりの強さになる。しかも風は効率よく体温を奪うからね。女性の場合はトイレの心配もある」

「そのつもりで水分は控えていました」

私は杏奈の顔を見直した。

「本当に？」

「ええ。船とちがって、海辺にはトイレがないでしょうから。でもいざとなったら、大丈夫です。人目につかない場所さえあれば」

「清潔とは口が裂けてもいえないが、公衆便所のある港もある。いざとなったらそこへいけばいい」

「釣りにはポイントがあるのでしょう」

「ああ」

私は頷《うなず》いた。

「トイレを優先させて、釣れないポイントに行くのなら、トイレがなくても釣れるところに連れていって下さい」

杏奈ははっきりといった。そして微笑んだ。

「わたし、見かけほど、やわじゃありませんから」

「わかった」

私は彼女のために、0号のクロダイ用リール竿《ざお》を選んだ。ジンタならばノベ竿でも釣れるし、むしろその方が手返しがよいのだが、もし彼女が本格的に釣りを覚えたいのなら、リール竿に初めから親しんでおいた方がよいと思ったのだ。

自分用に私は、イカの仕掛けを投げられる、太目のリール竿とノベ竿を車に積みこんだ。ジンタをやるならば、イカも狙うのが、この時期は賢明だ。

「ではトイレのない港にいく。ただし釣果《ちょうか》はかたい」

パジェロに乗りこむと私はいった。カールは留守番だった。

家をでて、十五分足らずで私たちは目的の港に着いていた。

そこは外房に多い、岩礁帯の上に造られた小漁港で、外海に直接面している。海がシケれば、大きな波やうねりが押しよせ、釣りにもならず、さらに危険ですらある。反面、潮通しがよく、さらに岩盤の裂け目――海溝――を通って魚が集まる、という特性をもっていた。

漁港は、二十メートルほどの長さの突堤が二本、海に向かってつきでている。当然、その先端部分が最良のポイントとなる。

初秋からのアジ釣りの盛期には、夕方四時を過ぎればもう、人ひとりが立つ幅もないほどの数の竿が並ぶ。この堤防からその時期釣れるアジは、形がよいので知られているのだ。それが多いときにはひと晩で束釣り（百尾）近くあがる。

今はまだジンタの時期なので、それほどの数の釣り人はやってこない。当然、平日のせいもあって、堤防にも人の姿はなかった。

私は海に向かって左側、赤灯と呼ばれる灯台の立つ側の堤防に入った。風はさほど強くなく、海もないでいる。

初心者である杏奈を連れている以上、明るいうちに竿をだすのが得策だった。あるていど竿あしらいに慣れていないと、暗い中で仕掛けをあげさげするのは、トラブルの原因になる。

赤灯の先端には、電灯も立っていて、これが夜、アジを集める理由にもなっていた。

アジは目の良い魚で、明るいうちはなかなか鉤《はり》のついたエサを食わない。最も食いが立つのは、日没前後の、通称夕まずめといわれる薄暮の時間帯である。それまではほとんど釣果は見こめないが、リールの扱いに慣れるには余裕があった方がいい。

堤防の先端に立つと、澄んだ海面から底までが、くっきりと見通せた。天候は曇っていたが、薄陽がときおりさしかけてくる。

私は水汲《みずく》みバケツを使って水を大きなコマセバケツに満たした。そこへ、一見、塩辛のようなイワシのミンチを袋から絞りだす。

「何ですか」

「イワシのミンチだ。これを薄く溶いたものを水面にまくと、アジが匂いにつられて寄ってくる」

「あまりおいしそうには見えませんね」

杏奈は微笑んだ。ミンチは灰黒色をした、どろどろのペーストである。

コマセの準備が整うと、私は竿をのばし、杏奈に基本的なリール竿の扱い方を教えた。アジのタナはさほど深くないので、仕掛けは、電気ウキの固定を用いる。

「タナは最初、一ヒロ半くらいから始めよう。一ヒロというのは、約一・五メートル。両腕をいっぱいに広げた長さだと思えばいい」

ウキを立たせるための錘《おもり》調整をして、私は竿を杏奈に渡した。鉤は、市販のアジ鉤で、ハリス0.6号を使う。

「魚が食えばウキが沈む。そうしたらまず竿を立てなさい。あまり沖に流していなければ、リールを巻かなくとも竿を立てるだけで魚は海面から上がってくる。あとは自然に自分の前に寄ってきた魚をつかめばいいんだ」

「本当に釣れるでしょうか」

「あと一時間もしたら、入れ食いを楽しめる筈《はず》だ」

「本当ですか⁉」

私は頷いた。

「それまでは釣れなくとも、練習のつもりで竿をふってごらん」

とりあえず、コマセをまいて、私はいった。明るいうちにくる外道《げどう》としては、フグ、ボラ、小メジナなどがいる。たぶんそれらの魚がかかっても、杏奈は楽しめる筈だ。

私もノベ竿をだして、杏奈と並んだ。折り畳み式の椅子に腰かける。

アタリらしいアタリはでないまま、三十分が過ぎた。

杏奈も私もしばらく無言だった。ゆるやかな波に揺れる、電気ウキの赤い頭をぼんやりと見つめていた。沖をいく漁船のエンジン音と頭上を旋回する鳶《とんび》の鳴き声だけが聞こえてくる。

杏奈がため息をついた。

「なんだかすごく静かですね」

「今日はね」

答えた私の顔を杏奈が見つめた。

「海は天気によって表情がすごく変わる。冬の、悪天候の海は、冷たくてひどく暗い。逆に太平洋高気圧にすっぽりとおおわれた真夏の海は、明るくてとても穏やかだ。そして台風がくれば、荒々しくて恐ろしい。こんな場所でも、そんなときは命とりになるほどの大きな波が押しよせる」

「本当に海が好きなんですね。ひとりきりでも、こうして釣りにいらっしゃるのでしょう」

「海と向かいあっているときは、寂しいと思うことはない。たとえあたりがまっ暗で、人っ子ひとりいない場所でもね。むしろ恐いと思うのは、自分が背を向けている陸地の方だ。暗い海面からお化けが突然でてきて自分をひきずりこむとはこれっぽっちも思わないが、誰か人間がうしろからこっそり忍びよってつきとばされたらどうしよう、とは思うことがある」

「人より海の方がやさしい？」

「とんでもない。海は海だ。今日私たちはたまたま、海のご機嫌がいいときに、こうやっていさせてもらっているだけさ。海には人間の気持など通じない。海に意志があるとしても、それは人間の存在などとはうんとかけ離れた場所だ。海にとってみれば人間など、海中で暮らす小魚ほどの存在意義もない」

「でも人間は、海をいじります」

「そうだね。こうして港を造ったり、埋めたてて海岸線を変えてしまったりする。だが海がそのことで、人間の管理化におかれるとは少しも思えない」

「人間は絶対に自然をコントロールできない？」

「百年前の自然と今の自然は、あきらかにちがう。だがそれは人間が変化をさせたというよりも、人間をも含む自然が変化したと思うべきじゃないかな。ただ、今の人間は、自然にとってはまちがいなく不純物だ。しかし不純物が自然を滅ぼすとは思えないね」

「どれだけ海がよごれても？」

「本当によごれれば、そのときは、海より先に人間が死ぬだろう。海に一匹も生物がいなくなるときは、陸地にはもっと生物が棲《す》めなくなっている。もちろん海をよごすのはよくない。が、海は、人間が保護してやらなければ生きのびられないほど、小さくもないし弱くもない」

杏奈は頷き、目を海面に向けた。

「私は海の生命力を信じていると同時に恐がってもいる。大自然を無条件に崇拝もしないが、しかし人間の力を過信することは絶対にありえない」

「自然なんですね」

「いい加減、といういい方もある」

私はいって、コマセを海面にまいた。その直後、杏奈のウキが勢いよく斜め下に沈んだ。

「松原さん！」

反射的に腕を立てた杏奈の竿《さお》が弓なりに絞りこまれた。こうなるだろうと予期して、ゆるめに調整しておいた杏奈のリールのドラッグがジジジッと糸を吐きだした。

「なにっ、すごい、これ!」

鉤《はり》のかかった魚は、斜め横へと糸をひっぱりながら走っていた。

「ボラだ。勢いよく走るから、楽しむにはもってこいだよ」

「えっ、ボラっ。すごい!」

「かまわないからリールを巻きなさい。竿を寝かせてはいけない」

「でも、こんな!」

ボラは鉤がかりした瞬間から猛烈な横走りをする習性がある。食味はともかく、その引きを楽しむには良い魚だ。

杏奈は立ちあがって両手で竿を握り、けんめいに引きに耐えていた。

「リールを巻くんだ。ドラッグが効いているから簡単には糸は切れない」

実際、リールを巻いても、巻いた分だけ糸はすぐにでていく。だが竿の弾性が魚を浮かせ、浮いたことで魚は弱って、じょじょに引きよせられてきた。

三十センチ強の、イナッ子と呼ばれる、ボラの幼魚だった。私はタモ網をだし、すくってやった。抜きあげられないこともないだろうが、外道とはいえ、杏奈の初釣果《はっちょうか》をじっくりと見せてやりたかった。

ボラは扁平《へんぺい》な頭をした、流線形の魚である。幼魚のうちは、銀色の腹と灰緑色の背中のコントラストがはっきりしている。

「大きい」

あがったボラを見て、杏奈は息を呑《の》んだ。

「これでもせいぜい幼稚園児だ。大きくなれば、一メートル近くなる」

「そんなに大きくなるんですか？」

「鱲子《からすみ》というのは、このボラの卵から作る」

私は触れないように注意しながら、ボラの口から鉤を外した。ボラには独特の泥臭さがあり、手につくとなかなか落ちない。

「食べるんですか」

「関西では食べるし、関東でも冬場は脂がのるので食べる人は多い。ただこんな小さなものでは、おいしくないだろうね」

私は海に投げこんでいった。あっというまに元気を回復し、消えていく。

「いい予行演習になったね」

肩で息をしている杏奈にいった。杏奈は私を見つめかえし、

「おもしろい！」

と叫んだ。

「びっくりしたし、引きも強くて、なんだか頭の中がまっ白になっちゃいました。すごくおもしろい！」

「次は食べられる魚を釣ろう」

「本当に釣れるんですね」

「もちろんだ」

私たちは再びイスに腰をおろした。暴れ回ったボラは、コマセに群らがりかけていた外道を散らした。ウキはまた静かに揺れるだけになった。

「——松原さん」

「何だ」

「松原さんとまるで正反対の考え方をしている人を知っています。人間は自然の不純物ではないし、むしろ自然をコントロールする使命を負っている。人間の進化、文明の進歩は、地球にとって必要なものだと」

「それを否定はしない。その人の考えだ」

「彼は——」

海を見つめながら杏奈はいった。

「人間をとても信じています。もちろん、すべての人間を、ではありません。彼と同じ考え方をする人間をです。人間には教育が必要だというのが彼の考え方です。教育をうけて、正しい考え方をもつ人間が増えれば増えるほど、この地球は住みよくなる」

「いろいろな教育がある」

「ええ。知性が大切だ、と彼はいいました。知性とは、そのときその場で、目的を達成するための最も効率のよい手段を見抜く目だといっていました」

「待つことは知性のうちに入らない？」

「もちろん入ります。でも……待つのは嫌いな人でした」

でした、と過去形を使ったことにひっかかった。だがそれにはこだわらず、いった。

「たぶんそういう考え方をしている人が自然保護の運動を始めれば、私のような者は、無自覚な愚か者、ということになるのだろうな」

「どうでしょうか。ただ、常に自分をぎりぎりのところにおいて、分刻みのスケジュールにしたがって動いていなければ気のすまない人なんです。時間を無駄にすることと、洗練されていない言動をとる人を、何よりも嫌うんです」

私は煙草をくわえた。

「成功者だね、世間一般の見かたでは」

「ええ」

「考え方というのは、その人それぞれの立場にたたなければ理解できないことがある。その人がそこにいて、これからもいつづけるためには、その考え方がどうしても必要になるというときもある」

「松原さんは、人の考え方に反対はしない?」

「今は考え方のちがいで人と争うような暮らしをしていない。腹をたてることはもちろん、不愉快になるようなできごとからも、なるべく遠ざかっていたいんだ」

杏奈が私の顔を見つめているのがわかった。が私は、わざとそちらの方は向かずにいた。

やがて陽が低くなり、私たちのいる堤防とは反対側にある堤防に釣り人が数人入った。軽装で地元の人間と知れる。

「さあ、そろそろだ」

私はいい、コマセをまいた。ゆっくりと夕闇が忍びよっていた。目をあげ、彼方《かなた》を見ると水平線の高さが曖昧《あいまい》になっている。ウキの頭も見づらくなった。

そのとき、私のウキがまっすぐ下に沈みこんだ。アジのアタリだ。軽く合わせるようにして竿を立てると、十センチ弱の魚体が海面を割った。

「ほら、きた」

「本当!」

杏奈が息を呑んだ。

「そっちにもすぐにくる――」

私の言葉が終わらぬうちに、杏奈のウキも消しこまれた。杏奈が勢いよく、竿を上げた。

「あっ」

一瞬、弓なりになりかけた竿は元に戻った。何もついていない鉤が宙を舞った。

「合わせが強すぎるんだ。アジは口が弱いから、強く合わせると外れてしまう」

私はコマセをもう一度まき、杏奈のリール竿に固定したウキを手にとった。キャップを外し、内蔵された細いリチウム電池の上下を逆にすると、赤い光が点《とも》った。

反対側の堤防でも、アジが釣れ始めていた。直接魚は見えなくとも、宙を上下するウキの光の揺れ方で魚体がついていることがわかるのだ。

杏奈はくやしそうな表情で、新たなエサを鉤につけていた。粒アミというのは、体長一センチほどのエビに似た甲殻類だ。

「大丈夫だ、すぐにまた釣れる。ほら」

私はまた新たな一尾を釣りあげた。アジの群れが入ったときには、とにかくコマセを使って長く足止めするのが数釣りの秘訣《ひけつ》だった。コマセは足もとに打つ。沖めに打つと、流れに乗って拡散してしまい、群れを散らす原因になる。

杏奈はけんめいにウキを見つめていた。さらに私が一尾を追加すると、

「くやしい」

と白い歯を見せた。

「いいぞ。くやしがった方が、釣りは早くうまくなる」

そして私が四尾目のアタリをとったとき、杏奈のウキも勢いよく海中に沈んだ。

「きたっ」

杏奈は叫んで立ちあがった。思わず竿《さお》を立てるのを忘れ、リールを巻いている。

だが今度は魚は外れることなく、海面を割った。

「釣れた！　釣れました！」

杏奈は竿をおき、堤防の上に横たわった魚をとりに走った。掌《てのひら》で暴れるアジをつかんで、鉤《はり》を外した。

そのアジをのぞきこんだ。この群れは、大きさが揃っているようだ。十センチほどで、幼魚であることを示す、黄色味が横腹にある。

「本当にアジだわ」

杏奈はつぶやいた。

「ああ。マアジの子供だよ」

「食べられるんですよね」

「刺身なら、片身で一枚。空揚げ、干物にするなら、丸のままかな」

そう告げた私の言葉も耳に入らなかったように、掌の小魚に見入っていた。

「小さくても、ちゃんとアジの形をしている」

「魚はたいていそうだよ。大人でも子供でも形は同じだ。もっとも人間も、他の生き物から見ればそうかもしれないが」

「わたし、食べられる魚を釣ったのは初めてです」

「でも一匹だけじゃ、ひと口にしかならない」

そう告げると、我にかえった。杏奈は急いで別のバケツに汲《く》んだ水に釣果《ちょうか》を放し、竿を手にした。

「よし。釣るぞ」

自分にいい聞かせるようにつぶやき、仕掛けをふりこんだ。

次の一尾は、私より先だった。

「またきた！」

小さく叫んで、竿を上げた。鉤外しに関しては、私が面倒を見る必要はないようだ。魚体に触れることも嫌がらない。

そうして三十分ほどのあいだに、杏奈は五尾を釣りあげた。

群れが去ったのか、アタリが遠のいた。私はそう杏奈に告げて、煙草に火をつけた。

「もう釣れないのですか」

「一周して、また群れがやってきたり、別の群れが入ってくることもある。そういうときは、三十分間隔くらいで、また食いがたつ」

杏奈は、ほっとため息をついた。

「思っていたんです。松原さんが釣りをお好きだったので、釣りをしているとき、いったいどんなことを考えているのだろうって……。でも――」

私は微笑んだ。

「何も考えていない。そうだろう?」

「ええ。本当に、何も考えないのですね。ただウキを見ているだけで……」

私は海に目を向けた。

「何も考えないというのは、とても気分がいいよ」

「本当です」

しみじみと答えた。

「あっ、そうだ。今のうちに、サンドイッチ召しあがりません?」

「いつそれをいってくれるかと思っていた。シェフが釣りに夢中なので、これはお預けになるかもしれない、と――」

杏奈が声をたてて笑った。本当に楽しそうな笑い声だった。私は初めて彼女のそうした笑顔を見た。

「ごめんなさーい」

サンドイッチを広げ、魔法壜《びん》のキャップに注がれたコンソメスープを飲んだ。スープはさっぱりとしていたが、こくがあり、サンドイッチはマスタードがきいていた。

「このマスタード、きくね」

「辛すぎました？　外で食べるときは、味を濃い目にしないとぼけてしまうと思って……」

「いや。おいしい」

「よかった」

私たちは竿を堤防においていた。仕掛けは海中で、食べながらも目はウキから離さない。

「こんなに楽しいとは思いませんでした」

「初めはまず、釣れて楽しい釣りから入る。それからだんだん釣れない魚を狙うんだ」

「釣れない魚って、どんな魚？」

「そうだね。クロダイや大型のメジナ、それにイシダイだろうね」

「そんなに釣れないのですか」

「イシダイは、七年やって一度も釣ったことがない、という人を知っている。クロダイも、私は教わる人がいなかったので、結局、最初の一匹めを釣るまでに、一年半かかった」

「ええっ」

「慣れないうちは効率の悪い釣りをするものなんだ。釣れる筈《はず》のない天気や場所で、何時間も粘る。釣れないのはあたり前なのに、釣るのが難しい魚だから、いても食わないのだと思いこんでしまうのだな。確かに釣るのは難しいのだけれど、それより釣れっこない場所に糸を垂らしていることの方が多い」

「釣れっこない場所――」

「魚は生き物だ。人間も、その日によって一日中、家にいることもあれば、買物にでかけたり、食事にいったりすることがある。君という人間と会いたくて、たとえば今、いっしょうけんめい東京を捜していても絶対見つからない。それと同じだ」

杏奈はわずかに息を吸いこんだ。

「そうですね」

杏奈の顔がわずかにこわばっていた。私のたとえは、彼女に別のことを思い起こさせたようだった。

それに気づかぬふりをして私はいった。

「さて」

サンドイッチを平らげ、キャップのスープを飲み干していた。

イカ狙いの竿をだした。

「どうするんです?」

杏奈が不安げに訊《たず》ねた。

「イカを狙ってみるんだ」

「イカ⁉」

竿をのばし、大型の電気ウキをセットした。釣りあげたアジの中から、小型のものを選んで、道具箱からだしたエギに縛りつけた。クロダイ狙いのときに使った鼻カン仕掛けとはちがい、このイカエギは、エサになるアジが死んでいても使える仕掛けだった。

「この時期は、アカイカやアオリイカが、産卵のために浅場に入ってくる」

仕掛けをつけ終わり、電気ウキを点灯しようとして、電池が切れていることに気づいた。予備の電池は車の中にあった。

「電池がない。車までとりにいってくる。何か用はないかね」

私の問いに杏奈は首をふった。釣りを再開している。

私は堤防を戻り始めた。船揚げ場のかたわらを抜け、漁具小屋の裏に止めたパジェロに歩みよった。

パジェロは、海沿いを走る国道から歩道に、半ば乗りあげた形で止めていた。そのパジェロのかたわらに、車が一台、止まっていた。

私がパジェロの扉を開いたとき、その車から男がひとり降りたった。黒っぽいスーツを着ていた。

「作家の松原龍さんですか」

男は近づいてきて、いった。

私は足を止め、男を見つめた。長身で、肩の尖《とが》った体つきをしている。メタルフレームの眼鏡が、船揚げ場の常夜灯の光を反射し、目の表情を読みとりにくくしていた。

たぶん私は無意識に身構えていたのだろう。夜の漁港は、見知らぬ人間に名を呼ばれるにはふさわしいとはいえない。

「――失礼」

男は私から数歩離れた位置で足を止め、いった。

「驚かせるつもりはなかったんです。失礼しました」

「あなたは？」

男は軽く頭を下げ、

「水垣《みずがき》と申します。東京でリサーチ会社をやっております」

着ているスーツのポケットから、名刺だけを一枚とりだしていった。

私は無言で受けとった。

「パシフィック・リサーチ、水垣勇《いさむ》」とある。住所は港区の南青山のマンションになっていた。

私は男を見直した。四十二、三だろうか。表情のない、どんよりとした顔つきをしている。喋《しゃべ》り方も、口の端で発音するようなけだるげな口調だ。

「こんな場所で名刺をさしだされるとは思わなかったな」

「すいません、ずっとお捜ししていたんです。ようやく車を見つけて――」

パジェロをふりかえった。

「品川ナンバーのパジェロですから――」

「珍しい車じゃない」

理由のない嫌悪感のようなものを感じながら私はいった。が、水垣はそれに対し何もいわなかった。

彼が黙っているのでいった。

「なぜ私を捜していたんですか」

借金を踏み倒した覚えはない、といってやりたいのをこらえていた。

水垣は再び頭を下げた。その下げ方も気に入らなかった。どこか人を小馬鹿にしているように見える。

「内村という女性を捜しています。ご存じですね」

「内村？」

薄暗さに助けられなくても、目の前の男に表情の変化を悟らせない自信はあった。そのつもりになれば、私は一切の表情を顔にださないことができる。

「二十六歳で、相当の美人です」

「ほう？　私がその人を知らなけりゃならん理由は？」

水垣はちょっと私を見直した。軽い相手と踏んだのをまちがったかな、という顔だ。

「画家の横森先生のお宅が燃えたのはご存じですよね」

「もちろんだ」

「火事のあった日、横森先生のお宅にいて、逃げだしたのが内村という女性です。松原先生のお宅にうかがったのではと思っていました」

「私はずっと火災現場にいた。私の家にきたとしても、会ってはいない」

「そうですか。家族の方から捜してほしいと頼まれたのですよ」

「じゃあ警察の仕事だ」

「それがちょっとできない理由がありましてね」

「なるほど？」

「少し神経をやられているんです。火事もひょっとしたら彼女がおこしたものかもしれない」

「警察はそれを知っているのか？　だとしたら重大なことだ」

「いやいや」

水垣は薄笑いを浮かべ、首をふった。

「ご家族からは、なるべく穏便に捜してほしいといわれているんです」

私はつかのま水垣を見つめ、いった。

「火事があったのはもう何日も前だ。あんたはその内村という女の人が、それからずっと私の家にいると――？」

「いいえ。とんでもありません。もしかしたらそのときにお宅を訪ねていて、今の居どころについても何か知っていらっしゃるのではと思っただけです」

「残念ながらお役には立てないな」

「そうですか」

開き直りめいた響きをにじませながら水垣はいった。

「それは本当に残念です。ご迷惑をおかけしてからでは遅いと思ったのでね」

私は頷《うなず》いた。水垣はすくいあげるような視線で私を見つめていた。

「用はそれだけかな」

私はいった。

「釣りはお好きなんですか」

「こんな海辺に住んでいれば、嫌でもやろうという気になる」

「何が釣れるんです」

「アジだ」

「ほう、アジ。おいしい魚だ」

「十センチ足らずの小アジさ」

「もう終わりですか」

「いや。このあとイカを狙いたいんでね。まだしばらくはつづける」

この男が釣るところを見たいといいだしたらどうしようかと思いながら私はいった。だがほっとしたことに水垣はいった。

「そうですか。そりゃお邪魔しました」

「いや」

立ち去ろうとする素振りを見せ、私はいった。

「ところで私の車のことをどうやって知った?」

水垣はひっそりと笑った。

「リサーチ業ですので、調べるのは得意なんです」

「家族の人というのはよほど急いでいるのだな。こんな夜にも、あんたのような人間を走り回らせているところを見ると」

水垣は、私の言葉の本当の意味を探ろうとでもいうように私を見つめた。

「――いったように、彼女は少しおかしいんです。だからこれ以上、迷惑をかける人を増やしたくない」

「それは大変だ。がんばって下さい」

水垣は頷いた。

「じきに見つけますよ。なにせ目立つ美人ですから」

私は頷き返し、

「じゃ」

といって、パジェロのトランクに歩みよった。水垣に背中を向け、予備の電池を捜した。

水垣はつかのまその場にたたずんでいた。そっとふりかえると、堤防の先端を見つめているのがわかった。その位置からでは、どれほど目がよくても男女の区別すらつかないとわかっていても、緊張がこみあげた。

電池は見つかったが、私はすぐには動かなかった。

ようやく水垣は、でてきた車の方に歩きだした。車はシーマで、運転席にもうひとり、若い男が乗っている。品川ナンバーだ。

私がパジェロのトランクを閉めると、そのシーマが動きだした。乗りあげていた路肩をおり、海沿いを走る国道に合流して走り去った。水垣はこちらをふりかえろうともしなかった。

私はほっと息を吐き、握りしめていた掌を開いた。新しい乾電池は、表面に汗をかいていた。

6

堤防の先端に戻ると、何ごともなかったようにふるまおうと決めた。

「あれからまた二匹、釣れました！」

杏奈が白い歯を見せた。

「そうか、じゃあイカは駄目かな」

電気ウキに電池をセットしながら私は答えた。

「え？　どうしてです？」

竿《さお》を手にしたまま歩みよってきて杏奈は訊《たず》ねた。

「イカはアジを狙う。イカがアジを追い始めると、とたんに怯《おび》えたアジは口を使わなくなる。アジが釣れるうちはつまり、イカがいない証拠だ」

竿をふるった。大きめの電気ウキが夜空を飛び、音をたてて着水した。釣り座から十五メートルほど先だ。

余分な糸を巻きとり、煙草に火をつけた。

「大きなウキなんですね」

杏奈が身を寄せてきていった。

「生きたアジがついているからね。その重さで沈んでしまうようでは役に立たない」

「そうか……」

つぶやき、くすくすと笑った。

「でも欲張りな釣り。アジを釣って、そのアジで今度はイカを狙おうというのだから」

「アジが釣れなければ、何にもならない」

「あっ」

アタリを見逃していた杏奈が竿を立てた。エサのない鉤《はり》が宙を舞った。

「人の仕事に期待する前に、まず自分の仕事をやりとげなければ――」

「そうですね。ここではクロダイやイシダイは釣れないのですか」

「クロダイなら釣れなくはない。ただ、今の仕掛けとタナでは無理だろうね」

「タナって?」

「ウキから鉤までの長さ。つまり、魚が泳いでいるであろう水深だ。クロダイは底にいる。つまりアジのタナでは食ってこない」

「あら、じゃあ深くしてみようかしら」

「するとアジも釣れなくなる。アジは自分のタナより深いエサはまず食わないからね」

「難しいんですね」

「魚もそれぞれ棲《す》み分けをしている。すべての魚が同じ水深を泳いでいたら、釣り人は楽だろう」

「でも五目《ごもく》釣りとかいいません?」

「底にいる魚なら、底にいる魚だけで五目、ということはある。たとえば、ハゼとキスとカレイとカサゴにアナゴといった魚は、そこにいさえすれば、同じ仕掛けで釣ることが可能だ。だがその仕掛けでアジやメバルなどを釣るのはまず無理だ」

「ふーん。勉強しないと駄目ですね」

私は頷き、自分のウキを見つめた。

「自然に覚えていく。ただ、相手が海である以上、絶対はない。魚も、人間と同じようにとんでもない気まぐれをおこすことがある。そういうのにぶちあたると、ついつい余分な期待をもつのさ」

「気まぐれって?」

「釣れる筈《はず》のない場所で、釣れる筈のない魚が釣れる。たとえば嵐がきて、外海が大シケのときに、こういう小さな港の中で、大きなヒラメがあがることがある。もちろん偶然だ。たまたま逃げこんできた魚が、まちがってちがう仕掛けに食いついてしまったんだ。同じように、七キロもあるマダイが釣れたりとかね」

「本当に?」

「そう。何年かに一度そういうことがおきると、釣果《ちょうか》はすぐ伝説になる。釣り人はそういう伝説が好きだ。釣り具屋や口伝えで広がって、四十九日どころか、五年も十年も生きつづける噂になる」

「そういう噂、作ったことあります？」

杏奈は笑みを浮かべ、訊ねた。私は首をふった。

「いや。いつも聞いては、『へぇー、そりゃ、すごい』とあいづちを打つ側だ」

杏奈は笑い声をたてた。

「松原さんのように海のそばに住んでいて、好きなときに釣りをしている人でも!?」

「宝クジのようなものだ。いつも買いつづけている人間が当たるとは限らない。たまたま竿をだしてみたらそういう大物が釣れて、周囲は驚いて騒いでいるのに、当の本人はその意味がまるでわからない、ということもある」

「そうか……。じゃあわたしのような人間こそチャンスですね」

杏奈はいって、真剣な目でウキを見つめた。

「もし君がそんな大物をかけたら、私は嫉妬《しっと》に狂って、わざとタモ網を糸にぶちあてて逃がしてやる」

「ひどい！」

私たちは笑い声をたてた。

やがて杏奈が訊ねた。

「松原さんはやきもち焼きなんですか」

つかのま沈黙し、

「いや」

と、私は答えた。

「そうでしょうね。あまり物ごとにこだわらない人のように見えます」

「決しておおらかな心の持主ではない。ただ自分が他人にふり回されるのが嫌なんだ。小人物のくせにプライドが強い」

「やきもち焼きは、プライドが強くない？」

「どちらかだろうね。自信がないから怯えてやきもちを焼くか、自分に絶対の自信があるから許せないか。ただ、あとの方の人間はそうはいないだろう。それだけ自信があるのなら、さっさと次を捜すものだ」

杏奈は私をふりかえった。

「やきもちでおかしくなるくらい、人を好きになったことあります？」

「――そこまではない。もちろん、やきもちを焼くことはあったが……」

「そのことで喧嘩《けんか》しました？」

「いや。絶対、表にだすまいとしていた。相手は気づいていたかもしれないが」

「男と女では、どっちがやきもち焼きでしょう」

「一般的には、女性ということになっているのじゃないかな。それはつまり、男の方がいろいろと機会に恵まれる、というせいもある」

そしてつい、私はいわずもがなの問いをしていた。

「君の恋人は、ひどいやきもち焼きなのか」

杏奈の顔がこわばった。

「どうしてそんなことを訊《き》くのですか」

「ただ訊いてみただけだ」

いって私は立ちあがり、竿を軽くあおった。手応《てごた》えはない。が、リールを巻いて仕掛けを上げてみると、エサのアジは首のつけ根を無残に食いちぎられていた。

「どうやら話に気をとられすぎていたようだ――」

そういえばアジのアタリが途絶えていた。

イカが回り始めているのだ。私は新たなアジをエギに縛りつけて投げこんだ。

私たちはしばらく無言だった。やがて杏奈が竿を立てたが、付けエサはそのまま鉤先に残っていた。

「イカがきているんですね」

「そうだ」

「生きているイカって見たことがないんです」

「透明でね。中の体液が循環しているようすがよく見える。死んですぐは茶色っぽくて、それからじょじょに白くなっていく」

「じゃあお刺身も透明？」

「ここで釣ったものをもって帰っておろせば、白っぽい透明だ。何ともいえない甘味がある」

「食べてみたい」

「君が初めてきて、帰った日の晩、別の堤防でだが一パイ釣った。実にうまかった」

「帰らなければよかったわ」

「私が追いだしたんだ、あのときは」

「また追いだすのですか」

私は杏奈を見た。

「いや。私自身が何も迷惑をこうむらなければ、追いだしはしない。出ていくのは君の自由だ」

「いつか迷惑をかけてしまうでしょうね」

ひとり言のように杏奈はいった。

「君の恋人は大男で空手の有段者、おまけにナイフのコレクションをしているかね」

杏奈はあっけにとられたように目をみひらいた。

「何ですか、それ」

「迷惑を具体的な形にするとそうなる」

杏奈は首を大きくふった。

「そんな人じゃありません」

「では大金持で絶大な権力をもち、逆らう人間はすべて許さない」

杏奈はあきれたように私を見つめた。

「本当にわたしの恋人のことを知りたいんですか」

「いいや」

いって、私は竿《さお》をあおった。手応えはない。

「ほんの冗談だ」

杏奈は黙っていた。しばらくすると、いった。

「誰かがわたしを捜して、松原さんのところに？」

「きたら、私は何といおう」

「松原さんの自由です」

硬い声音だった。

私は竿を戻し、杏奈を見た。杏奈は両手で竿を握り、足もとに目を落としていた。

「ウキからは目を離さないんだ。アタリというのは不思議と、釣り人がウキから目を離したときにおこる」

杏奈は目を海に向けた。私の電気ウキは、波間を揺れ動きながら漂っていた。よほど大きなイカが抱きつかない限り、消しこまれることはない。

それから一時間が過ぎた。向かいの堤防にいた釣り人が帰り仕度を始めた。

「そろそろ我々もひきあげようか」

「イカは？」

「すべての釣果に恵まれる釣りは、年に一度あればいい方だ」

杏奈は頷《うなず》いた。

私はイカの仕掛けを巻きとり、残ったコマセを海に流した。竿を畳んだところでいった。

「ぎりぎりまで竿をだしていていいよ。私は、一回、車に荷物をおいてくる」

「わたしも運びます」

「あと一匹、釣ってほしいんだ」

私はいい、バケツと竿を手に堤防を戻った。水垣が戻ってきていないかを確かめたかったのだ。

シーマはいなかった。私はパジェロのトランクに荷物をおき、杏奈のもとへ帰った。

「どう？」

「駄目みたいです」

杏奈は首をふった。

「よし、じゃあ帰ろう。熱いシャワーと冷たいビールが待っている」

杏奈は微笑んだ。

「それが楽しそう」

「本当はそれが目的で釣りをしているのさ。ゴルフでいえば十九番ホールという奴だ」

「わかるような気がします。潮風って、長く吹かれていると、体がベタついてきますもの」

「そう。だがずっと吹かれていないと、また恋しくなる」

杏奈と二人で堤防を歩きだした。釣果は二人あわせて十三匹だった。

「夕食をサンドイッチにしておいて正解だったかもしれない。アジの刺身を寝酒のつまみにおいしく味わえる」

「本当」

パジェロに乗りこむと、杏奈はほっとしたような息を吐いた。

「疲れたかい」

「少し。思ったより緊張してしまって。でもこういう疲れ方は好きです」

私は頷き、パジェロを発進させた。九時を回り、国道はめっきり車の数が減っていた。

帰りは十分そこそこで別荘地に到着した。

別荘地を抜け、私の家に近づいた。カーブが登り坂の入口にある。私はライトをハイビームにした。

我が家の手前は、六部屋が入った二階建てのコンドミニアムだった。共同の駐車場が手前にある。

昼間は空っぽだったその駐車場に車の姿があった。私は左のウインカーを点《とも》した。我が家からは遠ざかる、別の道へとハンドルを切った。

「どこへいくんです?」

「今日の夜空は晴れていたかね」

杏奈の問いに、問いで答えた。

「ええ。さっき見あげたら、雲は切れていました」

「じゃあいいところへ連れていってあげよう」

そこは横森老人の家とは、丘をはさんだ反対側の空き地だった。別荘の造成用に林を伐《き》り拓《ひら》いたものの、家が建たないまま雑草が生い茂っている。あたりに家はない。

空き地の中央に車を進入させ、ライトをすべて消した。

「車を降りてごらん」

エンジンも切ると、虫の音が一段と高まったような気がした。

杏奈が助手席のドアを開け、降りたった。とたんに息を呑《の》んだ。

「きれい！」

空き地は、ちょうど岬のように海に向かってつきでている。そして市街地の明りと海岸線を眼下に見渡すことができるのだった。

黒ずんだ山の稜線《りょうせん》と、それより少し色の薄い海岸線、そして山腹から海に向けて斜めに点在する人家の明りが、意外にロマンティックなのだ。

「空を見てごらん」

「すごい星！」

私はパジェロのドアにもたれかかり、煙草に火をつけた。

杏奈の喉《のど》が白っぽく闇に浮かんでいた。虫の声の他は、かすかに海鳴りが届くくらいだ。

杏奈がやがて私に目を移した。私は口を開いた。

「私の家の手前の駐車場に車が止まっていたのに気づいたかい」

「ええ」

「君を捜しているという男の乗ってきた車だ」

杏奈の表情ははっきり見てとれなかった。

「水垣と名乗った。さっき、電池をとりに車に戻ったところを話しかけられた。私が家にいなかったので、海岸線を私の車を捜して走っていたようだ。君は病気で、心配した家族に頼まれたのだといった」

「――嘘です」

ようやく杏奈がいった。低い声だった。

「私もそう思った。理由はいえないが、気にくわない印象の男だった。私は知らないと答えたが、まるで信じたようすではなかった。その証拠に、ああして張りこんでいる」

「水垣という人は知りません」

「『パシフィック・リサーチ』という会社の名刺をくれたよ。住所は南青山だった」

杏奈は沈黙した。「パシフィック・リサーチ」には心当たりがあるようだった。

「選択肢はふたつだ」

私はいった。

「このまま家に戻り、『あら久しぶり』と奴にいってやるか、この近くにある知りあいのもう一軒の別荘に君を送り届けるかだ。そこは鍵《かぎ》をある場所に隠してあって、ときおり私は頼まれて空気を入れかえにいく。水垣があきらめるまで、君はそこにいることができる。奴がいなくなったら、私が迎えにいく」

「――そうして下さい」

杏奈がいった。迷ったようすはない。

「わかった。車に乗りたまえ」

私は煙草を慎重に踏み消した。

「松原さん」

声をかけられ、ふり仰いだ私に杏奈がおおいかぶさってきた。闇の中で唇が塞《ふさ》がれ、舌がすばやい動きで私の歯をまさぐった。杏奈の両腕が私の体を強く抱きしめ、彼女の香りが鼻の中にさしこんだ。

唇を離した杏奈がいった。

「ごめんなさい。でも気まぐれでしたのじゃありません。それにかくまってくれるお礼のつもりでもない。キスしたかったんです」

「ありがとう」

私は低い声でいった。

「本当はすごく恐いんです。だから勇気を下さい」

人に分け与えられるような勇気のもちあわせはない、ということも考えた。が私は、かわりに彼女の体を抱きしめ返し、自分から唇を合わせていった。

私がこらえたのは、ずっとこうしたかった、という自分の気持を言葉にすることだった。

やがて体を離し、私はいった。

「さあ、いこう」

杏奈を連れていったのは、神田《かんだ》にある小さな出版社を経営している男の家だった。彼とは、今の仕事を始めてから知りあった。互いに別荘地に近いゴルフ場のメンバーで、私がここに永住していることを知ると、いろいろと頼みごとをしあうようになったのだ。私は彼に、外房では入手しにくい本や食料品の調達を頼み、彼は私に空気の入れかえや、使ったあとの戸閉まりや火の元の再チェックを頼むという具合いだ。

別荘は私の家よりひと回り大きく、来客用のベッドルームも備わっている。

私は鍵を玄関わきの花壇のブロックの下からとりだし、扉を開いた。ブレーカーのスイッチを入れると、屋内の照明が点った。杏奈を二十畳はあるリビングのソファにすわらせ、いった。

「シャワーは浴びられる。出がけにプロパンのボンベのコックを開いていく。バスタオルなどはバスルームにそろっている。使っても気を悪くされる心配のない人物の家だ」

「松原さんは？」

「家に戻る。いつまで奴が張りこむ気かは知らないが、疑いを晴らしてやった方が早くあきらめるだろう」

「気をつけて下さい。『パシフィック・リサーチ』は、もともと探偵のような仕事をさせるために創られた会社で、そこの人間は、警官とかだった人が多いんです」

私は頷《うなず》いた。元のつく警官には、ときに前職の反動があるのではないかと思うほど、遵法意識に欠ける人物がいる。それは充分、知っていた。

「寒くはないかね」

「いいえ」

「たぶん夜明けまでには迎えにこられるだろうが、もし眠くなったら奥のベッドルームを使ってもかまわないから」

私は告げた。杏奈は無言で頷いた。その目は強く私を求めていた。私は視線を合わさぬようにしてでていった。

パジェロを大回りさせ、再びふもとから帰ってきたように見せかけて、我が家の前に着けた。やはり止まっていたのは、水垣のシーマだった。

ガレージで釣り道具をおろしていると、そのシーマが家の前までやってきた。

「――松原さん」

助手席の窓をおろし、水垣が呼びかけた。

「またあんたか。アジが見たいのかい」

「いいえ。ちょっとこのあたりを走っていたら、お帰りになったのがわかったんで」

あまりに見えすいた嘘だった。だが互いに嘘つき呼ばわりをしたところで、私には何の得もない。

「彼女の写真をお見せするのを忘れていました。もしこのあたりで見かけられたら、お知らせ願いたいのですが」

まっぴらだ、ということもできたが、杏奈の写真に興味があった。私は手を止め、水垣が車を降りてくるのを待った。

さしだされた写真は、カラーのスナップだった。白人と黒人の女性にはさまれたビジネススーツ姿の杏奈がビルの入口に立って写っている。日本ではなかった。背後にビルの持主である会社のマークがあった。そのマークを知っていた。

「この真ん中の女性かね」

「そうです。美人でしょう」

試しに興味を感じているふりをした。

「どうやら日本じゃないみたいだな」

「ニューヨークですよ」

こともなげに水垣はいった。まるで自分の地元のような口調だった。

「ニューヨーク。ほう。海外で働いていたのかな」

「どうして働いていたとわかるんです」

さほど鋭い突っこみとはいえない。

「観光旅行でいっているようには見えないじゃないか。両側にいる外国人女性は同僚のようだ」

「なるほど。さすがに作家の先生ですな」

たいして感じいったようすもなく、水垣はいった。

「誰でも見ればわかるさ」

「その通り。外国で働いていたんです。ひとりでの外国暮らしが長くて、それが病気の原因になったのでしょう」

「放火をするようには見えないな」

「ヒステリーって奴ですかね。かっとすると手がつけられなくなるそうです」

「結婚をしているのかな」

「婚約者はいます」

驚きが顔にでそうになった。

「ほう。まあ、これだけの美人だから驚くにはあたらないか」

「ええ」

水垣はそれ以上はいわなかった。

「君を雇ったのは、その婚約者かね」

「いいえ。御両親ですよ。お父さんの会社とちょっと取引がありまして。立派な実業家の方です」

喋《しゃべ》りすぎる。本来なら家庭環境までは教えたくない筈《はず》だ。

「横森さんのお宅の火事を、警察は、失火が原因だと考えている。もし彼女が放火をしたのなら、やはり知らせた方がいいだろう。このあたりにまだいるようだと、私も心配だ」

わざと不安げにいってみせた。

「どうかそれは御内聞に願います。そんなことにならないように、私がこうして一所懸命に捜しているのですから」

「あなたひとりで見つけられるかな」

「私ひとりじゃありません。別の、私の会社の人間も動いています」

「それだったら見つかるかもしれない。このあたりに若い女性がひとりでいれば目立つからね。真夏になるとそうはいかないだろうが」

水垣はつかのま沈黙し、私の家の内部に目を向けた。

「先生はおひとり暮らしなんですか」

「そうだ。人間嫌いというほどでもないが」

そのとき、家の奥でカールが吠《ほ》えた。

「犬は飼ってらっしゃる」

水垣が微笑んだ。

「ああ」

「大好きなんです」

しめた、とこの男が内心で叫ぶのが聞こえてくるようだった。

「よろしかったら、会わせて下さいませんか」

「お安い御用だ」

私は玄関の戸を開け、

「カール！」

と呼んだ。

三和土《たたき》には幸いなことに杏奈の靴はなかった。今はいているスニーカー以外は、ボストンバッグとともに、〝彼女の部屋〟にある。

カールがやってきた。水垣はつっ立ったまま、それを迎えた。

犬が好きな人間が、立ったまま見おろす筈はない。

「雑種ですか」

「そうだ。子犬で捨てられていた」

「ふーん。雑種はどうもね」

冷たくする理由をそこにこじつけたいようだ。

「飼い主が飼い主だ。由緒正しい犬は合わない」

「血統のいい犬の方が頭はいいそうですよ」

「そうかね」

カールもこの男が気に入らないようだった。ちらりと見やると、顔をそむけ、私に吠えた。杏奈がいないのも気に入らないようだ。カールが人間の言葉を喋れなくてよかった。

「さて。これからアジをおろさなけりゃならない」

私はいって、クーラーボックスを車からおろした。

「大きいのですか」

「いや」

いって私は、クーラーの蓋《ふた》を開けてみせた。

「なるほど、刺身にするとひと口サイズだ」

「これを肴《さかな》に寝酒をやるんだ」

「そうですか」

答えて水垣は、家の内部に目を向けた。この男から見える範囲に杏奈の痕跡《こんせき》はない。

「申しわけありませんでした。夜分にお邪魔してしまって」

「いや。あなたもずいぶんたいへんな仕事だ。頑張って下さい」

「いえ。それじゃ失礼します」

水垣はいって、踵《きびす》を返した。シーマに乗りこんだ。

シーマはゆっくりと方向転換をして、坂を下っていった。私はその尾灯が見えなくなるまで見送っていた。

ふだんは閉めない、ガレージの扉を閉めた。あの水垣という男なら、夜中にまた戻ってきて、パジェロの内部を探りかねない気がしたからだ。

クーラーをもって家に入り、扉にも施錠した。とりあえず手を洗い、リビングの椅子にかけた。煙草をとりだし、火をつけた。

写真で見た、会社のマークが気になっていた。杏奈がその会社で働いていたとは限らなかった。あの会社は、たまたま、ビルの持主に過ぎず、杏奈の勤め先はそのテナントのひとつだったかもしれないのだ。

ぼんやりと煙草を吸っていた。杏奈は不安な気持でいるだろう。電話をかけてみようかとも思ったが、〝他人の家〟にいる以上、でるという確信はない。かえって怯《おび》えさせてしまうかもしれなかった。

といって今はまだ迎えにいくのは危険だった。水垣は本性を現わさずに引きあげた、という気がしてならなかった。あの男は、いったん疑いをもったら、容易にはそれを捨てないタイプだ。

そのとき、不意に電話がなり始め、私は煙草をとり落としそうになった。あまりにもタイミングがよすぎた。

私は受話器をとった。

「はい」

「ハイ！　どうだい、その後」

ケインだった。驚かされたいまいましさと同時に、いいときにかけてきてくれたものだという思いがこみあげた。

「まだニューヨークか」

「そうだ。明日あたり、いこうかと思うんだがな」

私は黙った。

「迷惑か」

今夜のケインは酔ってはいなかった。考えてみれば、向こうは夜ではない。

「いや、そうじゃないが……」

一瞬、盗聴をされていたら、と思った。しかしいくらなんでも、そこまではしないだろう。

「少し待ってくれないか。今、仕事がたてこんでいてな」

「そいつはハッピーだ。いいとも、そういうことなら、日を延ばそう」

ケインは気を悪くしたようすもなく答えた。私はいった。

「ところで、テック・コーポレーションは、その後どうだ?」

ケインは一瞬、言葉に詰まった。

「テック!? テックのことを知りたいっていうのか」

「ああ」

「順調だろうさ。ハイエナは子育てがうまいっていうからな」

声に苦々しさが加わった。

「オーナーはくるのか」

「いや……」

ため息とともにケインは言葉を吐きだした。

「例の一件以来、こない。お忙しい身だろうからな」

「何か噂は聞くか」

「どうしたってんだ、リュウ」

「いや。オーナーがふだんどこにいるか、わかるか。ニューヨークじゃなくて――」

「東京じゃないのか。いや、ちがうな。どこか別の場所に本社があった筈《はず》だ」

「調べられるか」

「そんなことは簡単だ。タイムズの経済担当がひとり、うちの常連でいる。奴に訊《き》きゃいい」

「頼む」

「おい、妙だな。カッツにいるあんたが、なんでこっちの企業のことを気にする」

「いずれ話すよ」

「オーケイ、また連絡する」

ケインは理解を示し、電話を切った。私は受話器をおろし、それを見つめた。

気持を奮いおこし、立ちあがってキッチンにいった。釣ったアジの頭をはね、ハラワタをかきだす。ものの四、五分で、すべてのアジを片づけた。

食欲は失《う》せていた。海水よりやや濃い目の塩水を作り、その中にアジを漬けこんだ。ひと晩そうして、干物にするつもりだった。

バスルームに入り、シャワーを浴びた。

杏奈のことが気になった。顔を洗うとき、指先が唇に触れ、闇の中での素早いくちづけを思いだした。

水垣さえ、いなければ。

私は強い欲望を杏奈に感じていた。今すぐにでもあの別荘にいき、不安にさいなまれているだろう杏奈を強く抱きしめたかった。

激しい水流の下に立ち、落ちつけ、と私は自分にいい聞かせた。性欲と愛情を混同してはならない。杏奈のキスは、私に欲望を抱かせただけであって、彼女への私の気持には何の変化もない筈だ。

私は今、水垣に邪魔をされたと感じている。しかし水垣の出現がなければ、杏奈は私にキスをしなかったかもしれない。

杏奈は自分を守ってもらいたくて、私の心を惹《ひ》きつけようと、キスをしただけかもしれないのだ。あのとき暗闇の中で何をいおうと、彼女の表情を私は見ることができなかった。

女ひでりが長い中年男を、キスひとつでたらしこむのはやさしいことだと、杏奈は思っていたかもしれない。

バスルームをでて、タオルで体をふき、Tシャツとスウェットパンツをはいた。杏奈の存在のないリビングは、妙にがらんとしていて空虚だった。カールも同じ思いか、退屈げにベランダにうずくまっていた。

私はグラスにウイスキーをシングル分たらすと、ひと息で呷《あお》った。熱い塊りが喉《のど》を焼き、胃に落ちていくのを味わった。

恐れていたことが起こりつつあった。私はひとりで暮らす寂しさを感じ始めている。

ソファにすわり、煙草をくわえた。不安、いらだち、そして抑えようのない飢餓感のようなものが胸にはある。

深呼吸し、水垣が見せた写真を思いだそうと試みた。

写真の杏奈は、今とさほどかわらない年齢だった。以前、といってもせいぜい二、三年前だろう。

私は水垣の言葉を何ひとつ信じてはいなかったが、あの写真がニューヨークであることだけはまちがいない。

バハマに二年。だがあのビルはバハマではない。

テック・コーポレーションは、ケインの友人の、天才的なコンピュータ・エンジニアが創った会社だった。初めてパーソナルコンピュータに触れたのが十二歳のときで、その三年後には飛び級で高校を卒業し、二十で大学を卒業した年に、自分の会社を設立した。シリコンバレーに黄金が埋まっているといわれた時代だった。

会社の規模は倍々で大きくなり、ケインが知りあったときには、年間で数百万ドルの売り上げを計上するようになっていた。

その男、リッチーには、私もケインの店を訪ねたときに会ったことがある。ジャズも酒も愛するという、コンピュータフリークには珍しいタイプだった。

二年前、ある多国籍企業が、リッチーに会社を譲ってほしいともちかけてきた。リッチーのもつ特許も含めて、丸ごとを買いとろうというのだ。

アメリカでは珍しい話ではなく、特にシリコンバレーの出身者には、三十そこそこで引退する億万長者があとを絶たないといわれている。

しかしリッチーには、引退する気がまだなかった。何億ドルを積まれようと、会社を売る気はないと、つっぱねた。

だが、あることが起こった。それが何であったのか、私は知らない。ケインは薄々勘づいているようだが、私には話したことがない。

リッチーが折れた。巨額ではあったが、会社を売ることに同意した。残りの人生を、あり余る金をつかう以外に目的のない、大金持が誕生した。

リッチーが麻薬に走ったのは、驚くべきことではない。それまでも、ときたまの刺激に、コカインや大麻を楽しんだことがあったろう。しかし引退後のリッチーは、それらだけでは飽き足らず、ヘロインまで始め、わずか三ヵ月で重度の麻薬中毒患者になっていた。そしてある朝、バスルームで自分の頭を撃った。

テック・コーポレーションを買収した多国籍企業のトップが、ケインの店の客であったことが判明したのは、リッチーの葬式の日だった。

その男は日本人だった。私も見たことがある男だ、とケインはいった。が、ケインの店には、ニューヨーク在住の日本人商社マンやジャーナリストの客も多く、私は顔を思い浮かべることができなかった。

葬儀のあいだ中、男は紳士的にふるまい、リッチーに哀悼の意を表わしているようだった。

男はテック・コーポレーションの買収に関しては、すべてを弁護士に任せていた。したがって、リッチーの自殺と自分の率いる企業とのあいだに因果関係はないと信じる、とケインに告げた。しかしケインは、その言葉に欺瞞《ぎまん》を感じた。

——あんたが立派な実業家であることはわかった。だが俺の店には二度とこないでくれ

ケインはリッチーの葬儀が終わると、男にそういった。

例の一件というのは、それをさしている。

男の率いる企業の名は、「ムーン・インダストリー」といった。三日月をかたどったマークが、社標になっている。

写真の杏奈の背後にあったビルには、そのムーン・インダストリーのマークが彫りこまれていた。

私はさらにウイスキーをグラスに注いだ。杏奈がかりにムーン・インダストリーの社員であったとして、それがどうしたというのか。

私には何のかかわりもないことだ。

ちがう。かかわりはある。

ウイスキーを喉に流しこみ、動揺する自分の心と向かいあおうとした。

ケインが、リッチーの身に起きたことを私に語らなかったように、かつて私がケインに語らなかった、私自身の身に起こったできごとがある。

それが理由で、私は東京を捨て、外房にやってきたのだ。ムーン・インダストリーの名は、以来、私の脳裏に刻みこまれている。

私は深呼吸した。ストレートのウイスキーに焼かれた喉がひりついた。

想像を走らせすぎてはならない。しかし、避けようとしても、一度ふくらみ始めた疑問は、とどまることなく広がっていく。

考えるのを止めるべきだった。私は頭をふり、ソファに横たわった。このまま眠ってしまおうか。

杏奈は。杏奈はどうするのだ。

大丈夫だ。彼女は安全だ。今は、暴走するこの心に休息を与えてやるのだ。それがいい。さもなければ、私はここにこうしているのが我慢できなくなり、杏奈のもとへ走るだろう。そして私が心の裡《うち》に抱えこんできた苦痛をすべて語り、彼女にも話せと迫るにちがいなかった。

それはしてはならない。

眠り、心が落ちつくのを待つのだ。

7

こわばった首すじと背中の痛みに目が覚めた。夜が明けていた。

キッチンカウンターの上にかけた時計を見ると、午前五時だった。

ソファから体をおろし、ぼんやりと床を見つめた。酔いは消え、混乱は残っている。

立ちあがり、冷たい水で顔を洗った。

テック・コーポレーション。ムーン・インダストリー。

杏奈にかつての勤め先の名を訊《き》くくらいは、どうということはない。

私は玄関を開け、外にでた。濃い霧があたりをおおっていた。この霧では、監視する側もされる側も、互いの姿を認めるのは難しい。

玄関の扉を閉め、私は徒歩で別荘地の坂を降り始めた。もし水垣がどこかで監視をつづけているなら、エンジン音をあたりに響かせるのは賢明とはいえない。

昨夜、シーマが止まっていたコンドミニアムの駐車場には車の気配はなかった。私はその前を通りすぎ、白い帳《とばり》の中を歩いていった。

無人の別荘群は、それぞれが凝ったデザインで造られており、手入れのいき届いた芝生に囲まれている。それらの建物が年に十日か二週間ていどしか使われないのは、ひどくもったいないことのように私は思うことがあった。

が、霧のために陽がささず、空気も冷たく湿っている今日のような朝は、ここを人が訪れないのは、しごく当然のような気がする。

文化や温《ぬく》もりからはあまりにも遠く、美しくはあるが空虚で、幻想的ではあるがどこかよそよそしい。

五分も歩かないうちに、私の体は冷たく濡《ぬ》れそぼり、着けているスウェットもじっとりと重くなった。

私は杏奈をかくまった別荘の前に立った。雨戸のせいで、明りは外に洩《も》れておらず、どこから見ても、主《あるじ》の訪れを待つ、無人の建物のようだ。

木で造られたテラスの階段を登り、ドアを小さくノックした。

返事はなかった。再度ノックした。

不安が頭をもたげた。杏奈はどこかへ消えたのではないだろうか。水垣に発見され、連れ去られたのではないか。

「――はい」

だが、低くおし殺した返事がドアの向こうから返ってきて、私は息を吐いた。

「私だ。松原」

ドアロックが解かれた。私は昨夜別れたときのままの杏奈と向かいあっていた。

「松原さん」

いって、杏奈は家の中に一歩入った私の胸に体を預けてきた。抱きしめながら、杏奈がこの一夜感じていたであろう不安を、少しでも消してやりたいと願った。だがそれは不可能だった。不安は、私の体にも沁《し》みついていた。

「シャワーを浴びなかったのか。今頃は高いびきで寝ているかと思ったのに」

杏奈はさすがに疲れの浮かんだ顔をしていた。微笑み、いった。

「信じてもらえないかもしれませんが、わたしはそんな厚かましい人間じゃありません」

「信じるよ。すわろう」

私はいって、リビングのソファを示した。畳まれた毛布が一枚、あった。たぶんそこで、杏奈は体を丸め、不安と戦っていたのだ。

「やはりあれから、水垣は私の家にやってきたよ。犬好きだといっておいて、ドアを開けさせたが、カールには気に入ってもらえなかったようだ」

杏奈は微笑んだまま、頷《うなず》いた。

「奴が完全に納得したとは思えないが、とりあえず今は、誰も私たちを見張ってはいない。戻って、熱いシャワーを浴びるといい」

杏奈は探るように私の目を見つめた。

「何かいいました？　その人は」

「世間話をしただけだ。あとは君の写真を私に見せた」

「私の？」

「ニューヨークで撮った、といっていた。二人の女性にはさまれて、君が立っていた」

杏奈は小さく頷いた。

「わかります。どんな写真だか。確かにニューヨークだわ」

私は首をふり、いった。

「とてもきれいに撮れていた。記念にくれないか、といおうと思ったほどだ」

杏奈は目を閉じた。

「冗談だ」

「わかっています」

目を開き、私の胸にすがった。

「ごめんなさい。わたしのために、ひどい迷惑をかけてしまって……」

「まだかかっちゃいない。知らない男と世間話をしただけだ。さっ、いこう」

彼女を抱きしめているうちに自分の抑制がきかなくなることを私は恐れた。杏奈を促し、立ちあがった。

家に戻ると、カールが飛んできた。杏奈もその喜びを分かちあうように、カールを抱きしめた。

杏奈がシャワーを浴びているあいだに、私は朝食の仕度をした。御飯を炊き、鰹節《かつおぶし》でだしをとった海苔《のり》の味噌汁《みそしる》を作った。手早く卵焼きを作り、アジの開きを焼いた。

バスローブを着けて、バスルームをでてきた杏奈は目をみひらき、

「おいしそう！」

といった。

「お互いに腹ぺこだろう」

「ええ」

杏奈は濡れた髪のまま、食卓にすわった。

食事が始まった。だが、半分も進まぬうちに、私たちの会話は途絶え、箸《はし》は動かなくなった。

「――ごめんなさい」

杏奈が苦しげにいった。茶碗《ちゃわん》の飯は半分も減っておらず、干物はそのままで、わずかに味噌汁が飲まれただけだった。

「いや」

私はいった。私にしても似たようなものだった。私たち二人にはわかっていた。もう、「おままごと」を楽しむ期間は過ぎ去ったのだ。

きのう、杏奈がいないことで、あれほど広く空虚に感じたリビングなのに、杏奈が戻った今、重苦しく、ぎこちない空気が漂っている。

電話が鳴り、杏奈はびくりと体を震わせた。私は時間帯を考え、わざとゆっくり、受話器をとった。

「もしもし……」

「ケインだ。眠ってたか」

「いや……」

「よかった。訊かれたことを早く教えたかったんでな」

「何だ」

「何だ？　おいおい、例の、ムーン・インダストリーさ」

「ああ」

「大丈夫か、リュウ」

「大丈夫さ。少しぼうっとしているだけだ」

「かけ直すか」

「いや。今、聞こう」

「よし。ムーン・インダストリーの本社はバハマだ。タックスヘイブンだからな。あくどい商売人は、皆、本社をバハマにおく。税金がかからないからさ」

「なるほど」

「オーナーのことだが、今でも変わってはいない。例の男だ。秋月三千雄《あきづきみちお》。最近はバハマと東京をいったりきたりらしい」

「──ありがとう」

「いや。ところで俺は、いつそっちへいけばいい」

「そうだな……。来週あたりどうだ」

「いいのか、本当に」

「ああ」

杏奈が近い将来、ここを再びでていく、という予感が私にはあった。今度は私が追いだすわけではない。本人の意志で立ち去るのだ。できれば、間をおかず、ケインにここにきてほしかった。

「わかった。旅仕度はそのままにしておく」

「それがいい」

私は電話を切った。杏奈は無言でうつむいていた。朝食の残りはそのままで、すべてが冷たくなっていた。

コーヒーメーカーをセットした。

「コーヒーは飲むかい」

「ええ。いただきます」

弾《はじ》かれたように、杏奈はいった。

「コーヒーを飲んだら、少し眠るといい。それとも眠れなくなる？」

「そこまで子供じゃありません」

杏奈は立ちあがった。

「これ……片づけましょうか」

ためらいがちにテーブルを示した。

「いや。少し話さないか」

私はいって、煙草を手にとった。杏奈は覚悟を決めていた。目をみひらくと私を見つめ、

「はい」

と頷いた。

私たちはコーヒーカップを手に、ベランダにでた。霧はだいぶ晴れてきていたが、海岸線を見渡せるほどではなかった。

「水垣が私に見せた写真だが――」

「たぶん、ニューヨークで研修をしていたときのものだと思います」

「会社の名は？」

「――ムーン・インダストリー」

私に心当たりがあるとは思っていない口調でいった。

「バハマへはそれから?」

杏奈は頷《うなず》いた。

「君を捜している水垣は、ムーン・インダストリーに雇われたのかな」

「はい。でもわたしは……」

杏奈はいいかけ、黙った。

「会社の秘密をもちだしているわけではない?」

私の言葉に目を上げた。

「ええ。本当です」

「わかっている」

「え?」

私は見える筈《はず》のない海に目をこらし、コーヒーをすった。

「——松原さん……」

「さっきの電話は、ニューヨークに住んでいる私の友人からだ。名前はケイン、という」

私はいった。杏奈は黙っていた。

「八年前まで、私とケインは、東京でレストランバーを経営していた。私たちは共同経営者だった。ケインはハーフで、いろいろな国の言葉が喋《しゃべ》れる。ケインの夢は、私たちが東京でもっていたような店を、ニューヨークで開くことだった。だが、それにはひとつ問題があった。アメリカでの永住権が、彼のような人間はなかなかとれない、ということだった。私は彼の夢をかなえてやりたかった。そこで、私たちの客である、ひとりの人物に相談した……」

当時、私たちの店の常連客で、モリスというアメリカ人がいた。モリスはユダヤ系の白人で、三十代の後半というのに頭頂部がみごとに禿《は》げあがっていた。

モリスを最初に私たちの店に連れてきたのは、岩田といい、テレビ局の人間だった。岩田はワシントンとニューヨークに駐在した経験があった。

モリスは明るい青い目をもつ陽気な男だった。酔うと自分の頭をさしては、

「ハゲ！　ハゲ！」

と叫び、周囲の者を笑わせた。ジャズが好きで、岩田に二度ほど連れられてきたあとは、ひとりで私たちの店に通うようになった。

私とケインとでは、モリスと気が合ったのは私の方だった。モリスがケインを避けたというわけではなく、なんとなく私と話す機会が多くなったのだ。

私たち二人は、休みの日以外はほぼ毎日、店にでていた。そして自然な形で、相手する客を分担していた。モリスは、私の係だったというわけだ。

こうした分担制に、特に法則などはなかった。が、ケインはやはり女性客に人気があり、私は男性客の相手をすることが多かったように思う。

私たちの店にいるときのモリスは、「毒のない陽気なガイジン」という印象だった。賑《にぎ》やかで女性に敬意を示し、乱れるほど酔っぱらうことは一度もなかった。

私たちの店は午前零時を過ぎると、銀座のホステスたちも多くやってきた。彼女らの目当てはたいていケインだったが、ときには彼女らの客を連れて現われることもあった。

モリスは、常連のホステスの何人かとも店では親しくふるまっていたが、決して肉体関係を結ぶほどには深入りしようとはしなかった。

モリスは自分の職業をジャーナリストだといっていた。在日米軍の機関紙「スターズアンドストライプス」に長期契約で雇われている、というふれこみだった。ケインの永住権で悩んでいるとき、私は岩田にそのことを相談した。アメリカ生活の長い岩田なら何かいい知恵があるのではないかと思ったのだ。

その場にケインはいなかった。ボックスで女性客の相手をしており、私と岩田は、ピアノカウンターにすわっていた。

「モリスに相談したかい」

岩田は、私の相談に、そう質問で返した。

「いいえ」

私は首をふった。確かにモリスはアメリカ人だが、フリーのジャーナリスト、それもさほどの大物とは思えない彼に、いい知恵があるとは考えてもいなかった。

「奴なら役に立ってくれる」

岩田はいった。

「なぜです？　コネがあるんですか、役人に」

私が訊《たず》ねると、岩田はちょっと沈黙し、手にしたロックグラスを揺すった。岩田の顔を私は、店で会う前にいくどかテレビ画面で見たことがあった。日本に帰ってから、めっきり髪に白いものが増えたとよく笑った。といっても白髪が目立つのはなぜかこめかみだけで、ずんぐりとした体形や、タフそうな顔つきは、どこか熊を連想させた。

「――まあいいか」

岩田はつぶやいて、酒をすすった。

「松原くんなら話してもいいだろう。モリスは、『スターズアンドストライプス』で働いているといってるが、あれは上辺だ。あいつは役人だよ」

「役人？」

まだ私には意味がわからなかった。

「ＣＩＡさ。けっこうやり手らしい。スキがないだろう」

そのときようやくわかった。酔っても乱れず、陽気だがどこか周囲の人間を細かに観察していているように見えるモリスに、私は単に「紳士」だからという理由だけではものたらない、違和感を感じていたのだ。人間くさいようでいて、どこかスキのなさを、モリスは確かにもっていた。

「そうか……。だからか」

私がいうと、

「何かしたか」

岩田が訊ねた。

「いえいえ。いい奴ですよ、モリスは。いい奴すぎて、どこか変だなと思っていたんです。人間誰だって嫌なこともあるだろうに、モリスはここじゃそんな表情を見せたことが一度もありませんでしたからね。からかわれても怒らないし、何というか、軽い奴、なんですが、それがどこか芝居くさいと思ったことがあったんです。『本当はこいつ、中身はぜんぜん別の人間なのじゃないか』って。わざと軽く見せて、まわりに警戒心を抱かせないようにしているって」

「――さすがだな。水商売の人間はよく見ている」

岩田はいった。そして、だが、とつけ加えた。

「モリスがここにきているのは仕事のためじゃない。奴は本当にジャズが好きで、プライベートで楽しみたいのさ。いい店を教えてくれたと感謝されたくらいだ。ただ、奴は商売柄、どこにいても本当の自分を見せない。『軽くていい奴』を演じている。たぶんそれは全部が嘘ではないだろう。半分くらいは、奴の地だ。もう半分は、醒《さ》めたプロ意識があって、演じながら、目や耳を働かせているのだろうさ」

私は頷き、考えていた。

「――もし私がモリスに相談したら、モリスの正体を岩田さんから聞いたことをいわなくてはならなくなるかもしれません。そうしたら、モリスとの関係がまずくなりませんか」

「大丈夫だ」

岩田は即座にいった。

「俺が知っていることを奴も知っているし、まだ日本はアメリカと戦争をしちゃいないからな」

「戦争をしていたら、スパイですものね」

私は笑った。

「そうさ」

岩田は笑わずに私を見つめ、いった。

「だがもうじき戦争になる。弾丸やミサイルは飛ばないが、戦争になる。そう思っているアメリカ人はワシントンには多いぜ」

それが経済戦争を表わしていたのだと知ったのは、数年後のことだった。

そして数日後、店にひとりで現われたモリスに、私は相談をもちかけた。

「ハイ、マシバラ」

彼はマッバラといえず、なぜかマシバラと私を覚えていた。

モリスがやってきたのは早い時間——午後七時くらいで、他に客はカップルがひと組いるきりだった。ちょうどケインは、馴染《なじ》みのホステスのノルマ消化に協力するために、銀座にでかけていた。銀座のホステスには、「同伴出勤」というノルマがあり、月に何度かは客といっしょに入店しなければならず、それを怠ると罰金として給料をひかれるのだ。

「やあ、モリス」

私はいって、カウンターにすわった彼の隣に腰をおろした。

「何を飲む」

「ビアー」

モリスはいった。わざと無表情でいい、

「ビア、ビア、ビアー、ビアーはハゲにいいって、グランパに聞いた」

「初耳だ」

モリスは悲しげに頷《うなず》いた。

「ボクも初耳。でもグランパはそういって、ずっとビアー、飲んでた」

「ハゲてなかったのか?」

おどけたような目でモリスは私を見た。

「ツルッパーゲ！」

大声で叫んだ。私は苦笑した。生ビールが届き、私は自分の分もバーテンダーにもってこさせた。

「じゃあその一杯は、モリスのグランパにつけとこう」

モリスはにやりと笑った。

「フィラデルフィアまでお金、とりにいくか」

「生きてるのか」

「フィラデルフィアのお墓」

「なるほど。じゃ、しょうがない。店でもとう」

「サンキュウ」

乾杯し、ひと口飲んで、私はいった。

「相談がある」

「なに？」

「ケインが永住権をとりたがっている、アメリカの。なかなか下りないらしい。向こうで勤めていても、彼のような人間は難しい」

「アイ・ノウ」

つきだしのアーモンドを掌《てのひら》にとり、モリスは頷いた。

「アメリカは、自由の国。でも、人が多すぎる」

口に放りこみ、かみ砕きながらいった。

「奴はニューヨークで、ここと同じような店をやりたいんだ。永住権がとれるようにしてやってくれないか」

モリスの口の動きが止まり、私を見た。

「ボク、できる？」

「コネがあるって聞いた」

モリスは小さなため息をついて、ビールを飲んだ。

「マシバラ、友だちね。ケインも友だち」

「そうだ。でも何か必要なことがあるならいってくれ」

私は静かにいった。モリスはすぐには答えなかった。私は彼を見つめた。モリスは穏やかな表情を浮かべていた。その青い目にはだが、温かみはかけらもなかった。

考えていた。失望しているようにも困惑しているようにも見えなかった。

「オーケイ」

モリスはいった。

「やって、みる。もし、うまくいったら、何かマシバラに頼むかもしれない。いいか？」

「できることなら何でも」

　私は答えた。

　杏奈は無言のまま私を見つめていた。

「モリスの力は大きかった。ケインのもとにアメリカ移民局から、すぐに新しい申請書類を一式送り直せ、といってきた。そして彼が送ると、ただちにグリーンカード、つまり永住許可証が発行された」

　私はいった。

「まだここまででは、君は私が何をいいたいのかわからないかもしれない」

「──いえ」

　杏奈は低い声でいった。

「少し、わかるような気がします」

　私は頷き、見えない水平線に目を向けた。

「私はケインに何があったかはいわなかった。が、ケインは、私が何かをしたというのは薄々勘づいていたようだ。とにかくグリーンカードが発行されて、ケインは渡米の準備で忙しくなった。ある晩、モリスから私に電話がかかってきた」

　モリスは、十五分ほど店を抜けられるかと私に訊《たず》ねた。私は了承し、ケインに、

「でかける」

とだけ告げて、店をでた。モリスが指定したのは、近所の喫茶店だった。

「頼みたいことがある」

喫茶店で向かいあったモリスはスーツを着け、ユーモアのかけらもない口調でいった。

「何だ」

「女性を紹介してほしい」

いって初めて、にやっと笑った。

「ボクのアイジンじゃないよ」

私は少しほっとすると同時に、ではいったいどんな女性を紹介してほしいのか、疑問を感じた。

「ボクの知りあいがやってる会社がニューヨークにある。日本人の女性スタッフを捜している。若くて、きれいで、ソフィスティケイトされた女性を」

「社員としてか」

「もちろん。でも英語駄目でもオーケイ。こちらで教育する。大切なのは、ソフィスティケイトされてること」

「それは――」

「マシバラの店、ソフィスティケイトされた女性が多い。きれいで、皆んなクレバー」

「あれはホステスだ」

「知ってる。そういう女性がいい」

そして三本、指を立てた。

「三人」

「三人も」

奇妙な話だった。ニューヨークにある会社が、ホステスのような女性を三人、雇いたがっているというのだ。とっさに思ったのは売春だった。

だがモリスはそれを否定した。

「犯罪とは関係ない。本当にビッグビジネスをしている会社。デベロッパー。社長は日本人」

「会社の名前は？」

「ムーン・インダストリー」

初めて聞く名だった。モリスはもっていたアタッシェケースから、英文で書かれた写真つきの書類をだした。ムーン・インダストリーの会社案内だった。

「ニューヨーク、バハマ、ロスアンゼルス。本当に大きな会社」

「しかしそこまで立派な会社なら、英語が喋《しゃべ》れる優秀な日本人女性をいくらでも採用できるだろう」

私がいっても、モリスの表情はかわらなかった。

「でもソフィスティケイトされてはいない」

要するに男扱いに長《た》けた女性を捜している、ということなのだろうか。

「マシバラは、たくさんホステスに友だちいる。若くて、きれいです。アメリカに住んで、アメリカで働きたいホステス、三人、捜してほしい」

「期間は？　まさか一生じゃないだろう」

「二年」

「給料は？」

「相談。でも安くはない」

勘ぐることはいろいろとできた。だが、私には断われない理由があった。

「紹介したんですか」

杏奈が虚《うつ》ろにも聞こえる声でいった。彼女の目は、私ではなくベランダの手すりを見つめていた。

「紹介した。二十二歳から二十七歳までの、いずれも水商売をやっている女性たちだった。ムーン・インダストリーについては、私も確かにそういう会社が実在することを調べた。経営者はやくざではなく、事業内容もまともなようだった。ただなぜ、ムーン・インダストリーがホステス出身の社員をほしがり、それをＣＩＡの人間が捜しているのか、私にはわからなかった——」

杏奈は無言だった。私は胸の奥で押し固めていた苦いものが溶けて流れだすのを感じていた。

「——三人の中の最年長、二十七歳の女性は、武内麻貴子といった。彼女と私は、私たちの店で知りあい、ごく短い期間だったが恋愛をした。だが私は結婚をしようという気はなく、そのことが彼女を傷つけた。麻貴子は半ば私へのあてつけのようにして、ムーン・インダストリーへの就職にとびついた。私は止めたが駄目だった。私たちは激しくいい争い、彼女は、私が彼女の幸せを阻んでいる、とまでいった。互いに感情的になっていたが、私には分の悪い、いい争いだった。私に彼女と結婚する意志がなかったことでまず彼女は腹を立てていたし、他の女性を紹介しておいて彼女だけにはやめろ、というのも説得力がない。結局、彼女を思いとどまらせることが私にはできなかった」

半年後。何の音沙汰《おとさた》もなかった麻貴子の消息を私は新聞で知った。

『自殺？　日本人ＯＬ、ニューヨークのアパートで変死』

という見出しのもとでだった。そのとき、私はすでに店を売り払い、東京でひとり暮しをしていた。ケインはとうにニューヨークに渡っていた。

「私は彼女の死がいったい何によるものなのか知らなければならないと思った。モリスに連絡をとった。だが彼は本国に帰ったあとだった。私は岩田に頼み、情報を集めてもらった。が、それでもニューヨークで麻貴子がどんな仕事をしていたのかはわからなかった。それどころか岩田は私に、これ以上かかわるのはやめた方がいいと忠告した。私には——どうすることもできない、というのだ。その頃私は、かつての私とケインの店を懐しがる常連客だった人々の勧めで、新たな店をオープンする準備を進めていた。が、その一件ですっかり嫌気がさし、東京にも居づらくなってやがて今の仕事を始めこっちへ引っ越してきたというわけだ」

「その方のことは聞いたことがあります」

杏奈は抑揚のない声でいった。

「確かホームシックノイローゼだということでした……」

「岩田もそういっていたよ」

杏奈は私を見やった。

「信じられない？」

「正直いってね。麻貴子は中学を卒業してすぐ年齢を偽って水商売の世界に入った。そこでさんざん嫌なことを経験した。そういう意味ではタフな女性だった。たった半年で、ホームシックになり自殺をする人間だとはとても思えない。私は自分のそういう目には自信がある」

「じゃあ何があったと……」

杏奈の声にはあいかわらず感情がこもっていなかった。

「わからない」

私は首をふった。

「だが、ホステス経験者を求めて雇い入れる会社では、何が起こったとしても不思議はないと思っている」

私は立ちあがり、手すりをつかんだ。湿った弱い風が体にまとわりついた。

「私は十代のときから水商売の世界にいた。いくつかを転々としたが、その中には、世にいう『超高級店』というところも交じっていた。政治家や官僚、財界人など、社会を動かしていると人から思われ、また自らもそう考えている人間たちの、表社会では決して語られることのないふるまいを多く見てきた」

杏奈は無言だった。私はつづけた。

「彼らがそこで何をしたからといって、私は下劣だとか不潔だというつもりはない。人間は誰だって欲望をもっている。名誉や財産や異性を求めるのは、本能のようなものだ。またそういう欲望が強い人間こそが、競争を勝ち抜く力を備えている。そして、勝ち抜いた人間たちには、勝ち抜いた人間たちしか手に入れられない愉《たの》しみがある。ときには破廉恥で、眉《まゆ》をひそめたくなるような行為も、密室内であるならば許される。当然、そうした愉しみには、供給する側がいる。目配りがきき、口が堅く、機動力があって、そしてその愉しみを提供したひきかえに何かを得る連中だ。法律をおかすわけではない。誰かを苦しめるわけでもない。彼らがおかす罪といえば、世の中の、そういう愉しみを知らない人々が彼らに抱いている無垢《むく》な幻想を裏切ったというくらいのものだ。彼らは愉しみ、そして実際に働きもする。要は、知られさえしなければ、糾弾を浴びることは何もないというわけだ。

日本という、このちっぽけな国においてさえそういうことはおこなわれている。ならばアメリカ合衆国において、それがおこなわれていないとは私にはとうてい思えなかった。ムーン・インダストリーがどれほど表向きは立派な企業であろうと、彼らが求めたのは、表向き立派な仕事をする人材ではなかった。作り笑いが上手で、男のあしらいに長け、そして性的な魅力を交渉の武器にし慣れた女性たちだ。『セクシュアルハラスメント』などという言葉には何の意味もない職場にいた人間たちなんだ。邪推だとは思わないよ。麻貴子が自殺にせよそうでないにせよ、性的な問題にからんだ深刻なトラブルに巻きこまれていたと私は思っている。しかもそのトラブルにはCIAが関係しているかもしれない」

杏奈をふりかえった。

「君の写真を水垣から見せられたとき、私はすぐ、モリスが私に渡したムーン・インダストリーの会社案内を思いだした。ムーン・インダストリーの本社はバハマにある。会長の名は秋月三千雄。どうやら、私とムーン・インダストリーとは奇妙な縁があるようだ。ニューヨークに住むケインも、ムーン・インダストリーとは今は浅からぬ縁がある」

「どういうことです？」

杏奈は目をみひらいて私を見た。

「テック・コーポレーションという会社の名を聞いたことがあるだろう」

杏奈はわずかに息を呑《の》んだ。

「――どうしてそれを……」

「自殺した元の社長、リッチーは、ケインの友人で私も会ったことがある」

杏奈は信じられないように首をふった。

「あの方のお葬式に……わたしもいきました……」

私は頷《うなず》いた。

「君は、ムーン・インダストリーの中枢部にかなり近い場所で働いていたのだと思う。表に洩《も》れては困ることを知っているのだろう。だから彼らは君を追いかけている。ちがうかね？」

杏奈はこらえていたものを意識してゆっくりと吐きだした。

「――その通りです」

そしてそれ以上は何もいおうとはしなかった。

「犯罪には関係していない、と君がいった言葉を私は信じるよ。少なくとも日本では犯罪には関係していない」

「松原さん――」

私は彼女を見つめた。

「わたしはでも松原さんに嘘をついていました。わたしの名前は、内村杏奈ではありません。杏奈は――、ずっと昔、わたしが麻貴子さんと同じような仕事をしていたときの名前です」

「同じというのは、日本で？　それともアメリカで？」

「どちらもです」

杏奈は低い声でいった。

「わたしは十代の終わりから二十代の初めにかけてホステスをしていました。それからアメリカに渡ったんです。わたしの本名は、田内由美子といいます。横浜で育ちました……」

「ご家族は今でも横浜に？」

杏奈は首をふった。

「わたしには父がいませんし、母も再婚したあと行方知れずになっています。日本に帰ってきたわたしが頼れたのは、かつてのホステス時代の友だちだけでした」

「そうか――」

私はコーヒーカップに手をのばし、すっかりぬるくなったコーヒーをひと息で飲み干した。

「わたしの仕事はずっと、秋月会長の個人秘書でした。会長には何人も秘書がいますが、わたしはセカンドでした」

「つまり抜擢《ばってき》された？」

杏奈は頷き、私を見つめた。

「会長は独身です」

それがすべての答だった。

8

海上の雲に切れ目が生じていた。海面のその部分にだけ強い陽がさし、輝いている。

私たちは食卓を片づけ、居間にいた。杏奈は自分が秋月の愛人的な存在であったことはほのめかしたが、なぜそれを逃れ、日本に帰ってきたかについては語ろうとしなかった。

私もそれは訊《たず》ねなかった。

恋愛であったとすれば、そこに破局が訪れた理由など、いくつも想像することができる。そしてそれが当たっていようと外れていようと、何の意味もない。

杏奈はカールと遊んでいた。私はふと、彼女が私に見られていないと信じているときに、ひどく無頓着《むとんじゃく》な言葉づかいをしていたことを思いだした。アメリカに渡る以前の彼女の言葉づかいだったのかもしれない。

杏奈を抜擢した秋月の目は確かだったのだろう。彼女に上品な言葉づかいを教え、ファッションのセンスを磨かせ、オフィスウーマンとしての能力も身に付けさせた。その上で料理の腕やワインを選ぶ目も与えたのだ。

ある意味では杏奈の脱出は、その秋月に対する裏切りであるとさえいえた。

もし彼女が企業の秘密を洩らすようなことでもあれば、許せないと考えても不思議はない。

杏奈に惹《ひ》かれる気持とは別に、私は男として、秋月に対し冷静にそう考えてしまうのだった。

男であるがゆえに。

私はカールとじゃれあっている杏奈を見つめた。なぜだかはわからないが、ここにいるべきではない、という気がした。水垣はまだ、完全には私への疑いを捨ててはいない。いや、それ以前に、私と杏奈の関係は、ここにこうしている限り、私にとっては不自然で苦痛を起こさせかねないものになりそうだった。早晩、杏奈がここをでていくという予感をもちながらも、それまでこの不自然な状態をつづけることへ、私の心は強く反発していた。

「どこかへいかないか」

私はいった。

杏奈はカールを撫《な》でる手を止め、驚いたように私を見た。

「どこへ――？」

「東京というわけにはいかないだろうが、このあたりではないどこかへ」

杏奈は私の気持を探るような目をしていた。

「山はどうだい。海辺の暮らしを経験したのだから」

「松原さんは大丈夫なんですか」

「なんとかなる。今はファックスがあれば、物書きはどこでも仕事ができる」

杏奈は小さく頷いた。

「――どこでもいきます」

「よし」

私はいって立ちあがった。

「そうと決まったらまずカールだ。連れていくのは難しいから、こいつを預けなけりゃならん」

心当たりはあった。私が仕事などで数日この家を離れるとき、カールを預かってくれる家がある。ふもとの海辺で民宿を営んでいて、親父はゴルフ仲間だ。

私はその家に電話をした。おかみさんが電話に応《こた》え、ふたつ返事でひき受けてくれた。

私は杏奈に告げた。

「旅の仕度をして、どこにいきたいか考えておいてくれないか。カールを届けてくる」

「決めました」

杏奈はいった。

「早いね。どこだい」

わずかに息を呑《の》み、杏奈はいった。

「軽井沢。ホステスだった頃、いったきりですから」

「わかった。ホテルをとるなり、知りあいの別荘を捜すなりしよう」

カールをパジェロに乗せ、私は家をでていった。預けるときにひと悶着《もんちゃく》あった。今までの経験でカールは、その家に連れてこられたときは自分がおきざりにされることを知っている。今回は杏奈と別れるのが嫌だったのだろう。パジェロの後部席から降りようとせず、悲しげに吠《ほ》えたてた。

なだめすかしてカールを降ろし、ようやくの思いで私は家に戻った。

杏奈の姿が消えていた。二階の彼女の部屋からは荷物がすっかりなくなっている。

私は信じられない思いで立ちつくした。わずか三十分のあいだに、杏奈が消えてしまった。

まるで長い夢からさめたような気分だった。しかし杏奈がたった今までそこにいたことは、ベランダに残されたコーヒーカップや、鍵《かぎ》が開いたままの玄関を見ても、明らかだった。

杏奈とその荷物だけが、きれいさっぱり消えているのだ。

家に入り、彼女の名を呼び、二階にあがって開け放された彼女の部屋の前に立ち、そこに何も残されていないのを知っても、私は何が起こったのか理解できなかった。

家の中は、彼女とその荷物がなくなった以外は何の異状もなかった。争ったようすや、壊された家具もない。

まるで杏奈は、私がいなくなるやいなや、荷物をまとめ、さっさとでていったかのようだ。

といって、タクシーを呼ばない限り、この別荘地には交通手段がない。もし杏奈が歩いてでていったなら、途中で私の車とすれちがっている筈《はず》だった。

私はリビングの中央に呆然《ぼうぜん》と立ったまま、たてつづけに煙草を吹かしていた。

まず最初に頭に浮かんだのは、彼女が何者か——たとえば水垣——に連れだされたのではないかということだった。

水垣がこの家を見張っていて、私がでていくのを見はからって侵入し、杏奈を連れ去った。

カールを連れていくときにシーマを見かけなかったか。私は記憶を探った。見てはいない。少なくとも目の届く範囲にあの男はいなかった。

だとしても水垣ではない、とはいいきれない。何といってもあの男は〝プロ〟なのだ。

次に思ったのは、杏奈が何らかの危険を感じ、自発的にここから緊急避難したのではないかということだった。たとえば水垣が〝侵入〟しようとしている気配を察し、荷物をもって、ベランダなどから逃げたとかだ。

もしそうなら、杏奈から必ずメッセージが届く。

私はそうあってほしかった。まさか杏奈が、私がでていったとたん、ここを立ち去る決意をしたとは思えなかった。

それは不合理な考えだった。彼女は私に、「軽井沢」という具体的な地名を告げた。そこまでしておいて、まるで監禁されていた人質が脱出するようにここを逃げだすのは、矛盾した行動だった。

少なくとも私に関する限り、彼女は好きなときにここをでていくことができた。

だが——と、私の心のどこかで告げる声があった。

ムーン・インダストリーと私の関わりを、彼女は初めて知った。同時に、ムーン・インダストリーにおける自分がどんな立場にいたかも、彼女は私に話した。

ひとりになったとき、彼女はこれ以上私とともにいることへ、強い不安、あるいは抵抗を感じたのではないだろうか。

浜辺で知りあい、保護を求め、奇妙にもそれを与えた「世捨て人」のような男が、実は彼女の抱える問題と小さからぬ関係をもっていたというのは、彼女の不安を増大させたのではないか。

突然、私に何も告げずここをでていくというのは、これまでの二人の関係を考えれば無分別な行動である。しかし杏奈には、どこかすべての行動が予測できない不透明な部分があった。それは、かつて杏奈が麻貴子と同じ境遇にあったことを知ってもなお、理解できない部分だった。

いっしょに暮らしてみて、決して杏奈が変人であるとは思わなかった。奇矯《ききょう》ともとれる行動をすることがあっても、それには必ず理由があると私は感じていた。ただその理由が、私にはうかがい知れないだけだと。

私が自分とムーン・インダストリーとの関係を告げた今、杏奈はその行動の理由を説明する義務に迫られていたかもしれない。それが苦痛で、でていったのではないかと、私の心の中の声は囁《ささや》いているのだ。

だとするなら、杏奈からの連絡はもうないだろう。決して彼女は、私の前に姿を現わさない。

カールを届けにいく私を送りだすときの杏奈に、特にかわった態度はなかった。しかしそのときには既に決意を固めていて、おくびにもださずにいたのではないか。

そう思うと、私は自分の〝告白〟が軽はずみであったと後悔せずにはいられなかった。

連れ去られた、避難した、自らでていった、この三つのどれかであるなら、何としても二番めの状況であって欲しいと願った。もしそうなら、必ずや杏奈から私あてのメッセージがあるからだ。

午後が過ぎていった。

私は何をする気力もなく、リビングに腰をおろしていた。前に彼女がここをでていったときには、ひとりになる時間を恐れ、私は釣りにでかけた。だが、杏奈からの連絡を待ち望む今は、でかけることすらできない。

理不尽なできごとだった。私はいらだち、そして怒りを感じていた。

三番めの、最もつらい状況を示唆する私の内なる声は、〝だから他人と余分なかかわりをもってはならないのだ〟と、私を嘲《あざけ》っていた。愚かにも心を許し、不必要な言葉を口にしたばかりに、柔らかな喉笛《のどぶえ》を食いちぎられたような苦痛を味わっている。心さえ許さなければ、食いちぎられることもなかったのだ。

だが、と私の中のもうひとりが反論していた。

杏奈の消えた理由が最初のものであったとしたら。

彼女は強制的に連れ去られ、救出を望んでいるとしたら。

暴力が行使されたとは思いたくなかった。もし暴力が行使されるような状況なら、それは立派な犯罪である。そこから彼女を助けだせるのは警察しかないだろう。ただ、通報者の存在なくして、警察の行動はありえない。

通報者となりうるのは、私しかいない。

私がここにこうして座し、思いを巡らせている限り、杏奈に救いはない。

しかし一方で、犯罪が発生したという明確な証拠なしでは、警察に何も期待できないこともわかっていた。

でかけて帰ってみたら、同居している女性の姿が荷物とともに消えていましたでは、警察は相手にしないだろう。杏奈のおかれていた奇妙な状態を、私がきちんと説明でき、しかもそれを担当の警察官が信じたとしても、血痕《けっこん》や破壊の痕跡のないこの状況では、警察は犯罪の発生を確認できない。

そうなると、杏奈を救えるのは、私ひとりである。

私は行動するだろうか。杏奈が救いを求めるなら躊躇《ちゅうちょ》はなかった。行動するだろう。今や、私ははっきりと杏奈に惹《ひ》かれていると断言できた。このいらだちや怒りが、まぎれもない証《あか》しだった。

愚かではあるだろうが、杏奈が求めるなら、私はたいていの行動をとってみせるだろう。問題は、彼女が救いを求めているかどうかを、私が判断できないことにあった。せめてそれさえ知れれば、私は行動をおこすことができた。

だが、と再び、もうひとりの私が問うた。

行動をおこすといって、いったいお前に何ができるのだ。

今この瞬間、杏奈がどこにいるのかを知る手だては何もない。闇雲《やみくも》にあたりを走り回っても、杏奈を連れた人間はとうにこの外房を離れているだろう。

それどころか、既に成田空港で搭乗手続をおこなっているのではないか。

失意にうちひしがれ、抵抗する意欲も失くした杏奈は、明日にはまたバハマの、ムーン・インダストリー社会長、秋月の待つ場所へと送り届けられるのではないか。

気づくと夕闇がリビングを包んでいた。濃い紫色の雲が水平線をおおい隠している。

秋月は、愛人の愚かな行動を責め、疑うが、やがては許すだろう。世界有数のリゾート、バハマでの贅沢《ぜいたく》な暮らしは、杏奈の心から、日本の外房での退屈な日々を追いだしてしまうにちがいない。

ちっぽけな気まぐれ、小さな冒険として、私の名もやがては忘れ去られる。

ここでこうして苦しみ、悩みわずらうことは、単に私ひとりの心の空転に過ぎない。

どれほど心を砕き、苦しみ、悩もうと、人の心の中の動きは、そこにある限り、決して他者への影響をもつことはない。

すべては、物理的にはただの〝無〟に過ぎない。

私は〝無〟に、時間を費やしている。

愚かしいことだ。私は巻きこまれ、翻弄《ほんろう》され、そして傷つくという、最大の貧乏クジを引いている。

心を閉じ、杏奈の存在をしめだすのだ。それが最も賢明で、無駄のない態度だ。

片想いに苦しむ子供のような堂々巡りは、今さら何の利益ももたらさない。酒でも飲み、したたかに酔って眠れば、これまでつづけてきたのとかわらない平穏な日々が始まる。

それを望み、実践してきたではないか。

そう主張する声は、決して小さくはなかった。

が、私は実行に移せずにいた。

理由ははっきりしていた。

もう、戻りたくないのだ。あの日々に。

退屈で、平和で、しかし痛みも悲しみもない日々は、確かに私が求めていたものではあった。だが、今はいらない。

我がままかもしれない。しかしまだ誰にも私は迷惑をかけてはいない。あの日々を捨てようと決意したところで、傷つく人間は、私の他には誰もいない。

だが、何をする？

杏奈をとり返す。せめて、彼女を捜しだし、この突然の失跡の理由を知る。

バハマまでいくのか、お前は。

問う声に、必要ならいく、と私は答えている。

だがその前に、やれることがある筈《はず》だ。杏奈の失跡の理由をつきとめる手だては、どこかにあるにちがいない。

そう考えだして初めて、私はいくらか、落ちつきをとり戻した。同時に、興奮が少しずつわきあがってくる。

まず、水垣だ。失跡が自発的にせよ、そうでないにせよ、水垣が現在いる場所は、何かの手がかりになるかもしれない。

　水垣の名刺。

　私ははっとした。夜の船揚げ場で受けとったあの名刺を、私はどこにやったのだろうか。

　財布を捜した。財布の中にはなかった。

　あのとき着ていた服のどこかにしまったのだろうか。

　革のブルゾンだ。

　私は立ちあがり、階段を駆けのぼった。寝室のクローゼットに吊るしたブルゾンを探った。

　電気ウキ用の古い電池しか、そこにはなかった。スラックスを見た。何も入ってはいない。

　落胆しそうになる自分を励ました。落ちつけ。あのとき、杏奈の存在を気づかれまいと緊張していた私は、水垣の名刺を無意識にどこかへしまいこんでいる。

　決してあの場で捨ててはいない。

　道具箱だ！

　私は階段を降りた。暗いままのリビングの明りをつけ、ガレージへとでた。パジェロのトランクを開け、釣り道具箱をとりだした。

　あった。

道具箱の中に、水垣の名刺はおかれていた。それを手にリビングに戻った。

電話をとり、名刺の番号を押した。時計を見る。六時を過ぎていた。

「パシフィック・リサーチ」

「——パシフィック・リサーチでございます」

若い女の声が応《こた》えた。背後は静かだ。

「松原といいますが、水垣さんはいらっしゃいますか」

「申しわけございません。水垣はただ今、でかけております。ご伝言があれば承りますが」

「今日は社に戻られますか」

「たぶん戻らないでしょうが、連絡はあると思います」

「ではお電話を下さるようにお伝え下さい。番号を申しあげます」

私はこの家の番号を告げた。女は復唱し、

「確かに承りました」

といった。私は礼をいって、受話器をおろした。

水垣は電話をしてくるだろうか。

もし杏奈の失跡に関係していたら、決してしてはこない。杏奈をとり返した今、私には何の用もないからだ。

いいかえればこれはテストだった。

もし水垣が電話をしてくれれば、彼はまだ杏奈を見つけだしてはおらず、失跡は、杏奈の自発的なものか、避難であった、ということになる。

私は煙草に火をつけ、長々と煙を吸いこんだ。

水垣が電話をしてこないことを、私は心の中で望んでいる。が、その望み通りの事態に立ち至ったとき、次に私にできることは何だろうか。

秋月と会う。

いや、秋月は私と会う必要を認めないだろう。電話で話すことすら難しいかもしれない。

考えが走りすぎている――私は自分を戒めた。

杏奈が、水垣あるいはそれに近いタイプの人間に連れだされたとして、その目的は何なのか。

秘密の保護。

それが第一番であると、私には思えた。

だが表向きの理由ではそうであっても、真実は、秋月の未練かもしれない。

ビジネスの分野では、秋月はかなり強引な手段をとる。それはテック・コーポレーションの買収を見ても明らかだ。犯罪もしくは、それに近い方法をとっても、必要なものを手に入れる。

それほどの男が、愛人として近くにおいていた女に逃げられたとき、連れ戻そうという行動をとらない筈がないのだ。

杏奈には、そういう魅力がある。

わずかしか共に過さなかった私ですら、彼女の居どころを知り、とり返したいと願っているのだ。かつては〝客〟として女を扱い、男を利用する技術に長《た》けた女たちの手段をつぶさに見てきた、この私が、杏奈に対し、冷静さを失いかけている。

秋月がそうならない筈はない。

杏奈は特別な女なのだ。

恋愛は、他者にとってはただの平凡な人間を、当事者にとって、非常に特別な人間にかえる。だが、杏奈はそれだけではない。

本当にまれな女なのだ。

その理由を強いて挙げるなら、行動を予測させない不透明さにある。わがままとか気まぐれというのとはちがう、心の動きの推測を拒む謎めいた部分だ。

異性を強く惹《ひ》きつける人間の、大きな条件は〝謎〟である。

短時間で生活習慣の大半を知り尽せる、あるいは、行動や心理のパターンを読みとれる――そういう人間は、複数の異性の心を惹きつけるのは難しい。

杏奈には、その〝謎〟がある。私との関係の中だけに限定されたものではない、という確信もある。

秋月にとって、もし杏奈が、私が感じたのとは異なる「行動を読みとれる」女であったなら、追跡者が動員されることはなかったろう。杏奈に、洩《も》れては困る秘密を知らせる筈もないだろうし、追いかけてまでとり戻したい女にはならない。

杏奈は、秋月にとっても、特別な女だったのだ。

杏奈の発見を知らされた秋月は、どんな行動をとるだろうか。

それは秋月の性格にもよるだろう。

自らは動かず、すべてを部下に委《ゆだ》ね、絶対君主のようにふるまう人間なら、バハマまで連れ帰ることを要求するかもしれない。

だが杏奈にその意志がないとすれば、それは決して簡単ではない。まして脅迫で、出入国をさせるのは不可能だ。

私はふと、釣りをしているときに杏奈が口にしたことを思いだした。

――人間は自然の不純物ではないし、むしろ自然をコントロールする使命を負っている
――知性が大切だ、と彼はいいました。知性とは、そのときその場で、目的を達成するための最も効率のよい手段を見抜く目だといっていました
――時間を無駄にすることと、洗練されていない言動をとる人を、何よりも嫌うんです
絶対君主ではない。

秋月は、決して傲岸《ごうがん》で不遜《ふそん》な人間ではないだろう、という気がした。

といってもちろん、弱気で単なるお人好しでもありえない。杏奈との関係修復を、もし秋月が真剣に望むなら、それなりの時間と労力を、秋月本人が費やす筈《はず》だ。

一方で、私は麻貴子の死を思いだし、不安を感じずにはいられなかった。麻貴子の身に起こったできごとが、ムーン・インダストリーのダーティな部分だけでなく、秋月個人にも関係したものであったなら――。

杏奈の生命にも危険が及ぶ可能性が皆無とはいえなくなる。

私はケインと話したくなった。ケインから、もっと、〝客〟として見た秋月の話を聞きたかった。

ニューヨークは、午前五時になろうとしていた。たぶんケインは眠っている。

だが、待てなかった。彼が目覚めるまで、杏奈に関する私の思考を止めておくことはできない。

あるいはケインなら、まだ起きているかもしれない、という希望もある。

直通の国際電話でケインの自宅にかけた。今は、マンハッタンに近い高級アパートに住んでいる。

二度ほど鳴らしたとき、受話器がとられた。

「ハロー」

若い女の声がいった。その向こうで、

「ヘイ、ヘイ！」

と叫ぶ、ケインの声が聞こえる。やむなく私は、

「ハロー」

と話しかけた。が、女の返事を聞く間もなく、受話器が奪いとられる気配があって、

「ハロー」

というケインの声が耳に流れこんだ。女がくすくすと笑うのが聞こえた。

「お楽しみ中だったのか」

私はいった。

「リュウか。よかったよ。びっくりした。酒癖の悪い女だぜ」

女の笑い声はつづいている。

「酔ってるのか」

「向こうはな。こっちは……」

ケインのため息が聞こえた。

「大変そうだな。抜いているのか」

「ああ。日本に帰ったつもりでな。ちょっと待ってくれ」

受話器が塞《ふさ》がれ、ケインが早口の英語で何かをいった。女の笑い声が大きくなった。

「どうしたんだ」

ケインの声が戻ってきた。

「秋月のことを聞かせてくれ」

「またか。いったいどうなってるんだ。奴がお前の友だちの会社を乗っとろうとでもしてるのか」

「そうじゃない。だが彼のことを知りたい。どんなことでもいいんだ。初めて会ったときはどんなようすで、最後に会ったときはどうだったのか」

「奴はハイエナだ。それだけはいえる」

ケインはきっぱりといった。

「だが紳士なのだろ」

「ああ、そうだ。洗練されてるよ、すごくな。女にもてる。リッチーの葬式のときは、すごくいい女を連れてた。日本人だと思うが、ぶっとぶくらいの美人だ。タイムズの例の俺の知りあいなんか、ムービースターじゃないのかと俺に訊《き》いたくらいさ」

杏奈だ。秋月といたときの杏奈は、それこそ、最大限に魅力をふりまいていたにちがいない。

「外見を話してくれ」

「背が高い。俺より高い。アメリカ人の中に交じっても見劣りはしない」

ケインは百七十八センチある。

「体型はスマートだ。スポーツもいろいろこなすんだろう。陽にはよく焼けている。バハマに住んでいるのだから当然だろうな。マリンスポーツのメッカだからな。顔は――ハンサムといえなくもない。思いだせないか。店で会っている筈なんだが」

「駄目だ」

「どちらかというと、いかつい感じの顔だ。頭が切れる――顔を見ればそういう感じはする。お喋《しゃべ》りじゃあない。英語はもちろん喋る、完璧《かんぺき》な発音とはいえないがな。だがいまちがいもしないし、誰と何を喋るのにも不自由はしない」

「ジャズが好きなのか」

「ああ。こういう店をもつのが夢です、と俺にいったこともある。そのときは大金持だとは思わなかったから、せっせと費用を教えてやった」

「大金持か……」

「とんでもなくな。ムーン・インダストリーの資産は数億ドルになるだろう。株は非公開で、ほとんど奴ひとりのものだ」

「クールなのか」

「リュウといい勝負さ。俺に店に二度とこないでくれといわれたときも眉《まゆ》ひとつ動かさなかった。『残念です』とさ。それだけだ」

「年は？」

「五十にはいってないだろう。若く見えるタイプだがな」

私は息を吐いた。

「――何があったんだ」

「日本にきたら教える」

「明日いくぜ。そんなことというと」

ケインにならら相談できる。

「かまわない」

「本当か」

「ああ」

「よし、飛行機がとれるかどうかやってみよう」

「誰が連れてきた、店には」

「最初にか」

「そうだ」

「ええと、思いだした。ギャレットだ。警備会社の社長だ。元フェッドの」

「フェッド？」

「ＦＢＩさ」

私は黙った。

「どうした？」

「いや」

ＣＩＡにつづいてＦＢＩにも知人がいる。秋月とはいったい何者なのか。

「そういえばモリスを覚えているか」

私はいった。

「モリス？　ちょっと待てよ。ああ！　ハゲの奴か」

「そうだ。今そっちにいると思うんだが、会わないか」

「いいや。おいおい、ニューヨークはカッツとはちがうんだぜ。会うわけないだろう」

「秋月の弱点は何だろう」

それには答えず、私はいった。

「弱点？」

あきれたようにケインはくり返した。

「何を考えている？」

「いや。ただ、どんな人間でも弱みはあるだろうって、ふと思ったんだ」

「よせよ、リュウ。ごまかすな。何かトラブルがあるのか」

「トラブルといえばそうだが、電話ではうまく説明できない。それより秋月の話を」

「わからん。酒に弱くはないし、リッチーのようなジャンキーでもない。クールだってのはいったな。要するにそういう奴なんだ。スキがない」

「非合法なことに関係は？」

「それはあるだろう。まっとうなことばかりで、何億ドルもためられるわけがない。だがそういう匂いは絶対にさせない。奴自身が犯罪者だとは思わないが、何か妙なところはある」

「たとえば？」

「奴は日本人だ。カリブに本社がある会社の会長が日本人で、しかも大儲《おおもう》けをしているのに、誰も潰《つぶ》そうとはしない。そのことじたいがひどく妙さ。いいか、日本企業てのは、アメリカ人の半分か三分の一にとってはムカつく存在なんだ。日本人が、じゃない。だが企業ということになれば話は別だ。ワシントンには日本企業を目の敵にしている役人がごろごろいる。日本企業をアメリカから叩《たた》きだすことを公約にしている議員だっているくらいさ。はっきりいって、もし俺が、見るからに日本人だったら、店は潰れていただろうな」

「そんなにひどいのか」

「アメリカ人は、金持というのは、尊敬するか憎むかどっちかだ。ちょっと前まで日本人は大金持だと思われていた。そりゃそうだ。かつて世界一、物価の高い国だったのだからな」

「秋月は政府にコネがあると？」

「あるかもしれん。そのコネのせいで潰されずにすんでいるのだとしたらな」

「日本生まれなのか」

「たぶんな。あまり日本の話はしなかった。俺が本当は日本人だって知ると、したがる日本人は多いんだが、奴はちがったな」

「そのギャレットという男だが、単なる友人なのか、それともビジネス上の関係なのか」

「わからん。両方かもしれん」

いって、ケインはため息を吐いた。

「奴は何年も日本には帰っていないといっていた」

「結婚はしていないのか」

「していない。昔は知らないが」

「ケイン」

私はいった。

「何だ」

「感謝する。日本にきたら全部話すよ」

「そうしてもらおうか。好奇心で破裂しそうだ」

「破裂しそうなのは、お前のナニじゃないのか」

「その心配はするな。さっきから女が静かだろう?」

ケインは笑いを含んだ声でいった。

「そういえばな」

「喋れない状態にある、といやわかるかな」

「なるほど。こっちにくる前にせいぜいタンクを空にしてくるんだな」

ケインは笑い声をたてた。

「明日の夜だ、相棒。明日の夜、そっちへいくぜ」

「待っている」

私はいって、電話を切った。

その夜、とうとう水垣から電話はかかってこなかった。

杏奈は水垣といる——私は確信した。それはつまり、杏奈が自分の意志ではなく、ここをでていったことを意味していた。

私は杏奈を捜し、杏奈と話さなければならない。そして、彼女がもし、水垣や秋月とではなく、私といることを望むなら、それをかなえてやらなければならない。

私ははっきりと悟っていた。私は杏奈を愛していた。

9

ケインはやってきた。

翌日、一日を、私は原稿を書くことに費やして過した。もし杏奈を捜すために私がこの家を何日間も空ける結果になるなら、第一番にやっておく準備がそれだった。

私は朝食もそこそこに二階へとあがり、原稿用紙に向かった。自分でも信じられないほどの集中力が発揮され、夜の八時過ぎまでに四週分の原作を書きあげていた。できあがりも納得がいくものだった。

がもちろん、それが無条件で編集部を通過して漫画家に渡されるとは、私も思わなかった。週刊誌における連載漫画は、それが人気作品であればあるほど、一週ごとの反響が、ストーリーに影響を与える。現在私が原作を書いている作品は、十数本の連載作品中、人気投票の三位から八位のあいだにいる。ずばぬけた人気はないが、「柱」のひとつとして定着して、かなりの時間を経ている。連載がスタートしてすでに半年がたち、終了の予定は当分ない。

主人公がすべての物語を消化すれば連載が終了する小説とはちがい、漫画の連載終了は、常に人気とのにらみあいである。人気が衰えない限り、たとえ十年間でも漫画は、連載がつづけられる。逆に人気が得られなければ、どれほど大家、人気作家の作品であろうと、十回で打ち切られてしまう。

難しいのは、作家の側が主人公とその物語に関して書き尽してしまっているにもかかわらず、人気の衰えない作品の処置である。編集部は当然、連載の継続を望む。が、作家は作品の無意味な延命が、才能の空費となることを知っている。

連載をやめたいのにやめさせてもらえず、絞りカスになるまで使われた——そう恨みを口にする漫画家は少なくない。

人気がなくなるまで同じ主人公を延々と描かされ、なくなったとたん捨てられる——漫画家と編集部の関係には、確かにそういう酷薄な一面がある。

だがそれは作家の側にも、ときとして責任がある。才能の空費に対する警戒は、作家の側の義務なのだ。人気があるあいだは編集部におだてられ、未来永劫《えいごう》それがつづくという錯覚におちいりやすい。

特に現代の漫画家は、純粋培養的に育てられデビューするため、肉体的にも精神的にも年齢が若いまま人気を得てしまうことが多いのだ。

人気がすべての世界では、それを得ているあいだは、「大人」になる必要はない、と漫画家は思いこんでしまいがちだ。

もちろんそれは誤りである。人気があるうちにこそ、「大人」にならなければならないのだ。

にもかかわらず「大人」の部分をすべて編集部に任せて、思考を怠っている漫画家も少なからずいる。自己中心的で思いあがりが強く、自分を超える才能は現われないと、簡単に錯覚してしまうのだ。それを助長するのが、編集部の「人気優先主義」だ。

編集部はパートナーではあるが、決して「親」ではない、と気づくことが必要である。若い、才能ある多くの漫画家が、錯覚によってこの世界から姿を消していくのを、私は見てきた。

かつてほどの支持を読者から得られなくなった漫画家は惨めである。小説家とちがい、読者の支持は作家ではなく、作品に向かう。

どれほどのヒット作を過去に生みだしていようと、次の作品が人気を得られなければ、連載は即座に打ち切られる。そうして、「三振」がいくどかつづけば、あっというまに選手は、一軍のベンチを追いだされることになるのだ。

漫画家に比べるなら、その点、原作者は息が長いといえるだろう。ただし（自分では）どれほどすぐれていると思える原作であっても、それをぶち壊しにする漫画家と組めば、人気は望めない。

そこにある原作を、どの漫画家に描かせるかを決定するのは、編集部である。したがってパートナーに恵まれないという愚痴は、編集部相手には許されない。

無論、逆のケースもある。さほどすぐれてはいない原作だが、才能ある漫画家によって、人気作品に変貌《へんぼう》する、というものだ。しかしこの場合は、漫画家側からのクレームによって、原作者のクビが切られることもある。

要は、雑誌におけるアンケートが絶大な力をもち、人気が即、単行本の売り上げに結びつく（まれに、雑誌では人気がなく、単行本だけが売れるという漫画家がいるが、彼らは原作者を必要としない）世界において、自身の未来を考え、人気に足もとを掬《すく》われないためには、編集部との距離感が重要である、というわけだ。といって、人気を得るための努力が見られない作品は、あっというまにランキングの上位から消える。


書きあげた原稿を読みかえし、編集部にファックスで送った私は、ようやく昼食兼用の夕食を摂《と》ることにした。

さほど空腹は感じていなかった。シャワーを浴び、ビールを飲みながら、岡山から送られた腰の強いうどんをゆでた。たっぷりの鰹節《かつおぶし》でだしをとったつゆを作り、刻みネギと冷凍しておいた柚子《ゆず》だけで、そのうどんをすすりこんだ。

洗い物を終え、煙草に火をつけたとき、クラクションが表で鳴らされた。

ドアを開けると、エアポートタクシーのトランクからサックスのケースをひっぱりだしているケインの姿があった。

本当にきたのだ。たったひと晩で。

私があきれていると、運転手に料金を払いながら、

「早いだろ、え？」

ケインが片目をつぶった。トレーニングウェアのような、スウェットタイプの上下にバスケットシューズをはき、スタジアムジャンパーを羽織っている。

久しぶりに会うケインはよく陽に焼け、以前よりひと回りがっちりしたように見えた。

入ってくるなり、

「まずシャワーだ。いいかい」

と訊《たず》ねた。

「好きなように」

私は答えた。

「オーケイ、もし冷えたビールがなかったら、今のうちに買いにいっておいてくれ。シャワーのあとで冷たいビールが飲めないなんてことになったら、殺すぜ」

私は首をふり、

「なんだったらバスタブを冷たいビールでいっぱいにしてやろうか」

いってやった。タイミングのいい旧友の出現が心を浮きたたせていた。

ケインがシャワーを浴びると、私たちはベランダにでて、ビールを手に向かいあった。

空腹かと訊ねた私に、ケインは首をふった。

「一睡もせず、身動きもとれず、三度も飯を食わされたんだ。腹が減っているわけがない。欲しかったのはこれだけだ。冷たい日本製のビールさ。NYでも買えるが、俺たち貧乏人には手がでない」

「よくいうぜ」

ケインと憎まれ口を叩《たた》きあっていると、初めて出会った頃の、二十そこそこの少年になったような気持に私はさせられる。それは、彼がニューヨークに移ってからの変化だった。たぶん、いっしょに店をやっていた頃は、互いに大人であろうとしすぎていたのだ。

「さて、と。破裂しそうな好奇心を満足させてもらう前に、ニュースがある」

ケインは飛行機内とタクシーでは吸うのを我慢していたという、コヒバのシガーをくわえていった。

「驚くべきニュースだぜ」

「結婚でもするのか」

「おいおい、このニュースは、あんたに関係してるんだ、リュウ」

「俺に？」

ケインは濃い香りの煙を吐き、首をふった。

「俺がNYを発《た》つ直前、別のエアラインの成田行きの乗客を、サテライトで見た。そちらの方が先に飛ぶ便だ。VIP用のラウンジから、エアラインのクルーに案内されて乗りこむ奴がいたよ。わかるか、誰だか」

「いや」

「しっかりしろよ！　相棒。あんたがずっと知りたがっていた人間だよ」

まさか。

「秋月か」

「ビンゴ。その秋月だ。ボディガードもいっしょだった。奴は今、日本にいるぜ。まさかお宅のクローゼットじゃないだろうな」

私は顔をそむけ、水平線の方角に目を向けた。光がいくつも浮かんでいる。イカ漁の船だろう。

「迎えにきたんだ……」

私はつぶやいた。ケインは無言で葉巻を吹かしていた。

私はケインをふりかえった。

「もう一本、ビールをもってこよう。たぶん俺の話が終わるまで、それくらいはかかる」

私はケインにすべてを話した。杏奈との出会い、モリスとムーン・インダストリー、彼が私のためにしてくれ、そして私が彼のためにしてやったこと、麻貴子の死。

話しおえてもしばらく、ケインは無言だった。

「先にいっておく。俺がモリスに頼みごとをして、その結果、モリスが俺に頼みごとをした。それとお前とは何の関係もない。俺がお前に何も教えなかったのは、すべて俺が勝手にやったことだからだ。恩に着てもらおうとは、これっぽっちも思わない。もうひとつ、麻貴子の死は、俺の中で解決した問題だ。だからそのことでも、お前に何も感じてほしくない」

私は告げた。ケインは空になった缶を握り潰《つぶ》した。オリーブ色の顔にはまった目が私を見た。

やがて口を開いた。静かな声でいった。

「最近、ジムに通っているんだ。ボディビルじゃない。マーシャルアーツさ。俺は才能があるらしい。考えてみりゃ、十代の頃、ずいぶん人を殴ってた」

「誰かを殴りたいのか」

「いや」

ケインは首をふって、短くなった葉巻を口からはがし、火口をじっと見つめた。

「ジムじゃコーチにしょっちゅうぶん殴られてる。だがここにきて、過去にぶん殴られるとは思わなかった。コーチのパンチよりこたえるぜ」

「すまなかった」

「よせ。あやまってもらいたいのじゃない。——何といえばいいのかな、そうだ、因縁という奴か。結局、俺もリュウも、秋月も、因縁があったということだ。もっとも秋月はまだそれに気がついちゃいないだろうが……」

「いっとくが、まだ俺は、秋月に対して、何も感じてはいない。いや、感じてはいけないと思っている。麻貴子のことや、杏奈の感じていた恐怖のようなものを、直接、秋月につなげるのはアンフェアだ。つなげたい気持は、もちろんあるが」

「クールだな、あいかわらず」

ケインは呻《うめ》くようにいった。

「何がしたいんだ、いったい」

「杏奈が今、どういう状況にあるか知りたい」

「簡単だ、俺が教えてやる。お姫さまは囚《とら》われの身だ。悪い魔法使いの手下につかまったのさ。そして今は、その魔法使いといっしょだ」

「よせよ。俺は白馬の騎士じゃない。秋月だって——」

「奴はまともじゃない。それだけは確かだ」

ケインは私の言葉をさえぎり、断定するようにいった。

「どうしてだ」

「CIA、FBI、それぞれにコネがある日本人で、しかも役人でも政治家でもない。そんな人間がまともだと思うか」

私は黙った。煙草に火をつけ、ずっと考えていたことをケインにぶつけてみた。

「ムーン・インダストリーは、女たちに何をやらせていたんだろう」

「お前が考えている通りのことさ、リュウ」

「俺が何を考えているというんだ」

「モリスが求めていたのは、どんな女たちだ？」

「ホステスさ」

「そうさ、ホステスだ。プロのホステスだ。男の気を惹《ひ》くのがうまくて、しかももうひとつ共通点がある」

「何だ？」

「お前が紹介した三人すべてを、俺も知っている。麻貴子も、もちろん。連中の共通点は、あのまま日本にいても、自分の店をもてるほどには成功しなかったろう、ということさ。いいかえれば、それほど頭はきれなかった。利用されやすいってことだ」

「何に利用するんだ」

ケインは遠くを見る目になった。

「日本のクラブのような商売は、アメリカにはなかった。いや、ヨーロッパやアメリカのどこにだってなかった。着飾ったホステスが隣にすわり、酒を注ぎ、話相手になる——それだけで高い料金をふんだくるシステムは、連中にとってはひどく不合理なものだからだ。女が欲しけりゃ、フッカーを買えばいい。奴らはそう考えてきた。

だが、最近は、アメリカやイギリスに日本式のクラブができ始めている。どこも、日本人か日本人を真似した経営者がやっている店だ。これがけっこう繁盛している。客も日本人ばかりじゃない。金回りのいい、その国の連中がきている。リュウ、なぜ日本でクラブが発達したかわかるか。銀座が、世界でも有名な、ジェントルマンの社交場といわれるようになった理由だ」

「企業の接待があるからだろ」

「そう、もっといえば、税金のシステムだ。企業にある交際費という経費の枠だ。取引先の人間を、食わせ飲ませることで交渉の円滑化をはかる――こんなやり方は日本人独特のものだ。クラブで使う金は、飲んだ本人じゃなく会社がもつなんてアメリカではありえない。たとえ取引先の人間がいっしょでもな。日本のクラブは、社用族で発達したんだ。

だが、社員の飲み代を会社が払うのを不合理だと感じるアメリカ人であっても、ホステスは嫌いじゃない。若くてきれいな女と知りあえ、セクシュアルハラスメントの糾弾をうけることなく、セックスの話ができる。アメリカでは、ヌード写真の載った雑誌を職場にもちこむだけで女子社員へのセクシュアルハラスメントになるんだ」

「男にとっては住みにくい社会か」

「助平は、日本人も外国人もかわりがない。安心して助平心をだせる場所を、金持は欲しがっている。ジャパニーズシステムのクラブは、そういう連中には、まさにうってつけなのさ」

「ムーン・インダストリーがクラブを経営しているというのか」

「誰でも入れるような、一般的なクラブじゃないさ。ある種の会員制で、ムーン・インダストリーと取引のある連中が心おきなく飲んだり食ったりできる店。何を話しても、セクシュアルハラスメントの疑いをかけられる心配のない場所。プロのホステスたちがいる」

「それ以上のことは――」

「あるかもしれん、ないかもしれん。日本だってそうだろう。ホステスの体がめあてで店に通う客もいれば、そうでないのもいる。だがとにかく、日本式のクラブというのは、アメリカ人にとってはすごく新鮮なんだ。喜ばれることはまちがいない」

「それとCIAはどう関係するんだ。ホステスをそろえていたのは、ムーン・インダストリーではなく、CIAなんだぞ」

ケインは息を吐き、残り少なくなったビールを喉《のど》に流しこんだ。

「ロシアがああなって、アメリカにとって一番気になる国はどこになったと思う」

「中国か」

ケインは首をふった。

「今はな。だが一時アメリカの国力を確実に奪っている国があった」

「日本か」

「そうだ。冷戦が終結し、経済戦争の時代が始まったんだ、リュウ。戦争に情報工作はつきものだ。ホステスは優秀なスパイになれる。自分が席についている客が何者で、会話の内容が何に関するものかがわかればな」

「ちょっと待ってくれ」

私は混乱しそうになり、いった。

「CIAはムーン・インダストリーを探っているというのか」

「ちがう。ムーン・インダストリーはCIAに協力しているんだ。FBIにもだ。モリスがムーン・インダストリーにかわってホステスを捜したのは、それができる環境にあったからだ。つまりお前を知っていたからなんだ。たぶん、ホステスを使ったスパイ活動は、CIA側のアイデアだったのだろう。CIAは秋月と組むことで、日本式のクラブのバックに自分たちがいることをカバーできると考えたのさ。秋月は場所を提供し、CIAは、そこでホステスたちに情報収集をさせた。日本式のクラブにやってこられるのは、日本の企業の人間かアメリカ人の金持ばかりだ。どちらも経済の情報戦争では重要な役回りを演じているんだ」

「秋月はアメリカのスパイ工作の手伝いをしているということか」

「たぶんな。だからこそムーン・インダストリーは、日本企業にもかかわらず、露骨なジャパンバッシングの対象にされちゃいない。昔流にいや、売国奴か。もっとも、企業にとっちゃ、今さら日本だのアメリカだのはないだろう。日本やアメリカが滅んでも、自分の会社が生き残ればいい——そう考えているビジネスマンは多い筈《はず》だぜ」

「——お前のいっていることはたぶん正しいんだろう。それなら杏奈を秋月がとり返そうとしている理由もわかる」

「たぶん彼女は、とびきりのスパイだったのさ。美人で頭がきれて。秋月はただのホステスにしておくのが惜しくなった。だから手もとにおいた。当然、いろんなことを知りすぎちまった」

「それだけか」

私はケインを見た。ケインは私を見つめ返していたが、やがて頷《うなず》いた。

「オーケイ。惚《ほ》れちまったんだろう、秋月本人もさ。ただの愛人、秘書なら、わざわざ日本まで迎えにきやしない。秘密を守るために消すか、ほっておくさ。惚れてるから、どっちもできなかった」

私は頷いた。

「麻貴子は殺されたのだろうか」

「わからん。いろんな可能性が考えられる」

ケインは暗い声でいった。

「ビールのお代わりは？」

私は訊《たず》ねた。彼に麻貴子についての疑問をぶつけたのを後悔した。

「いや、もうやめとこう」

首をふり、ケインはベランダからリビングに入った。私が見ていると、サックスのケースを開け、テナーサックスをとりだした。

ベランダに戻ってきて、ため息をついた。軽く指ならしに音をだし、それから吹き始めた。「クライ・ミー・ア・リバー」だった。

その暗く湿ったメロディに耳を傾け、私は酔いが深まるのを感じた。ケインの吹くサックスは、海からやってくる風に流されることもなく、ベランダにわだかまっていくようだった。

秋月は杏奈といる。杏奈は今、どんな気持なのだろうか。変化を望んでいるのか。それとも彼女にとっての小さな冒険は終わったと感じているのか。

不意にサックスの音が途切れた。私はケインを見た。

ケインは火の消えた葉巻の吸いさしをとりあげ、嚙《か》み潰《つぶ》した。

「彼女がどこにいるかわかったぞ」

私は驚いてケインを見つめた。ケインは無表情に、何かにとり憑《つ》かれたような口調で喋《しゃべ》った。

「男が女の機嫌をとりたいとき、何をする？　欲しいものを買ってやる。いきたいところへ連れていってやる。秋月でもそれはいっしょだろうさ」

軽井沢。

私が気づいたことにケインは気づいた。葉巻を灰皿におき、再びサックスをくわえた。

軽井沢にいけば杏奈に会えるのか。

会いたかった。彼女に、何としても、会いたかった。

10

翌日、私とケインは車で外房を出発した。ケインのアイデアで、私たちは軽井沢に向かう前に、東京へ寄っていくことにした。

朝、家をでる前に、ケインはあちこちに何本かの電話をかけた。ケインによれば、その電話の効果が、東京で得られる筈だという。

昼過ぎに私たちは東京都内に入った。

ケインが私と行動を共にするのは、暗黙の了解のようなものだった。杏奈と再会したときには二人きりになりたかったが、それまで、彼の存在は心強い。わがままだとは思ったが、ケインにならそのわがままは許される。

ケインは、新宿まで車を走らせるよう、私にいった。時計をのぞき、

「もちろん携帯電話なんて代物は、カッツの住人はもっていないよな」

といった。

「当然だ。そんなものをもつくらいなら、初めから外房になんか住まない」

東京にこうしてでてくるのは、半年ぶりのことだった。今年の初め、都内のホテルで開

かれた出版社のパーティに顔をだしたのだ。編集部の人間と、ホテルのバーで飲み、一泊して帰った。誘われたが、銀座や六本木には向かわなかった。

たとえ客としてでも、もう盛り場とかかわりあうつもりはない。

ケインは、西新宿にある高層ホテルに車を向けるよう、私にいった。その言葉に従い、私は地下駐車場に車を止めた。

駐車場をでて、エレベータでロビーまであがると、私は訊ねた。

「何が始まる」

「ケイン様の情報収集能力の一端をお目にかける」

ホテルの一階にあるカフェテラスに、私たちは陣どった。ケインはそこから再び、何本かの電話をかけた。

三十分後、白いスーツを着け、顎《あご》ヒゲをのばした男が私たちの向かいにすわった。

「リュウ。ハロルド・川瀬さんだ。ブロードウェイのミュージカルをプロデュースできる、数少ないフリーの日本人さ。ハリー、彼は俺の古い友人で松原龍」

「よろしく」

さしだされた川瀬の手を私は握った。川瀬はだが、そわそわとしているように私には見えた。落ちつかず、あたりを気にしている。

「急に呼びだされたんで驚いたよ」

「落ちつけって、ハリー。ＤＥＡは、ここにはこない」

「よしてくれ、ケイン」

川瀬はいって、胸ポケットから絹のハンカチをだし、口もとにあてがった。妙に身ぎれいで、片耳にピアスをつけている。

「ハリー、君はブロードウェイで商売するために、いろいろな企業にコネをつけているだろう。特にアメリカに進出している日本企業に」

ケインは朗らかな口調でいった。

「それがどうかしたのかい」

川瀬は警戒した顔つきでいった。ケインに対し、怯《おび》えているようにも見える。

「ムーン・インダストリーは知ってるな」

ケインがいうと、川瀬は上唇をなめ、とまどった口調で答えた。

「名前はね、でもどうして僕が――」

「ハリー、助けてほしいんだ。別に君に何かをさせようっていうんじゃない。話をするだけでいい。あれから俺が君に、何かを求めたかい」

「いや……。それはないけど――」

彼のようすに私もようやく気づいた。川瀬はジャンキーだった。

「じゃ、ムーン・インダストリーについて話してくれよ」

川瀬はあきらめたように頷《うなず》いた。

「ムーン・インダストリーは、とても気前のいい会社だ。いつも、賛助金をケチらず、だしてくれる。会長の権力が強くて、ひとつひとつが、会長の許可を得たものじゃなけりゃならないのが面倒だけど、会長は必ずオーケイをくれるからね」

「会ったことは？」

川瀬は怯えた目でケインを見つめ、

「ない」

と首をふった。

「ムーン・インダストリーで会ったことがあるのは？」

「ニューヨーク支社の、セントウッドという広告宣伝担当だよ。いつもその人が窓口なんだ」

「日本では？」

川瀬は首をふった。

「日本では誰とも一度もない。本社がバハマだから……」

「ムーン・インダストリーの『クラブ』のことは聞いたことがあるかい」

「『クラブ』？」

「ムーン・インダストリーが取引先を接待するために、酒場をやっているっていう――」

「ああ」

川瀬は頷き、ハンカチを額にあてがった。

「ミッドタウンのどこかにあるっていう噂は聞いたことがあるよ。ホステスがいるんでしょ。僕はその……興味がないから……」

「もう少し詳しく話してくれないか」

川瀬は唇をかみ、とまどったようにいった。

「……だから、日本人やアメリカ人のホステスがいて、食事やお酒が飲める。すごく豪華なクラブだって――」

「そのホステスはセックスの相手もするのかい」

「いや。そんなことはしないだろう。もししていたらスキャンダルになるよ」

「日本人でそこにいっているような人間を知らないか」

「そういうのは、ケインこそ知ってるだろ」

ケインは首をふった。

「あいにくと俺は、ニューヨークの日本人にはそれほど詳しくないのさ」

「わからない。商社とか……大使館関係……」

「そうそう、その調子だ」

「大物ばかりじゃないかな。ワシントンからお忍びでくる政府の人間もいるっていうし」

「なるほど。会長の秋月もそこに顔をだすのかい」

「いや、秋月さんは興味がないのじゃないかな。アメリカに進出している他の日本企業の経営者と秋月さんは一切つきあわないそうだから」

「ほう。誰がそんな話を？」

「セントウッドさんがそういったんだ。秋月さんは日本人らしくないプレジデントだって」

「他にクラブの話を何か知らないか」

川瀬は首をふった。

「ムーン・インダストリーは、とにかくボスが全部を決める会社なんだってことだけだよ。秋月さんは、神なんだ」

「神か……」

ケインはつぶやいた。

「ムーン・インダストリーにタブーはありますか」

私は訊《たず》ねた。

「タブー？」

川瀬はとまどったように私を見つめ、訊《き》き返した。

「そうです。たとえば、ミュージカルの作品によっては題材に問題があって賛助金を得られなかったとか、社員にこれだけは禁じていることがある、とか」

川瀬はしばらく私の顔から目をそらさず、考えていた。

「そういえば……」

川瀬はつぶやいた。

「セントウッドさんから聞いたことがある。ムーン・インダストリーの社員は、入社の際に誓約書を書かされて、何かの種類の仕事には、退職後も再就職はしないと誓わされるって」

「何の種類だ？」

ケインが訊ねた。

「何だっけな……。不動産開発でもないし、情報産業でもない。何だっけ、もっと——。あ、そうだ、官庁だ」

「官庁？　役人ということか」

「とにかく公職についてはいけない、という条項のある誓約書だっていってた。それに違反すると、支払われた給与のすべてを返さなければならない上に、莫大《ばくだい》な違約金を払うよう、裁判を起こされるって話だった」

「民間企業に勤めていた人間が公職につくといったら、政治家くらいじゃないのか」

私はケインを見ていった。

「いや、それだけじゃない。アメリカの政治機構は、大統領に権力が集中している。大統領がかわれば、役人のトップはすべて首がすげかわる。アメリカはそういう点では、官僚の動きが激しい。新しい大統領が生まれると、きのうまで会社の経理係をやっていた親父が突然、国の予算をいじる権利を与えられる、というのがアメリカのシステムなんだ。総理大臣がいくらかわっても、経済に何の変化もない日本とはわけがちがう。アメリカ人は、大統領で行政のスタイルを選ぶんだ」

「つまり、大統領になる人間やその周辺に友人がいれば、ある日突然、公職につくということもありうる、というわけか」

「そうさ。ムーン・インダストリーは、それを禁じているんだ」

「なぜだろう」

私はつぶやいた。ちょっと考えれば、社員のOBが官僚機構に入りこむのは、プラスこそあれ、マイナスはないように思える。現に日本では、官公庁とのコネが欲しいばかりに、大企業は関連官庁の役人の天下りをうけいれている。

「そいつは改めて考えよう」

ケインはいった。

「おたくたち、何かムーン・インダストリーとトラブルがあったの?」

川瀬はいった。ケインは微笑んだ。

「あるわけないだろう、ハリー。俺たちは、まっとうな小市民だ。トラブルとは無縁さ」

そして顎《あご》を動かした。

「もういいよ。ありがとう。忙しい中、時間をとらせて悪かった」

川瀬はほっとしたように頷いた。絹のハンカチを額にあて、立ちあがった。

「あ、それから。俺たちと話したことは、そのセントウッドさんには内緒だぜ。いいな」

ケインはウインクした。

「わかってるよ、もちろん。わかっている」

川瀬は後退《あとじさ》りしながら、何度も頷いた。他の客のテーブルに脚をぶつけ、詫《わ》びて、ようやくカフェテラスをでていった。

「ずいぶん怯《おび》えていたな」

私はつぶやいた。

「奴はNYで、連邦麻薬局の罠《わな》にひっかかったことがある。コカインに目がないんだ。それを助けてやった」

ケインが見送りながらこともなげにいった。

「助けた？　どうやって」

私の問いに、ケインは私をふりかえった。大きな笑顔を作り、いった。

「おいおい。何年か客商売をしていりゃ、それなりのコネは作れるようになる。リュウだってずぶの素人じゃないのだから、それくらいはわかるだろう」

どんなコネなのか。役人とのコネなのか。それとも犯罪組織とのコネなのか。

だが私はあえてそのことを訊かなかった。他人の商売なのだ。もう、ケインは、私のパートナーではない。


次に現われたのは、猪狩《いかり》という、五十代初めのがっちりとした男だった。髪を短く刈っており、どこか体育の教師のような、清潔感がある。

「猪狩さんは、警備会社を経営しているんだ。といっても、実際にガードマンを使っているわけじゃない。在外企業のための、危機管理アドバイザーをしている」

「危機というのは、つまり身代金《みのしろきん》目的の誘拐や政治がらみの破壊工作、そういったものです。日本企業は金持だというイメージがありますからね。社員が赴任する国によっては、当然、さまざまな危険が予測されるわけです。それを事前に回避するよう、人事担当の方などにレクチャーをおこなっております。また不幸にしてそういうトラブルが生じた場合、もちろん私が現地に参るわけにはいきませんから、相手方との交渉の方法などについてもアドバイスいたすわけです。現地の日本大使館など、まったくあてにはなりませんし、向こうの司法機関は国によっては信用がおけないところもあります。誘拐犯をつかまえてみたら現職の警官だったなどということもありますからね」

ケインの紹介に加え、猪狩ははきはきとした口調で喋《しゃべ》った。私は訊ねた。

「警察に勤めていらしたんですか」

「警察官を十二年ほどやりまして、そののち渡米して、あちらの警備会社におりました」

「というわけだから、猪狩さんは口が堅い。自分が関係した企業に関しては、一切喋らない」

　ケインが満足げにいった。

「当然ですな。でなければ、危機管理アドバイザーなど、名乗るのもおこがましい」

　とすると、いったい何を訊こうというのか。

　私の疑問を感じとったように、ケインがいった。

「猪狩さんのようなアドバイザーは、日本には多いんですか」

「まだそう、数はおりませんね。やはり経験がものをいう業界ですから」

「なるほど。ところでパシフィック・リサーチという会社をご存じですか」

　ケインが訊ねたとたん、猪狩の目が冷たくなった。

「あれは同業とはいえませんな。確かに代表者の経歴は、私とよく似通っていますが……」

「水垣さんですか」

　私は訊ねた。猪狩は頷《うなず》いた。

「よそ様のことをとやかくいう筋合はありませんが、パシフィック・リサーチは、危機管理とはおよそかけ離れた業務をしておる会社です」

「リサーチというからには調査なのでしょう」

「もちろん。だが通常の方法はとらない。ふつうは調査といえば、その対象にはなるべく触れず、外側から内容に関する情報を集めていく。しかしあそこの方法は、たとえば壁なら壁を、ハンマーで叩《たた》いてみて、その音の響き方で、中身の情報を集めるといった手段をとるのです」

「壁をハンマーで叩く?」

ケインが訊《き》き返した。

「それは具体的にはどういうことですか」

「それ以上は申しあげられない。倫理の問題がありますからな。私個人の」

猪狩は硬い表情でいった。

「私は水垣という人に会ったことがあるんです。正直いって、やや不気味な印象をうけました」

私はいった。

「当然でしょう。あの男は殺人の捜査をずっとやってきた者です。正直いって、一課出身の人間というのは、どこか壊れておる者が多い」

「猪狩さんはどちらに?」

「二課です。経済事犯が主ですから。企業の方ともそれで親しくなりました」

「水垣さんが警察をやめた理由をご存じですか」

ケインが訊ねた。猪狩は首をふった。

「ですが、不名誉な理由ではないと思いますよ。警官ＯＢがこうした会社を始める場合、かつての仲間の協力は不可欠です。不名誉な理由で退職していたら、それが期待できない」

「ではなぜ、猪狩さんとは同業ではない、と？」

ケインは食いさがった。

「まず、私共では調査の仕事をしない、それが第一です。第二に、私共はいろいろな企業とおつきあいしていますが、あそこはちがう。ある特定の一社と顧問契約のような形でかかわっている」

それはその通りなのだろう。だが本当の違いはそこにはないような気がした。猪狩が強調したい違いも。

「他には」

私は思わず、口にしていた。猪狩は私を見やった。表情を決して露《あら》わにはしないタイプの男だ。

「他？」

静かに猪狩は訊《たず》ねた。私は頷いた。

「水垣さんを知る、ある人が、彼は法すれすれの仕事もする、と」

猪狩は私から目をそらした。

「壁を叩く、と先ほど私は申しあげましたね。ときにはその壁が、ひどく薄く、もろい場合もあります」

「つまり壁を破ってしまう――」

猪狩は横を向いたまま頷いた。

「壁が破れるとさまざまな事態が生じます。もちろんそれによって、通常の手段では得られない情報が手に入ることもある。だがときには、情報よりも、壁そのものを破るのが、あそこの狙いだったのでは、と思うこともあるのです」

「壁を破るのが目的とは、つまり法に反することもおこなうという意味ですね」

「それ以上は、私の口からは申しあげられません」

いうと、猪狩は腕時計をのぞいた。

「そろそろ、私は次のクライアントとの打ち合わせがありますので――」

いって、立ちあがった。

「コーヒー代は払わなくてよろしいのですか?」

慎重に訊ねた。

「もちろんですよ」

ケインはいった。頷き、歩きだしかけたが、猪狩は足を止めた。

「ケインさんには借りがありました。これで返せたということになりますね」

ケインは頷いた。

「ええ」

「では、ひとつだけ忠告を」

私を見た。

「水垣と次に会うときは用心することです。彼が退職したのは不名誉な理由ではありません。しかし、現役時代の彼は、取調の際に、被疑者に容赦をしないことで知られていました。それは、厳しいというだけではありません。いったん理性のタガが外れると、ひどく暴力的になるのです」

想像ができなかった。水垣の不気味さは暴力性とは遠いところにあるような気がしていた。

「そういう人間には見えませんでしたが」

猪狩は頷いた。

「ですがそうなのです。取調室で被疑者の眼球を指でつき刺してしまったことがありました。彼はそのとき、予告していました。『お前の目玉を抉《えぐ》ってやる』と」

それで無事ですむ筈《はず》がない。

「で、その被疑者はどうしたんです？」

猪狩は静かに首をふった。

「どうも。どうもなりませんでした。その被疑者は死刑になりました」

11

私たちはホテルのバーに移っていた。超高層の階にある窓からは、夕刻がゆっくりと夜にかわりつつある変化を眺めることができた。

バーはまだ空《す》いていて、客は私たちだけだった。

「海ばかり見ていると、たまにはこういう景色もいいだろう」

ケインは生ビールのグラスを掲げていった。私は首をふった。

「もう何も感じなくなってしまった。若いときは、都会の夜景を見るとどきどきした。光のひとつひとつが宝石のように思えた。その宝石を手に入れたかった」

ケインはカウンターで隣りあう私を見た。

「そして手に入れたじゃないか」

「だから今度は引退したんだ。あの宝石はすばらしかった。だが一生もちつづけることはできないと思った」

「なぜだ。リュウはもつチャンスがあった。実際にひとり占めした時期もあった」

「そういう問題ではないんだ。といって、憧《あこが》れていたものを手に入れて、夢がさめてしまったというわけでもない。たぶん、いろいろなことがあって、やっていけないと感じ、それがすごく強かったのさ」

「リュウらしくないいい方だ。あいまいな表現は、あんたには似合わないぞ」

ケインは眉《まゆ》をひそめた。

「わかってる。わかってるが、とにかくもう戻りたいとは、一度も思わなくなった。それどころか、あらゆる盛り場から遠ざかっていたい」

「カッツでは酒を飲みにでないのか」

「一切でない。スナックや、居酒屋のようなところもあるが無縁だな。他人と酒を飲んだのは、お前をのぞけば、彼女くらいのものだろう」

「どうしてそんなに嫌いになっちまったんだ、人間が」

「元から好きではなかったのかもしれない。というより、人から嫌われるのが恐くて、自分を演じつづけていたのに飽きたんだ」

「――それなら俺もわかる」

ケインはいって、ビールを呷《あお》った。

「NYでの俺は、あの頃の俺とはちがう。きてほしくない客には、はっきりとこないでくれという。別に客を選ぼうとか、雰囲気を大事にしているとか、そういう問題じゃないんだ。自分が面倒なのさ」

「さっきの猪狩には貸しがあったようだな」

私はケインを見た。ケインは疲れたように微笑んだ。

「知りたいのか」

「いや。ただ日本にずっといる俺が誰からも何も訊《き》きだせないのに、外国にいるお前が、次々と情報をもった人間をひっぱってきた」

「それは俺がまだ現役だからさ。もしリュウが今でも店をやっていたら、俺はお上りさん扱いだったろうさ」

私は茜色《あかねいろ》と濃いブルーの境界線となった地平を見つめた。

「もしそうなら、彼女とは出会わなかった」

「ひと目惚《ぼ》れ、か。結局はそうだろう」

「かもしれない。それに彼女には秘密があった」

「よせよ。俺たちはさんざん人の秘密にかかわって暮らしていたんだぜ」

「だから引退してしばらくがたって、秘密のある女がまた恋しくなった」

「そんな女じゃない。そのていどの女だったら、あんたが惚れるわけがないんだ。会ってみたいもんだな。いったい、クールなリュウを、そこまで惹《ひ》きつけた女がどんな代物なのだか」

「がっかりするかもしれんぜ」

ケインは首をふった。

「わかってないな、リュウ」

「何がだ」

「あんたは生まれて初めて、恋をしているんだ――」

「よせよ――」

「いや、喋るのは俺が先だ。あの頃、俺たちはいろんな女と出会い、そして寝た。中には惚れた女もいたかもしれん。しかしそれは、パズルのピースとピースが大量にあって、たまたまうまくはまったという、それだけのことだった。互いに、相手でなくともうまくはまるピースを見つけることはできた。俺たちも女たちも、そういう場所にいた。チャンスにはたっぷり恵まれていたんだ」

「恋愛なんてそんなものだろう。世界中にただひとりしかいない相手なんていない」

「たぶんその考え方は、まちがっていない。世の中の九十九・九パーセントの人間にとってはな。だが残りの〇・一パーセントは、宝クジみたいな確率で、そのたったひとりに巡り会っちまう」

「何をいってる。俺と彼女がそうだっていうのか」

「それはまだわからない。だがそういうこともあるような気もするんだ。なぜかといえば、いつも自分を抑えているあんたが、彼女のことに関しちゃまるでちがう。必死じゃないか。

今この瞬間だって、軽井沢にいきたくてしかたがない」

私は黙った。ケインの言葉は当たっていた。私はこうして東京にいる一分一秒が、おしくてたまらなかった。

「それは認めよう。だが単純な恋慕の気持だけでそうしたいのじゃない。もしかしたら助けを求めているかもしれない、と思うからさ」

「あんたに、か」

私は息を吸いこんだ。

「彼女に頼れる人間がいるかどうか、俺は知らない。だが彼女は、俺に救いを求めた。一度だけでなく二度。二度めは、それに応《こた》えてやることができなかった。お前のいった魔法使いとお姫さまのたとえじゃないが、もし彼女が今でも救いを求めているなら、俺はそれに応える義務がある」

「そんなものはない」

ケインは断言した。

「彼女が本当に危険なら、なぜ警察にいかなかった。怒るなよ、俺の考えをいう。彼女はあんたを利用した。独りぼっちで暮らすことを自分に強いて、その独りぼっちに飽きかけているあんたを利用したんだ。あんたは雨宿りの軒先に過ぎなかった。彼女は仮面をかぶっていた。そしてあんたがその仮面の存在に気づくと、仮面をかぶらなけりゃならない理由があるんだと、あんたに思わせた。それがムーン・インダストリーさ」

「ちょっと待て。では最初から彼女は、俺とムーン・インダストリーの関係を知っていて近づいてきたというのか」

「それはわからん。おそろしい偶然のなせる術かもしれない。だがとにかく、彼女はあんたの気を惹くことに成功した。それどころか、もっとおそろしい偶然が生じた。あんたにとって彼女は、一生にひとりの相手だったのさ」

「彼女は俺を利用した。しかし彼女は、それ以前に、俺にとって唯一の人間だった。お前はそういいたいのか」

ケインは頷《うなず》いた。

「なぜこんなことを話し始めたのか。わかるか、リュウ」

「いいや」

私は苦い気持で首をふった。

「あんたは態度を決めかねている。軽井沢にいき、彼女に会ったとき、いったい自分がどうふるまうべきなのか、わかっていない。だまされていたのではないかと恐れながら、それでも彼女に会いにいかずにはいられない。

だまされていて何が悪い。惚れさせられていて、どこがいけないんだ。この問題に関する限り、クールであろうとするのは無駄なんだ」

当たっていた。だがそれはいっそう私をやりきれない気分にさせた。

私はケインを見つめた。ケインの眼に痛みが浮かんだ。私の傷を感じとったのだった。

「俺は、あんたがいつまでカッツで世捨て人をつづけていくのだろうと思っていた。一生かもしれん。それならそれでしかたがない。しかし、一生はきっとつづかないだろう。いつか、何かがきっかけで、あんたはよみがえる、そう確信してた。そのきっかけが彼女だ。なのにあんたは逆らっている。女ひとりのために、自分が守ってきた世捨て人の暮らしを壊したくないと、迷っている。なぜなんだ。女ひとりのために、今までをぶっ壊して何が悪い。腹をくくって、秋月と対決すればいいのさ。どうして他に理由を求める」

私は目を閉じた。

「彼女にそれだけの気持があるかどうかがわからないからだ」

「それはプライドって奴だ。その年で片想いなんぞしたくないという……」

ケインは低い声でいった。

「かもしれん」

「だがいずれにしろ、彼女に会わなけりゃ、確かめることはできないぜ」

「そうだな」

ケインは天を仰ぎ、深呼吸した。

「暗い気分になったら、楽しいことを考えろ。いい方へいい方へと、自分の気持をもっていけ、あんたはそう、昔の客にアドバイスしなかったか」

「したさ。口先だけで」

「よせ。口先だけで渡ってきた人生を、俺たちは送ってきたわけじゃない。あんたがそうなら、パートナーだった俺も同じじってことになる。そいつは御免だ。今までが口先だけなら、本物の人生って奴は、しんどすぎてこっから飛び降りたくなるぜ」

客の集団がどやどやとバーの入口をくぐって現われた。ビジネススーツを着けた男たちだった。

ケインがバーテンダーを手招きした。

「冷たい水をふたつ」

私はケインを見た。

「もう飲まないのか」

「そろそろ高速道路は空《す》いた頃だろう」

ケインはいって、運ばれてきた水のグラスを手にとった。

「出発の時間だ、相棒」

関越自動車道を藤岡ジャンクションで左に折れ、上信越自動車道に入ると、ケインは唸《うな》った。

「便利な道ができているな。このまま軽井沢まで連れていってくれるというわけか。碓氷《うすい》峠も関係なしか」

ロードマップを見つめていた私は、それをおろし、頷いた。ハンドルはケインが握っている。

「どうやらそのようだ。ところで軽井沢に着いたらいったいどうやって彼女を捜す？　いくらシーズン前といったって、ホテルはいくつも営業しているし、別荘ときたら、それこそ数えきれないぜ」

「だが一流のホテルはそうないし、一流の別荘地も限られている。大金持の秋月が、惚《ほ》れた女の機嫌を取るために、モーテルのような部屋を用意すると思うか」

ケインは答えた。私は車の時計を見た。午後九時を過ぎていた。

「なるほど。で、俺たちはどこにいく？」

「もちろん一流のホテルさ。客としてチェックインした上で、ゆっくり彼女を捜す」

碓氷軽井沢インターで上信越自動車道を降り、私たちは軽井沢町に入った。ゴルフコースにはさまれた道を走り抜け、町の中心部へと向かった。

気温は低くなったが、湿度は高まった。

信越本線の高架をくぐったとき、ケインがいった。

「彼女は、秋月の秘密を握っていると思うか」

「たぶんな」

「猪狩は、水垣が危険な人間だと警告した。水垣は、秋月に雇われて彼女を捜していた。連れ戻すためだと思うのがふつうだ。それに成功したから、秋月は俺と同じ飛行機で日本に向かったわけだ。秋月の目的は何だと思う」

「彼女の気持を確かめたいのじゃないか」

「なぜバハマで待たなかったのかな」

「本人にその意志がなければ海外旅行をさせるのが難しいからだ」

抑えようとした。が、私の声には喜びが混じっていた。

「その通りさ。彼女はバハマいきを拒んだんだ。だから秋月は日本に帰ってこなければならなくなった。惚れているからもあるだろう」

「それだけじゃない」

私はいった。杏奈から聞いた、秋月の人物像が浮かびあがってきた。

「自分がどれほど惹《ひ》かれていても、相手にその気がないのなら、深追いはしないタイプの人間だ」

「そう、彼女がいったのか」

「そういう性格だろうと推理できる情報を口にした」

「なんていい方だ」

ケインは苦笑した。

「秋月が日本に戻ってきたのは、彼女が知っている秘密が外に洩《も》れるのを恐れたからもある」

私はいった。

「そうだ。秋月は忙しい人間だ。彼女の気持の整理がつくまで、ずっとそばにいる余裕はないだろうな」

「杏奈に戻る気がない、と確かめられたら秋月はどうする？」

私は不安がふくらむのを感じた。秋月を犯罪者と決めつけることはできない。しかしムーン・インダストリーの周囲では、多くの人間が死んでいる。

「そんなことを考えるのはよそう。彼女は、自分がなぜ秋月のもとを離れてきたか、あんたに話したか」

「いや」

私は首をふった。ケインの運転する私のパジェロは、旧軽井沢の繁華街を抜け、坂をゆっくりと登っていた。すぐに、軽井沢で最も格式のあるホテルに到着する。かつて私は、ここに数日間泊まって、当時の私の客たちとゴルフをしつづけたことがあった。

「それも大きな問題だな。秋月が泡をくっているのは、何か重大なトラブルに自分と彼女がかかわっちまったからかもしれない」

車はホテルの前庭にすべりこんだ。私とケインは顔を見あわせた。

「近ごろ日本じゃ、ガイジンは、あまり歓迎されないらしい」

ケインが日本人であることを、初対面の人間はなかなか納得したがらない。

「俺がいこう」

いって、私はパジェロを降りた。古いロビーの入口をくぐって、フロントに歩みよった。

「部屋はありますか」

私が訊《たず》ねると、慇懃《いんぎん》だが決して表情をあらわさないクラークが、

「おひとり様でいらっしゃいますか」

と訊ね返した。

「いや、連れがいる。ツインを頼みたい」

クラークは頷《うなず》いた。

「ご用意できます」

デポジット《預り金》を、めったに使うことのないクレジットカードで支払った。私のうしろを大柄の白人が通過してでていった。

「いってらっしゃいませ」

白人はジーンズに薄地のスイングトップを羽織っていた。ロビーをでて、駐車場のある方角に歩いていく。

私はチェックインをすませたことを伝えに、パジェロに戻った。ケインは車内で待っていた。

「部屋がとれたぞ」

だがケインのようすが変だった。目を大きくみひらき、全身を硬直させて、駐車場の方向を見やっていた。

「嘘だろ……」

喘《あえ》ぐように、ケインはいった。

「どうしたんだ」

私が訊ねてもケインは無言だった。やがて私の方を向き、言葉を捜すように唇をなめたが、でてきたのは、

「部屋にいこう」

という言葉だけだった。

私たちはパジェロから荷物をおろし、ボーイに案内されて部屋に向かった。もしかするとホモのカップルに思われていたかもしれないが、それを態度にあらわさないだけの経験をボーイは積んでいた。

部屋は、窓から雑木林を見おろす、三階だった。やや古びてはいるが、広さは充分にあるツインルームだ。

荷物をベッドのかたわらにおいたケインは、無言で窓ぎわのソファに腰をおろした。煙草をとりだすと火をつけ、煙を深々と吸いこんだ。

私は部屋に備えつけの冷蔵庫を開けた。ミニバーも付属している。

「ビールか、それとももっと強い方がいいか」

私は訊ねた。

ケインは何もいわずに立ちあがった。私のかたわらまでくると、並んでいるウイスキーやブランデーのミニチュアボトルを見つめた。

やがてビフィターの壜《びん》をとりあげ、中味をすべてグラスにあけた。そしてトニックウォーターを注ぎこみ、一気に半分ほどを干した。

ケインの動揺の原因が、ロビーですれちがった白人にあることは明らかだった。だが私はこれ以上は、ケインの方から話すまでは訊《き》くつもりはなかった。

私は缶ビールの栓を開け、じかに飲んだ。

ケインはのろのろとソファに戻った。私が向かいにかけ、煙草に火をつけると、ケインが口を開いた。

「秋月は殺される」

私はケインを見つめた。

「さっきの白人にか」

　ケインは頷いた。

「何者だ」

「殺し屋だ。一応、ニューヨークマフィアのメンバーという恰好《かっこう》になっているが、ああいう連中が皆そうなように、金次第で雇われるフリーランスだ」

「前にも会ったことがあるのか」

「ああ」

　ケインは言葉短かに答えた。

「だがなぜわざわざニューヨークの殺し屋を日本で使うんだ」

「クライアントの意向だろう」

「クライアント？　マフィアか」

　ケインは首をふった。

「連中はよその土地じゃことを起こさない。奴を雇ったのは、もっと別の連中だ」

「誰だというんだ」

「わからない。だが、秋月はひどくヤバいことになっているな」

　私は不安になった。あの白人がプロの殺し屋で、秋月を殺す仕事をうけおっているなら、秋月と共にいる杏奈にも危険が及ぶことになる。

　私は立ちあがり、受話器をとりあげた。フロントの番号を押す。

「――フロントでございます」

男の声が答えた。

「秋月三千雄というお客さんは泊まっていますか」

私は訊ねた。

「秋月様でいらっしゃいますか。お待ち下さい」

コンピュータの端末を操作する、カシャカシャという音が聞こえた。

「お泊まりではないようです」

「ありがとう」

私は受話器をおろした。偽名を使っているかもしれない、と一瞬思った。だが命を狙われていると知らない限りは、秋月のような〝成功者〟には、偽名を使う理由はない。

ケインがこちらを見ていた。

「泊まってないそうだ」

ケインは小さく頷いた。

「このホテルが混んでいるとは思えない。もしここにいないのなら、ホテルじゃないな」

ケインはいった。つまりそれは、満室で断わられたのではない以上、どこか別のホテルを使う可能性はない、という意味だった。

満室でなかったことは、ここにいる私たちが証明している。

「別荘か」

私はつぶやいた。ケインがいった。

「秋月ほどの人間なら、いくらでも知りあいの別荘が使えるだろう。金持には金持の友だちがつきものだ」

その通りだ。だが捜すとなると簡単ではない。最も高級とされる旧軽井沢の別荘だけでも、数百軒はある。シーズン前である以上、使用されているところはそう多くはない。それにしても見つけだすのはたいへんだ。

「あの男は、もう秋月のいどころを見つけたのだろうか」

私はさらに不安が増すのを感じた。

「見つけているだろうな。奴がＮＹで契約を交していれば、秋月と同じ日にこちらにきている可能性が高い。となると、秋月の動きをずっと追えた筈《はず》だ」

「しかしいくらプロの殺し屋でもここは外国だ。そうたやすくは尾行はできないだろう」

「もちろんだ。だがああいう連中はひとりで動くのは仕事のときだけだ。移動には必ずアシスタントがつく」

「どういうことだ？」

ケインは息を吸いこみ、残っていたジントニックを飲み干した。

「こうさ。奴はＮＹで秋月殺しを受けおった。本来はバハマにいるところを狙った方が簡のかもしれん。だが日本にきているとなると別だ。そんなに大勢のボディガードはいっし単そうだが、地元にいるときの秋月には、ボディガードとかがついていてスキがなかった

単そうだが、地元にいるときの秋月には、ボディガードとかがついていてスキがなかったのかもしれん。だが日本にきているとなると別だ。そんなに大勢のボディガードはいっしょじゃないだろうし、そいつらは武装もできない。日本じゃ民間人は拳銃《けんじゅう》をもてないからな。すると秋月を狙っている側にとってはチャンスというわけだ。

プロの殺し屋というのはたいていひとりで仕事をするが、それは本当に誰かを殺すときだけだ。連中はある意味では職人のようなものなんだ。それ以外のよぶんな仕事は一切しない。だから犯罪組織に雇われたときなんかは、組織は、別に運転手を用意する。いくらアメリカでも、本当のプロの殺し屋は、そこら中にいるというわけじゃない。大都市――NYやシカゴ、ロスといったところにしかいない。あたり前の話で、連中は田舎にいたんじゃ仕事がないからだ。

だが仕事は都会だけとは限らない。標的が、旅行や別荘などに遊びにでかけているときの方が狙いやすいからな。そのためには、どうしても現地の地理に明るい運転手が必要になる」

「いったいどんな人間が殺し屋の運転手なんかを買ってでるんだ」

「たいていは若い奴らさ。口が堅くて、自分は将来、プロの殺し屋になろうなんて考えているチンピラだ」

「日本でもか」

「日本ではそんな人間は見つけられない。マフィアは、日本のヤクザとはあまり仲がよくないしな。たぶん、別のタイプの人間が運転手になったのだろう。クライアントが用意したのかもしれないし」

「つまり秋月を殺したがっているのは日本人だということか」

「そうとは限らない。俺にもわからんさ。そこまでは――」

ケインは息を吐いた。

「それにしてもえらく詳しいな」

私はケインを見つめていった。いくら水商売を現役でつづけているからとはいえ、プロの殺し屋の仕事のやり方にまで詳しくなれるものなのだろうか。

いや、仕事の内容だけではない。ケインは、殺し屋の顔まで知っていた。

ケインはしかし無言だった。私はいった。

「するとあの男は、日本で協力者を得て、秋月のあとを尾行し、今はもういどころをつきとめているということか」

「そうだ」

「じゃあ今ごろ秋月を殺しているかもしれない！」

私はパニックに襲われそうになった。思わず立ちあがった。その場に杏奈がいあわせれば、彼女も危い。

「大丈夫だ」

ケインがいった。

「奴はまだ仕事にかかっちゃいない」

「どうしてわかる？　さっきだってひとりででていったぞ」

「大丈夫だ」

ケインはくり返した。

「だから、どうしてわかるんだ？」

「奴が仕事をするとすりゃ、ここをでていく直前さ。荷物をまとめ、ホテルをチェックアウトして、運転手をどこかで待たせておいて、あっというまに仕事をしてくるのさ。それがプロというものなんだ。さっきでていったのは、たぶん下見にいったのだろう。仕事の前に相手の生活なんかをよく調べるからな」

するとあの白人のあとについていけば、杏奈のいる場所に辿《たど》りつけたのだ。

だが私は、ふと気づいた。

あの白人がニューヨークのプロの殺し屋だとして、なぜ秋月を狙っていると、ケインには断言できたのだろうか。たまたま、別の標的が、アメリカから日本にきているのかもしれない。

だがそれは、私の希望的な願望というべきだろう。ケインのいうような、プロの殺し屋が必要とされるほどの標的は、そうは多くいない筈だ。そんな人間が二人も、この瞬間アメリカから軽井沢にきているとは考えにくい。

やはりあの男の標的は秋月だと判断するべきだろう。

「警察に届けたらどうだ」

私はいった。ケインは首をふった。

「それは駄目だ。奴もプロなのだから、そう簡単にはつかまるようなヘマはしない。拳銃をもって歩いているかどうかすら怪しいものだ。それに、そんなことをしたら、まちがいなくNYに戻ってから、俺が殺される」

「俺が届けてもか」

「どうしてカッツの住人であるリュウに、奴がNYの殺し屋だとわかったのか、どう説明するんだ？　駄目だ」

ケインはきっぱりと首をふった。

「警察を動かすには、俺の話が必要だ。だがそれをすれば、俺は殺される」

「じゃあどうすればいい？　彼女が巻き添えをくうかもしれないのに、何もするなと？」

ケインは黙っていた。私はビールを飲む気が失《う》せ、たてつづけに煙草を吹かした。

「――秋月に知らせるのだな」

やがてケインがいった。

「狙われていると？」

ケインは頷《うなず》いた。

「秋月ならわかる筈だ。そして必要な手を打つだろう」

「必要な手とは？」

「足どりを消し、日本を離れて、安全地帯に帰る」

「そのときは杏奈もいっしょか」

ケインは答えなかった。

このままではそうなるだろう。そして私も杏奈を見失う。

一瞬、殺し屋が、秋月だけを殺し、杏奈を見逃してくれたら、という卑怯《ひきょう》な考えが浮かんだ。

もちろんそんなことを期待してはならない。そうなるという保証はないし、それ以前に人間として許されることではない。

ケインを見た。

「俺が秋月に会い、危険を説く。同時に彼女をおいていくように頼む。それしかないのだな」

ケインは無表情だった。私は初めて、この古い友人に対していらだちを覚えた。彼はわかっていたのだ。ホテルの玄関で、あの白人を見たときから、私には、そうする他に道がない、ということを。

12

私は人けのないロビーで新聞を読みながら待っていた。

午前零時少し前、あの白人が戻ってきた。私には目もくれず、カウンターでキィをうけとると、エレベータに乗りこんだ。

年齢は四十代のどこかだろう。プラスティックフレームの眼鏡をかけ、危険な職業に就いている人間にはとても見えない。髪も短く、こざっぱりとしていて、スーツを着れば、ビジネスマンにしか見えないだろう。

エレベータが上昇を開始すると、私は新聞を畳んで立ちあがった。ホテルの玄関をくぐり、駐車場に早足で向かった。

初夏とはいえ、さすがに冷えこんでいた。

駐車場には、十数台の車が止まっている。

私はその一台一台に近づき、ボンネットに掌《てのひら》をのせていった。

ケインの話では、運転手は、軽井沢の中までは行動を共にしていないだろう、ということだった。次にあの白人が運転手と合流するのは、仕事を終えたときだという。

入口に近い位置から始め、八台めの車で、熱の残ったボンネットをつきとめた。品川ナンバーのマジェスタだった。色は濃紺だ。「わ」ナンバーでないところを見ると、レンタカーではない。

あたりに人がいないことを確かめ、車内をのぞいた。駐車場には、二本の水銀灯が立っていて、その光が及んでいる。

助手席に英語版の地図がある他には何もなかった。

当然だった。プロの殺し屋が、正体を察知されるような品を、まして外国で車内に放置しておく筈《はず》はないのだ。

私は漫画の原作者としては、「殺し屋」といわれる職業の人間をいくどか書いてきた。絵になったそれは、おおむね誇張され、デフォルメされていて、病的な姿形の、変質者風の人間であったり、一切の感情を露わにしない殺人機械のような人物であったりした。

ケインが口にした、「職人」という発想はなかった。

殺し屋という職業が、ある種のスペシャリストで、殺しの仕事以外に労力を使いたがらないというのは、考えもつかない部分だった。

そしてケインは、殺し屋は、偶然によってではなく自分の仕事の邪魔をした人間は、決して許さない、ともいった。

殺すか、軽くても、一生忘れえないような傷を相手に負わせるという。それは復讐《ふくしゅう》ではなく、警告だというのだった。他の人間に対しても、仕事の邪魔をすることが、どういう結果をもたらすかを示す目的があるのだ。

それが街の掟《おきて》なのだ。だからこそ、アメリカには、裁判における証言者を保護する制度があるのだ。証言者に整形手術を施し、新たな名前を与え、別の土地で生活を送れるよう、連邦政府がその費用を負担するのだという。そうでもしなければ、犯罪組織がらみの裁判には、証言者がひとりも立たなくなってしまう。

そしてときには、その制度は、「アンダーカバー」と呼ばれる潜入捜査官に対しても適用されることがあるというのだ。

警察官が職務をまっとうしたために、名前を変え、整形手術まで受けなければ生きのびられない国とは、いったいどのようなところなのだろう。

しかしそこに住みたくて住みたくてしかたがなくて、ケインは移住したのだ。ケインだけではない。多くの人々が、アメリカを「別天地」と信じ、めざしている。

たぶんそうなのだろう。暗黒的な一面をもちながらも、その一方で、アメリカは、成功を夢見る多くの外国人にとっては未《いま》だに、現実の「別天地」なのだ。

秋月三千雄もまた、アメリカで成功を手にした。

その秋月が、いったい誰に、なぜ、命を狙われているかは、私の想像の枠外だった。

もしかすれば、秋月本人の口から、それについて聞くチャンスがあるかもしれない。

だがそのためには、私は、秋月と杏奈を見つけださなくてはならなかった。

さして熟睡もできないまま、夜が明けた。

顔を洗った私が、レストランで朝食をとろうと誘うと、

「遠慮しとこう」

ケインは答えた。

「あの男とは、たった一度だが、顔を合わせたことがあるんだ。何かの拍子に俺の顔を見てそれを思いだし、失敗することになった仕事と結びつけられたくはない」

もっともな理由だった。私はいった。

「もしお前がそうしたいなら、先に東京なり勝浦に帰ってくれていても、俺はかまわない」

ケインは首をふった。

「そこまで心配してくれなくていい。たぶん奴は俺のことなんかは覚えちゃいないと思うし、レストランにいかないのは、そういう意味で、長時間顔をつきあわせたくないだけのことなんだ」

「あの男の名前を知っているのか」

「いいや。だが俺たちの間で通じる名前をつけておく必要はありそうだな」

「じゃ簡単にしよう。『ジョン』だ」

私はいった。

「いいとも。朝飯はルームサービスをとることにする」

ケインは頷《うなず》いた。

「わかった。じゃあ俺は食堂にいこう。ジョンがいるかもしれないからな」

「ひとつだけ忠告しとく、リュウ。あまりじろじろと見ないことだ。それから絶対に話しかけるな。ああいう連中は、仕事のために別の死体がひとつ必要だということになったら、そばにいる人間を平気で使う。あるいは、たまたま印象に残っている人間をだ」

「わかった」

私は頷き、ホテルの二階にあるダイニングルームに降りていった。

ジョンはそこにいた。英字新聞を小さく畳んで手にもち、読みながら、コーンフレークの朝食をとっていた。白い、トレーニングウェアのような上下を着けている。コーヒーを注ぎにきたウエイターに、笑顔すら見せた。

私は少し離れたテーブルにすわり、ハムエッグとトーストの朝食をとった。

ジョンはその場に溶けこんでおり、日本語こそ口にしないものの、日本での生活に違和感を覚えているようなそぶりはまるでなかった。

ジョンは、ふだんも日本で暮らしているか、旅行者であるとしても日本にはひどくしばしば訪れているように見えた。それはこういうことだ。

軽井沢は、外国からくるビジネスマンにとり、重要な意味のある土地ではない。観光地、保養地であって、商業地ではないからだ。したがって外国人であるジョンが、商用でこのホテルに泊まっているのだと考える人間は少ないだろう。だが、たったひとりで、しかも日本語が堪能《たんのう》でもないのに、そうした土地のホテルに滞在するのは、日本と日本人に対し不安や緊張を抱いていない証拠である。つまり、この国のことを知っている、という印象を我々日本人に与えるわけだ。

ジョンはまさしく、そう見えるようにふるまっていた。

リラックスし、楽しんでいるかどうかまではわからないが、少なくとも一刻も早くこのホテルを、ひいては日本を、立ち去りたがっているようには見えない。

そうしたジョンに対し、ホテルの従業員は恭《うやうや》しい態度で接している。

私より早く食事を終えたジョンは、ダイニングルームの他の客に注意を払うこともなく、でていった。

彼がこのあとチェックアウトするようなら、私にはさほど時間は残されていない。私は急いで食事をすませ、ダイニングをでた。昨夜と同じようにロビーでジョンを待とうかとも思ったがそれでは不自然すぎる。部屋に戻ることにした。

部屋ではケインが届いたルームサービスに向かっている最中だった。

「ジョンを見た。新聞を読みながら食事をしていた」

ケインは頷いた。彼がルームサービスでとったのは、和朝食だった。

「どんな恰好《かっこう》だった？」

「ジョギングでもしたあとのようなトレーニングウェアだ」

ケインは箸《はし》を止め、口だけを動かしながら考えていた。

「まだかな……。たぶんまだだろうな」

私は彼の向かいに腰をおろした。

「車を見張った方がいいな」

「運転手はどうしているかだろうな」

ケインは答えた。

「きのうの晩も今朝も、ジョンはひとりだった。日本語を喋《しゃべ》るのは聞いていないが、困っているようすはなかった」

私はいった。

「旅慣れているのさ。どうしたら外国で目立たないかもよく知っている。運転手はたぶん、奴が仕事を終えたらピックアップにくるのだろう」

「秋月を捜す」

私はいった。

「ジョンのあとにくっついていけば、秋月は見つけられるだろう」

「そのときにジョンが仕事にとりかからないことを祈る他ないな」

ケインはいって、湯呑《ゆの》みに注がれた茶を飲んだ。そして立ちあがった。

「オーケイ、奴の車を見張ろう。奴が秋月のところまで連れていってくれることを期待して――」

13

私たちはホテルと旧軽井沢を結ぶ坂道の中腹にパジェロを止め、待っていた。そこは、数軒の別荘が面した小道の入口で、坂を登り降りする車からは目につきにくく、それでいてその姿はよく見えるという場所だった。

もちろん小道の奥に建つ別荘がすべて無人であることは確かめてあった。ジョンが向かってきたのが、我々の背後にある別荘でしたでは、話にならない。

ひと口に軽井沢の別荘地といっても、古くからの別荘族や大金持などの家は、この旧軽井沢一帯に集中している。買物に至便で、道路も整備されている。軽井沢は、言葉の響きがもつ高級感だけが求められた結果、この旧軽井沢を中心に、考えられないほどの面積にまでその地名が広まることになった。不動産開発会社がバブルの時期、こぞって山林を開拓し、即席の別荘地として商品化したからである。

そのことで旧来の軽井沢のよさが失われてしまったと慨嘆する人は少なくはない。が、もともとこの国には、特権階級など存在しないのだ。いや、目に見えない形での特権は、存在するだろうが、目に見えるもの、手で触れられるものは、瞬くまに庶民に席巻《せっけん》され、ありふれたものにその価値を変じていく。

私はそこがこの国のよさでもあると思っていた。金持や一部の恵まれた人間が、いつまでも同じ姿でとどまろうとするなら、必ず不公平が生まれる。古きよきものが破壊されることに賛同するわけではない。だがさまざまな事物の大衆化は、少なくとも公平な世の中でなければ起こりえないのだ。

それでも秋月のような本物の金持ならば、旧軽井沢以外の「新」軽井沢にいるとは想像しがたかった。秋月は、本当の軽井沢に杏奈を同伴した筈《はず》だ。してみると、私たちと彼らの距離は、さほど離れてはいない。一軒一軒の敷地を広くとり、自然の状態をあくまでも残すことにこだわって造られた旧軽井沢の別荘地には、何千軒もの家は決して建っていないからだ。

とはいえ、広大で道の入り組んだ別荘地を闇雲《やみくも》に走り回ったとしても、秋月と杏奈が滞在している別荘を捜しだすのは不可能に近い。斜面と雑木林に拓《ひら》かれた別荘地である以上、それぞれの家は思わぬ位置に建っており、接する道路からは存在が確認できない建物もある。

「――ジョンがいなかったら、どうやって秋月を見つけるつもりだったんだ？」

ケインが訊《たず》ねた。

「町だ」

私は答えた。

「杏奈はまだ若い。旧軽井沢のメインストリートにある、古くからの店に惹《ひ》かれる筈だ。歴史や伝統があって、高級感のあるそうした店に、女性は弱いからな」

「秋月がそういう店に彼女を連れていくと？」

「そうせざるをえないだろう。この街では、自転車に乗るか、テニスかゴルフでもする以外に娯楽はない」

「海はないからな」

いって、ケインは笑った。

見張りを開始してから二時間がたっていた。数台の車が坂を降りていった。登っていった車ははるかに多い。ジョンが乗っている濃紺のマジェスタはその中になかった。

「――いずれにしても奴は、以前にも日本にきたことがある筈だ」

ケインが不意にいった。

「仕事のときはひとりだといっても、車を運転するほど慣れているとなればな」

「それは前にも日本で仕事をしたということか」

「かもしれん。あるいは前に軍にいて、日本の基地で働いた経験があるとか」

「クライアントは誰なんだ」

私は訊ねた。ケインはさまざまなことを知っていた。知りすぎているといってもよかった。

すぐに答は返ってこなかった。

「――秋月に生きていてほしくない人間だろうな」

ケインはつぶやいた。そのオリーブ色の肌にはまった目には、何の感情も浮かんではいなかった。

私はそっと息を吸いこんだ。ニューヨークで生きのびるために、ケインはいったいどんな連中とかかわりをもったのだろう。かつてのパートナー、そして私にとって無二の親友は、私の知らない領域で知らない活動をおこなっている。そしてこのことについて、彼は語るのを拒んでいる。

「奴だ」

ケインが低い声でいった。その通りで、濃紺の車体が、弱い木洩《こも》れ陽《び》を反射しながら、ゆっくりと坂を下っていくのが見えた。

私はパジェロのエンジンを始動させた。

「ゆっくりだ。あわてなくていい」

ケインがいった。

「下までは一本道なんだ。坂の途中で見失うとすりゃ、標的がこのすぐそばにいる、ということなのだから」

パジェロを坂道に合流させ、のろのろと下っていった。マジェスタの後部は見えなかったが、目の前を通過していった速度を考えれば、確かに見失う気配はない。

カーブをいくつか回り、旧軽井沢のメインストリートにつながるまっすぐでなだらかな下り坂にでた。

百メートルほど前方にマジェスタがあった。ブレーキランプを点滅させながら、メインストリートに入っていく。

私はほっとしてさらにスピードを落とした。そのときマジェスタが左のウインカーを点滅させるのが見えた。盛夏には一方通行になってしまうであろう、細い路地に窮屈そうに入っていく。

「裏通りに入ったぞ」

メインストリートには郵便局があり、食料品店、雑貨屋などのすきまを埋めるようにして、東京から進出したブティックやカフェテラスが建ち並んでいる。今は本当のシーズンというには早すぎたが、夏に入っているせいか、営業している店も多い。

私はマジェスタが進入した路地の入口までパジェロを進めた。そのあたりにも別荘はある。旧軽井沢が保養地として開拓された本当の初期に建てられたものだ。

ジョンは旧軽井沢のメインストリートを大きく離れるつもりがないようだ。もし離れるなら、メインストリートをまっすぐ進んで国道に合流するコースをとったろう。尾行に気づかれたのだろうか――私は不安になった。

ケインを見た。

「ここに車を止めた方がいいかもしれない」

私はいった。だがメインストリートに路上駐車するのは難しかった。どこに止めても、店先を塞《ふさ》ぐ結果になる。

「リュウはここで降りろ。車は俺が回す」

ケインがいった。素早い判断だった。私は頷《うなず》き、ハザードを点《とも》した。

運転席のドアを開けて降りたった。ケインが車内で座席を移動した。私はケインに一度頷いて見せ、マジェスタが曲がった路地に徒歩で入った。

建物にさえぎられ、陽がかげっていた。冷んやりとした空気に包みこまれるのを私は感じた。

路地は細く、車一台が通り抜けるのがやっとの幅しかなかった。十メートルほど先でT字になっており、マジェスタの姿はない。

私は早足で歩きだした。

つきあたりに達すると左右を見た。右は、なだらかなカーブを描いて、小さな商店が建ち並ぶ区画につづいている。左はまっすぐで、別荘地の方へ向かっている。

まず左へ折れた。広大な敷地をとった別荘と別荘のあいだを抜ける道へとつながっている。

マジェスタがこの方角へ向かったとすれば、私たちは見失ってしまったことになる。濃紺の車体は、影も形もない。

踵《きびす》を返し、反対側の道を辿《たど》った。民芸品店、喫茶店、小さな食料品店、そして駐車場があった。

私は息を吸いこんだ。駐車場にマジェスタが止まっていたからだ。ジョンは車のおき場所を求めて、この路地に入ったのだ。

ほっとすると同時に、別の緊張が襲ってきた。駐車場にマジェスタがあるということは、ジョンがこの近くにいるのを意味している。今この瞬間、喫茶店の店内からでも、立ちつくしている私を、「見覚えのある日本人」として見つめているかもしれない。

きょろきょろするのはまずい、と私は自分にいい聞かせた。旧軽井沢は狭い町なのだ。同じホテルの客と町なかで顔を合わせるのは、まったく不自然ではない。

私は手近の民芸品店をのぞいた。精巧な木彫り細工を扱っている店で、ただの土産には高価すぎる値札がついている。店内は静かで、帳場にすわっている上品な老婆は私を見ても無言だった。冷やかしはすぐにそれとわかるようだ。

店内の暗がりから表をふりかえった。正面に駐車場があり、その隣に紅茶専門店があった。紅茶の小売と喫茶室を兼ねている。年季を感じさせる、木造の建物だった。

ジョンが暇潰《ひまつぶ》しのために町を訪れた可能性はあるだろうか。標的のいどころをつきとめ、しかし仕事までにはまだ時間がある。そこで町をぶらぶらしようとここまで降りてきたかもしれない。

とすれば、私たちは見当ちがいで危険な行動をとっていたことになる。

私は手にとっていた鳥の飾り物をそっと棚に戻し、店の出口に足を踏みだした。

そのとき紅茶専門店の扉が開いた。カウベルが吊るされていて、カランという音をたてた。

私は凍りついた。水垣だった。薄手のウインドブレーカーをポロシャツの上に羽織った水垣が、店の扉をくぐって現われたのだ。

水垣は自然なようすであたりに視線を配った。私は民芸品店の暗がりで身を硬くしていた。

私に気づいたようすはなく、水垣は足を踏みだし、駐車場の入口へと入っていった。駐車場にはマジェスタを含め、十台近い車が止まっていた。

水垣が歩みよったのは、入口の間近に止められているメルセデスだった。色は黒で、窓はシールにおおわれている。

メルセデスの運転席のドアを開け、水垣は乗りこんだ。メルセデスが前進し、ゆっくりと駐車場をでた。そして紅茶専門店の前で止まった。

次に現われる人物を私は予測していた。息を詰め、目をみひらいて私は見守った。

閉まっていた扉が再び内側から開かれた。長身の男が姿を見せた。ジーンズにギンガムチェックのシャツを着けている。ほっそりとはしているが、決して華奢《きゃしゃ》な印象でないのは陽焼けと短く刈った髪のせいだろう。

男はどこか美しさを感じさせる雰囲気を身につけていた。ごくあたり前のいでたちをしていながら、裕福さと自信をみなぎらせている。

女たちにとっては優美にすら見える、こういうタイプの男ほど、冷酷で意志の強い人間はいない。

私はひと目見た瞬間から、男に対し嫉妬《しっと》を感じていた。あの男に比べれば、私は貧しく、洗練のかけらもない人間に見えただろう。ありふれた、ごくあたり前の中年近い男としてしか、杏奈の目には映らなかったにちがいない。

夜の商売をしていた頃、私は、私たちの経営する店ではめったにあのタイプの男を見ることはなかった。

世俗的なものを嫌い、女たちとの下品な会話を避け、ごく限られた自分たちのサロン的な舞台でのみ、笑顔を浮かべるような男だ。

大声や泥酔は、何よりも疎んじる。財力や知性をひけらかすこともしないが、しかし自分とは境界の異なる場の人間に対しては、決して心を開かない。

それはほんのわずかな時間だった。男が店の扉をくぐって、つかのまメルセデスのドアの前でたたずむあいだ、私は強い嫉妬の念とともに、男にさまざまな感情を抱いていたのだ。

そして杏奈が現われた。姿を見た瞬間、私の胸には痛みが走った。杏奈は美しかった。洗練されていた。私の目から見て、非の打ちどころがなかった。

杏奈は、私の知らない、ニットのスーツを素肌に着けていた。髪をあっさりと束ねていたが、離れた場所からでも、その軽やかな香りが漂ってくるようだった。

私は今度は杏奈の顔を食いいるように見つめた。その横顔に、苦痛や絶望を捜した。とらわれた者の不安を見出《みいだ》そうとした。

しかし杏奈の表情には、みじんもそんな翳《かげ》りはなかった。

再び私は打ちひしがれた。無為だった。徒労だったのだ。外房から軽井沢まで、息を詰まらせる思いでやってきた自分が、愚かで滑稽《こっけい》だった。

杏奈は笑みこそ浮かべなかったものの、ごく自然な表情で男に頷き、メルセデスに乗りこんだ。

その間に水垣が杏奈が乗ったのとは反対側の、メルセデスの後部席のドアを開いていた。

男は車の後部を回りこみ、そのドアから車内に入った。

水垣がドアを閉めた。運転席に戻る。するするとメルセデスは動きだした。

追わなければならない——そう思っているのに、足が動かなかった。

メルセデスは旧軽井沢のメインストリートとは反対側、古くからある別荘地の方角に向け、走り去った。

私はしばらく動かなかった。ようやく落ちつきが戻ると、ジョンが現われるのを待った。

しかしジョンはどこからも姿を現わさなかった。メルセデスを見送ることで満足したかのように、この近くのどこかにいる筈《はず》なのに、まるで姿を見せない。

私はのろのろと民芸品店をでた。もう背後に怯《おび》えることもなかった。元きた道を冷えた思いで辿った。

メインストリートにでると、道の反対側で店と店のすきまを見つけ、パジェロが止まっているのが見えた。

私はふりかえることもなく、その助手席に乗りこんだ。

「見失ったのか」

ケインが私の顔を見た。

「いや、見つけた。奥の駐車場に止まっていた」

私はつぶやくようにいった。そして煙草をとりだし、火をつけた。

ケインは眉《まゆ》をひそめ、無言でそんな私を見つめていた。ハンドルに片手をかけている。

「背が高くて陽に焼けて、髪が短い。痩《や》せてはいるが、弱々しくはない。少し顎《あご》が尖《とが》っていて、見るからに金持だとわかる男を見た。杏奈といっしょだった」

私は低い声でいった。

「睫毛《まつげ》が長かったろう」

ケインが答えた。

「気づかなかった」

「まるで女のように睫毛が長いんだ。だからやさしそうに見える。秋月だ」

私は頷《うなず》いた。

「その道の奥の紅茶屋からでてきた。杏奈を捜しにきた水垣という男が運転するメルセデスでいってしまった」

「ジョンは？」

「わからない。同じ店にいたのか。それともどこか別の場所から見ていたのか。とにかく見なかった」

ケインは無言だった。ややあって、

「――日課だな」

とつぶやいた。

「たぶんその店に毎日秋月は現われているんだ。ジョンはそれを確かめにいったんだ」

「なぜそんなことをする」

「もちろん殺すためだ。狙う奴の生活パターンを調べて、いつが一番成功しやすく危険が少ないかを判断する」

私は息を吐いた。

「お前さんがメルセデスのあとを追っかけなかったのは正解だ。追っかけていれば、まちがいなくジョンに気づかれている」

「だが、杏奈がどこにいるかを確かめられなくなった」

「大丈夫だ。まだ手はある」

私はケインを見た。無駄なことをしている——そんな言葉が喉《のど》もとにあった。

「——どうしたんだ」

ケインが訊《たず》ねた。私は答えなかった。

自分は幻影を見たのだ。杏奈と過した時間は、孤独に飽きた自分が自分に見せた、夢のようなものだったのだ。どこかで恐れていた通り、杏奈と私のあいだにあると信じたつながりは、彼女の気まぐれが私に抱かせた幻に過ぎなかった。

杏奈は現在に充分満足している。私はどこかで、杏奈を幽閉されたお姫さまのように空想していた。

秋月という、力ずくで成りあがったデリカシーのない男が、財力にものをいわせて杏奈を縛り、軟禁しているのだ、と。

事実はちがった。杏奈は自分の意志で秋月とともにいる。彼女の中で、私とともに過した時間に対して、結論が生まれている。

第一、私たちのあいだに何があったというのだ。暗闇の中で押しつけられた共に暮らしたかもしれない。が、それ以上は何もなかった。

昏の一瞬の感触だけだ。

愛ではない。それを私は錯覚し、しかもそうであると気づきながらもなお、行動を止めなかった。

その結果がここだ。はっきりと目を覚ます羽目になった。その点では、軽井沢まではるばるときた価値があったわけだ。

「リュウ」

ケインが声をかけ、私は我にかえった。

「話したのか、彼女と」

「いや、誰も俺には気がついてはいない」

「じゃあ何を悩んでいる。彼女の胸に『松原龍とはもう会わない』ってプラカードがかかっていたか？」

私は苦笑した。

「いいや。だが秋月といっしょにいるのがちっとも嫌じゃなさそうだった」

ケインは首をふった。

「高校生に戻っちまったみたいなことをいうな」

「そうとも。まさしく気分は失恋した高校生だ」

私は首をふり、煙草を吹かした。

「だが、その高校生の相手は、殺し屋に狙われている」

ケインがいった。私は顔をあげた。そうだ。私の失恋と、秋月の危険は別の問題だ。そして秋月の危険は、すなわち杏奈の危険だ。

「ようやく頭が動くようになったか」

「杏奈とのことはともかく、ジョンの存在は知らせなけりゃならない」

私はいった。

「そうだ。メルセデスが向かった道を教えてくれ」

ケインはいった。

「ちょっと遠回りをして、ジョンとの鉢合わせをさけながら、秋月のいる別荘を探してみよう」

その日の午後、私たちは旧軽井沢の中でも、最も裕福な階層が建てた別荘地を走り回った。それらの別荘の大半は、かつての旧財閥のもので、現在はその系列の企業の保養所となっているところが多い。

平坦《へいたん》な敷地に建てられているため、比較的建物を発見するのが容易で、住人の在、不在も確認しやすかった。

午後四時過ぎだった。私たちは、秋月と杏奈が滞在している別荘を発見した。およそ三千坪はある敷地に、ロッジのような木造の二階家が建っている。雑木林の庭を抜ける一本道の正面に、黒のメルセデスが止まっていた。別荘の周辺に、ジョンの姿がないことを確認した上で、私たちはその敷地にパジェロを乗り入れることにした。別荘の敷地には、門らしい門はなく、いったいどこからが個人の所有かが判然としないほどの大きさだったのだ。

おそらく、古くからの軽井沢の住人や利用者になら、表札や門扉などなくとも、そこが誰の所有する土地であるか、知られているにちがいなかった。

パジェロのエンジン音は、母家にまで届いていたろう。にもかかわらず、警戒した誰かに止められるようなことはなかった。

雑木林の中ほどには、古いが手入れのいき届いたテニスコートがあった。そのかたわらを走り抜け、私たちは車寄せに達した。止まっている車は二台、メルセデスと水垣のシーマだった。

車寄せの奥の前庭に、ベンチや四阿《あずまや》があった。イーゼルを立て、絵筆を握った秋月がいた。杏奈の姿はなく、水垣が秋月のかたわらで飲み物を手にしている。

水垣が立ちあがった。彼は車から、誰が乗っているかに気づいたようだ。特に緊張したようすはなかった。まだ彼らとの距離は、二十メートル近くひらいていた。

私とケインがパジェロを降りると、水垣がひとりで近づいてきた。ウインドブレーカーのファスナーが下まで降りていた。

「ここが私有地だということをご存じですか」

挨拶《あいさつ》の言葉もなく、水垣は声をかけてきた。右手を、ベルトのバックルあたりにおいていた。

「もちろんだ。会いたい人物がここにいるからきた」

私は答えながら、妙に間が抜けた返答だ、と思った。

「そのご期待には、やや添いかねるでしょうな」

水垣は落ちついたようすだった。そしてケインの方向にちらりと視線を向けた。油断のない目だった。

「我々はそれぞれ別の人間に用事があるんだ」

ケインが口を開いた。私を示し、

「彼は内村杏奈さんに、私は秋月三千雄氏に、話したいことがある」

「お二人とも休暇中でしてね。休暇中は誰とも会わない。おひきとり下さい」

水垣は首をふった。私はいった。

「彼はニューヨークからきたんだ。秋月氏の安全に関して非常に重要な情報をもっている」

水垣はケインを見た。

「それなら私がうかがいましょう。私は秋月さんの安全を管理する立場の人間だ。おわかりでしょうが、どこの誰とも知らない方をお連れするわけにはいきません」

「彼は秋月氏とは知りあいだ。それに私はあなたと会っている」

「知りませんな」

平然と水垣はいった。

「お会いしたことは一度もない。今ここで私にお話しいただくか、お引きとりいただくかのどちらかです」

私は怒りを感じ、黙りこんだ。この男には何をいっても無駄にちがいない。

「──なるほど。さすがにかわっている。死刑になった男の目玉を抉《えぐ》りだしただけのことはある」

不意にケインがいった。水垣はさっとケインを見た。今までの悠然とした態度は消え、緊張にひきしまった面持になっていた。

「──どこで聞いた。そんな話を」

水垣は低い声でいった。

「あんたの元同僚だ。あんたの仕事を評価していた。敵に回すとひどい目にあうそうだ」

「だったら消えろ。人の庭に土足で踏みこんでくるんじゃない。一一〇番するぞ」

「消えてもいい。だがどちらにしても一一〇番はすることになる」

「威《おど》す気か」

「ちがう。殺し屋があんたのボスを狙っている。NYのケインだと、秋月氏に伝えろ。そうすればわかることだ」

水垣は落ちつきをとり戻そうとでもするように顎《あご》をそらした。

「与太だったら後悔するぞ」

「与太《よた》でないとわかれば、すぐにでもバハマに帰りたくなるさ」

ケインはいった。

「——ここにいろ」

水垣はいって踵《きびす》を返した。私たちを車のかたわらに残し、ベンチにすわりイーゼルに向かっている秋月のもとへ歩いていった。私は秋月を見つめていた。秋月は、まるで関心なさそうに絵筆を動かしている。

虚勢に決まっている——私は心の中で自分にいい聞かせた。水垣から、秋月は、私と杏奈のことを聞かされたにちがいないのだ。もし秋月が杏奈を愛しているのなら、私たちの姿を見て心が平穏である筈《はず》はない。

水垣が秋月の横に立った。腰をかがめて話しかけた。秋月は目を描きかけの絵に向けたまま話を聞いている。

私は母家に目を転じた。一階の、リビングと思《おぼ》しい大きな部屋は、庭に通じる窓が大きく開け放たれていたが、他の窓にはレースのカーテンがかかっている。そのどれかの内側に杏奈がいる筈なのだ。私は呼吸が早まるのを感じた。

なぜ杏奈は姿を現わさないのだろうか。彼女の心が私との対面を拒否しているのか。私は息苦しいほどの不安にとらわれた。深呼吸した。煙草が欲しくなった。

ついさっき見た杏奈の姿がよみがえった。完璧《かんぺき》な美しさ。そう呼びたい姿だ。

再び秋月の方を見た。あの男が私たちに目を向けていた。少し驚いたように、小さく目をみひらいている。

その口が動き、水垣が頷《うなず》いた。手入れされた芝生を踏み、我々の方へと戻ってくる。

「秋月さんが話されるそうだ」

尊大な口調でいった。その裏には怒りがあった。くるりと背を向け、歩きだした。

私たちは秋月に歩みよっていった。秋月が立ちあがった。

「ケインさん――」

「久しぶりだな、秋月さん」

秋月は頷いた。微笑みが口もとにあった。ひどく冷ややかな微笑みだった。

「お元気そうだ。まさかこんなところでお会いするとは思いませんでしたよ」

右手をさしだした。ごく自然な動作だった。ケインはそれを握った。

「いろいろなことがあったが、私にとってあなたの店は、今でもニューヨークでナンバーワンのバーだ」

「光栄だ。だが今日は、お客を勧誘したくてきたわけじゃない」

ケインは無表情に返した。秋月は頷いた。

「わかっています。私の身の安全について情報をおもちだそうだ」

完全に私を無視していった。私の方角を一顧だにしようとしない。

「俺がなぜこんな場所にいるか、知りたくはないですか」

ケインは訊《たず》ねた。秋月は意外そうな顔もせず、答えた。

「偶然でしょう。たまたま偶然、この軽井沢にきあわせた」

ケインはゆらゆらと首をふった。

「ちがう。俺と彼は、あんたを追っかけてきたんだ」

「なぜ?」

秋月は眉《まゆ》をひそめた。まだ私を見ようとはしない。

「正確にいえば、あんたではなく、あんたのガールフレンドだが」

初めて秋月が私を見た。何の表情もこもっていない、すべてを消しさった視線だった。

「松原さん。内村から聞きました。彼女はたいへん優秀な、私のスタッフだ。その彼女を助けていただいたそうで。感謝しております」

「本人とお話ししたいですね」

私はいった。ひどく敵意のこもった口調になっていて、自分でも驚くほどだった。

「残念ですが、できません」

秋月はいった。

「彼女は誰とも会いたがらないだろうし、私も会わせたくない。彼女があなたと出会ったのは、精神的にひどく大きなダメージを受けているときだった。彼女はどうしてよいかわからずに、日本に帰ってきて、放浪のようなことをしていた。今、彼女はその頃の傷から立ち直りつつある。私は彼女が完全に回復するまで、可能な限り保護を与えるつもりです。あなたを彼女に会わせることは、その私の決心に反するのです」

「彼女は突然、私のもとをでていった。というより――」

私は目で水垣を示した。

「誰かに連れだされた」

水垣は無言だった。秋月は動じるようすもなくいった。

「その件については、彼女と話しあっていません。私は何ごともなかったかのように、彼女と接してやろうと思っていますから」

「だいの大人だろ」

ケインがいった。秋月はケインをふりかえった。

「弱り傷ついている者をかばうのは友人の務めだ」

「誰が弱らせ、傷つけたんだ」

ケインがいった。水垣の顔が険しくなった。秋月は片手を広げた。絵具でよごれている。

「あなたは私を非常に誤解している。あなたのお友だちの身の上に起こったことと私のあいだには何の因果関係もない」

決然とした口調だった。だがケインはひるむことなくいった。

「あんたは嘘をつける人間だ。だからその言葉は信用できない」

不意に秋月の表情がやわらいだ。おもしろがっているような顔になった。

「いいでしょう。あなたのそういう判断に対して、私はいきつけの店を失うというペナルティを科せられた。私にしてみればそれはひどくアンフェアなできごとだが、誤解は世のならいだと受けとめ、異議はとなえなかった筈だ」

「それで終わらせるのか」

ケインの声に怒りがこもった。私は割って入った。

「私たちがここにきた一番の理由は、あなたに身の危険を知らせるためだ。我々が現在泊まっているホテルには、アメリカ人の殺し屋と思しい人物がいる。あなたを狙っている」

秋月は笑い声をたてた。軽やかで明るい笑い声だった。

「私が殺し屋に狙われているといわれる。それもアメリカからきた——」

「身に覚えがないというのですか」

「当然です。私は事業家だ。しかもアンダーグラウンドな内容の事業はひとつもおこなっていない。人に恨みを買うとしても、あくまでもビジネス上の問題でだけです」

「しかしあなたにはこうしてボディガードがいる」

「習慣です。アメリカには、成功した有色人種に対する偏見が、まだ皆無とはいえない。それに対応する形で、私はボディガードを準備している。その習慣が日本でも継続されているに過ぎない」

「もしそのアメリカ人客が殺し屋だとわかっているなら、なぜ一一〇番しない？」

水垣がいった。ケインがふりむいた。

「俺自身が消されたくないからだ。あの男を殺し屋だと見抜ける人間が、今この町に何人いると思う。警察が動き、奴が俺を見れば、一ひく一はゼロ、という結論がでる。それに奴はまだこの国で何もしちゃいない。ということは、いずれにせよ近い将来アメリカに戻る。アメリカには俺もいる。だからさ」

「では私が一一〇番をすればいいというのか」

秋月が訊ねた。ケインは秋月をじっと見つめた。

「あんたのことだから、日本の警察にも何らかのコネクションをもっているだろう。さりげなくやってみたらどうだ」

「親切だな」

秋月はいった。口調から、とってつけたようなやさしさが消えていた。

「あんたが奴に殺されても俺は平気だ。だが俺の友人が気にかけている女性が巻き添えをくうのを避けたいんだ」

私は水垣を見た。

「その男は四十代の白人だ。プラスティックフレームの眼鏡をかけている。ちなみに今朝、その男は車に乗ってホテルをでていき、旧軽井沢の町の裏にある駐車場にその車を止めていた。同じ駐車場にあなたたちのメルセデスがあり、向かいにある紅茶専門店からあなたたちはでてきた。もしかするとあの店でお茶を飲むのは、初めてではないのじゃないか」

水垣は無言だった。が、その顔に鋭い緊張が走るのを私は認めた。

秋月が口を開いた。

「つまりあなたもその場にいたわけだ」

私は秋月を見た。

「私たちがなぜ軽井沢までこられたのか。それは、彼女が——内村さんが、軽井沢にいきたいと私に告げていたからだ。あなたは忙しい身の上であるのに、仕事をおいて日本までやってきて、彼女の願いを聞きとどけた。彼女はあなたに軽井沢に連れていってほしいと頼んだ、ちがいますか？」

秋月は不審そうな表情になった。が、

「特に理由はありませんよ、ここにきたのには。NYから東京では、さして環境に変化を感じない。それだけのことだ」

私は首をふった。なぜだかはわからないが、心のうちに力が湧きでるのを感じていた。

「軽井沢いきは彼女のリクエストであった筈《はず》だ。なぜなら、彼女は、私に見つけられたかった。私に追ってきてほしかったのだ」

秋月は沈黙していた。不思議なものを見るように、私の顔を注視していた。

やがて口を開いた。

「私の印象では、内村がそれほどの感情をあなたにもっていたとは思えない」

「思いたくなかったのじゃないか」

ケインがいった。

「なぜ」

秋月はケインに訊ねた。探るような目だった。

「なぜ？　そんな簡単な質問を俺にするなんて、あんたも変わっているな」

秋月は首をふった。

「いった筈だ。彼女は私のスタッフであって、恋人ではない。誤解をしないでほしい。もし彼女が松原さんに、そうとれる発言をしたとすれば、それは彼女の心の傷がいわせたことだ」

私は不意に足もとの地面が揺らぐような不安にとらわれた。

「——彼女はずっと私のもとで働いてきた。セクレタリー・シンドロームとでもいおうか、彼女にとって私は単なるボス以上の存在となっていたことに私は気づかずにいた。あるとき私は、それを知って、彼女にそうした考え方が健全ではないと告げた。あくまでもビジネス上のパートナーであるべきで、それ以上の関係をもつ意志はない、とね。そのことで彼女は深く傷つき、私のもとをとびだしていったのだ」

そうなのか。もしそうだとすれば、杏奈はつかのまの止り木として私を選んだことになる。

「——だがあなたは彼女を捜させた」

「当然だ。彼女はまだ若い。失意から自暴自棄になるのを懸念したのですよ」

私はケインを見た。また嘘をついているのさ、と彼にいってもらいたかった。だがケインは無言だった。それどころか、痛みのこもった目で私を見返した。

「——いずれにせよ、彼女が何をし、いったにせよ、責任の大半は、ボスである私の側にある。彼女の気持に気づいたときに、こうした事態を回避する努力を怠った、ともいえる。だからこそ、私は保護を自分の責任と考えている。今あなたにここで会えば、彼女は自分がついた嘘と向きあわなければならない。それは非常な苦痛だろうし、落ちつきかけている彼女の心を再び不安定にしかねない。だから会わせられないと申しあげたのだ」

その口調はきっぱりとしていて、一点の曇りもなかった。そして杏奈のとった行動の不可解さすべてに説明がいくものだった。

私は打ちひしがれた。

杏奈が愛したのは、誰よりも、目の前にいるこの男なのだ。それを拒絶された杏奈は、失意から無謀な行動をとり、結果、私と出会った。彼女は私の好意を心地よく感じ、羽の折れた小鳥が傷をいやすように、私のもとに留《とど》まった。

だが彼女の心は初めから終わりまで、この男のことを考えつづけていた。

「彼女は、誰かに追われているように見えた……」

私は力なくいった。秋月は真剣な表情で頷《うなず》いた。

「当然でしょう。彼女は逃げようとしていた。自分の作りあげた、ボスとの関係から。それは彼女の心の中の幻のようなものです。しかし、いずれにせよ逃げようとしている人間は、追われているように見えるものだ」

私は言葉を失った。まったく論理的だ。

「――いずれ彼女が落ちつきをとり戻せば、あらためてあなたのもとを訪ねるときがあるだろう。たぶん彼女はあなたに謝罪するであろうし、私もそうすべきだと思う。ただ、今ではない。それは、今ではないのです」

秋月の言葉には、同情すらこもっていた。

私は返事ができなかった。無言でケインを見やった。

「ケインさんは、私の言葉を信じられませんか」

秋月はいった。ケインは首をふった。

「判断ができない。いずれにせよ、俺がとやかくいう問題ではないようだ」

「あなたの忠告にはたいへん感謝する。同じホテルに泊まっているというその白人を、あなたは前もアメリカで見たことがあるのだな」

「ああ。奴はプロだ」

ケインは言葉少なに答えた。

「ならば我々もしかるべく手を打つことにしよう。もしこのことが、将来、経済的、身体的な意味あいをあなたにもってくるようならば、いつでも申しでてくれ。可能な限りの対応をとらせてもらうつもりだ」

秋月はいった。

それで終わりだ、と私は悟った。私と秋月の対決は終わった。私の不戦敗だ。

「ひきあげよう」

私はケインにいった。これ以上、私にできることは何もない。私にとって杏奈は、最初から存在しなかったのと同じだった。

14

私たちはその日のうちにホテルをチェックアウトし、外房へ向かった。ジョンの車はホテルの駐車場にはなく、その姿を見かけることもなかった。

外房の私の家まで、私はずっとハンドルを握っていた。道程《みちのり》の大半を無言で過し、ケインも同様だった。

家に到着したのは、午後九時前だった。宵闇が迫りつつあるベランダに私たちは腰をおろし、ビールを飲んだ。南岸沿いに停滞した梅雨前線が活発さをとり戻し、水平線は灰色の帳《とばり》に隠され見えなかった。雨は静かに木々の梢《こずえ》や葉を叩《たた》き、海に向かう傾斜地からは霧がたち昇っている。私は食欲が失《う》せ、ケインのためにも何かを作ってやろうという気持になれなかった。

ケインがそれを咎《とが》めることがないのもわかっている。彼は腹が減れば、私の家のキッチンで何か作り、食べるだろう。私はここにすわり、虚《うつ》ろになった目に夜の雨を映している。

ケインが立ちあがり、冷蔵庫から新たなビールを運んできた。

私は頷いて、空になった缶を握り潰《つぶ》した。

「秋月はうまく逃げるかな」

ひとり言のようにいった。

「たぶんな」

ケインは答えた。むっつりとした口調だった。

「だがジョンを雇ったクライアントをつきとめない限り、奴に平和な眠りはこない。契約は、遂行されるまではつづくからな」

「殺し屋の契約か」

ケインは無言で肯定した。

「秋月が助かりたいのなら、クライアントをつきとめ、交渉する他ないだろうな」

「一生は逃げ隠れできないか」

私は杏奈の顔を思い浮かべながらいった。秋月の言葉を、私は信じる気になっていた。

杏奈は、秋月によりそい、ひっそりと逃亡をつづけ、やがて秋月の城に帰る。私への思いは、小さな痛みとして彼女の胸に巣くうが、決してこれ以上大きくなることはない。

ひどい寂しさが胸を噛《か》んだ。

もちろん一過性のものだ。ときが流れれば、この胸の穴も小さくなっていく。

「明日、雨が降らなかったら――」

ケインがいった。

私はすっかり暗くなった水平線を見つめ、いった。ベランダからこぼれる光の中で雨だけが銀色の直線となって輝いている。

「だが、難しいだろうな」

「ああ」

ケインは低い声でいった。

「ひどく難しいだろうぜ」

「そうだな」

「ゴルフにいこう」


私たちがフェアウェイにでたのは二日後だった。小康状態になっていた雨は、しかしバックナインのプレイが始まると再び降り始めた。

二人ともさしてスコアに興味はなかった。ホールバイホールのマッチプレイに集中し、スコアカードもろくにつけないありさまだった。

バックナインを終えると、雨は本降りになっていた。私たちはクラブハウスの風呂《ふろ》に入り、着替えをすますと二階にあるレストランにあがった。レストランの隅に、小さなバーコーナーがあって、プレイは終わったものの、まだ家に帰りたくないゴルファーが、ビールや水割りのグラスを手にしていた。枝豆や焼きたてのイワシの干物が皿にのってカウンターに散らばっている。

バーカウンターのうしろは、革ばりのソファセットが四組並び、新聞のスタンドと大型のテレビがおかれていた。

生ビールのジョッキを手にした私たちはソファに腰をおろした。テレビでは、一番早い夕方のニュースが流れていた。

「――今日、午前十一時半頃、群馬県内を走る上信越自動車道、甘楽《かんら》パーキングエリア付近で、乗用車が大破し、炎上しているのを、通りかかった別の車が発見し、警察と消防に通報しました。火は、駆けつけた消防隊によって、およそ十分後に消しとめられましたが――」

ベンツじゃん、とバーにいた誰かがいい、私は画面に目を向けた。

焼けただれた黒の車体が画面に映しだされた。

「車内には、男女あわせて三名の遺体が残されており、警察で身許《みもと》の確認を急いでおります。現場は見通しのよい直線路で――」

ケインを見た。ケインの顔がこわばっていた。

「ちがうよな」

私は低い声でいった。

ケインは答えなかった。画面はアナウンサーにかわり、次のニュースが読みあげられ始めていた。

私は不意に重くなったジョッキをテーブルにおいた。指がジョッキの柄にからみついたようになり、ほどけない。

「調べる」

つぶやくようにいって立ちあがった。

バーコーナーの端にある公衆電話に歩みよった。私が連載をもっている漫画誌のひとつの発行元は、週刊誌もだしている。漫画誌の担当者を通じて、週刊誌の人間へ問いあわせれば何かわかるかもしれない。

担当者は不在だったが、かわりに電話にでたデスクは、私も会ったことがある人物だった。用件を告げると、

「それだったら、うちの週刊より、新聞記者の方が早いでしょう。知りあいが警視庁の記者クラブにいますから調べてもらいますよ」

と答えた。

「お願いします」

「お知りあいかもしれないんですか」

同情を含んだ声で彼はいった。

「ええ」

「それはご心配でしょう。なるべく早く、ご連絡します」

「お願いします。今は出先ですが、すぐに戻りますので」

私はいい、受話器をおろした。

ゴルフ場のクラブハウスから我が家までは、車でほんの数分の距離だった。私たちは家に戻るとリビングのソファにすわり、互いに顔を見あわせた。

入浴によって温まっていた筈《はず》の体はすっかり冷えきっていた。梅雨寒《つゆざむ》という言葉があてはまる、冷えびえとした空気が家の中には淀《よど》んでいる。

「どうにもならないな」

私はつぶやいた。ケインが目だけを動かし、私を見た。

「もしあれが杏奈たちだったなら、俺にはもうどうにもならない」

ケインは無言だった。

「彼女が生きていればいつか、起こったことについて、俺の心の中での折り合いをつけるチャンスがあったかもしれない。しかし死んでしまっては、もうどうにもならない」

「麻貴子のことを思いだしているのか」

ケインが訊《たず》ねた。私は首をふった。

「あのとき、俺と麻貴子の仲は終わっていた。麻貴子の死に俺は責任を感じた。それは事実だ。だが男と女、という意味では、麻貴子と杏奈とではまるでちがう」

「俺がいえるのは、死んでしまった者は決してかえらないってことだ。苦しむのも、生きている人間の特権だ」

ケインは低い声でいった。電話が鳴った。私は下腹部に力をこめ、目を閉じて受話器をとりあげた。

「はい」

デスクだった。

「例の件ですが、まだ身許は判明していないようです。というか、警察のガードが固いらしいんです。どうもただの事故ではないようですね。群馬県警の一課がのりだしているらしいんです。偽装殺人じゃないかと、知りあいの記者はいってるんですが……」

「なるほど」

感情を抑え、いった。

「遺体の解剖結果がでるまでは、一切何のコメントもださないという姿勢を警察がとっている、というのがその理由なんです」

「わかりました。ありがとうございます」

「また何かわかったら、すぐお知らせします」

私は重ねて礼をいい、受話器をおろした。ケインをまっすぐ見つめ、いった。

「どうやらまちがいないようだ」

ケインは静かに息を吸いこんだ。私は無言でベランダに出、背後の窓をしめた。手すりによりかかり、煙っている水平線を見つめた。

あのどこかに、私と杏奈が出会った砂浜があり、釣り糸をたれた堤防がある。

私は深呼吸した。心を無にすることだけを考えた。

目に見えぬものは存在しないと同じだ。存在しないものに心をめぐらすのは、それが歓《よろこ》びにつながるときのみに留《とど》めるべきだ。大人とはそういうものだ。

私はずっとそう考えてきた。

再び深呼吸した。わずかに歯の根が触れあい、カチカチと音をたてた。

私は大人になれない。いくつになっても、いつになっても大人になりきれない人間だ。

15

三日後、ケインがニューヨークへ帰った。私はひとりきりになった。本格的な梅雨となり、連日、雨が降った。雨がやめば霧がでた。海岸線より高い位置にある別荘地は、夜になると濃い霧に閉ざされた。

上信越道で発見されたメルセデスは、パシフィック・リサーチという会社の名義であったことが新聞紙上で明らかにされた。ハンドルを握っていた死者が、同社の社長である水垣勇である可能性は高いと思われていた。が、後部席にあった男女二名の焼死体について、警察はまだ何も発表しなかった。漫画誌のデスクも、新聞発表以上の情報は入手できないようだった。

何らかの意志が働いている、と私は思った。秋月の死を隠蔽《いんぺい》したがっている者がどこかにいるのだ。

あるいはそれは、秋月の死を願った者の仕業かもしれなかった。が、本社は日本国内にないとはいえ、ムーン・インダストリーほどの規模の企業の代表者の死がこのまま隠されつづけていくというのは、不可解であり異常な話だった。

漫画誌のデスクの話では、この事件に少なからぬ興味を抱いている記者もいる、ということだった。だが偽装殺人説についても、その後、裏づけるような資料を警察が公表しないため、続報を打てない状況であるらしい。

やがて一部の週刊誌が、しびれを切らしたかのように、水垣勇とその会社を、事件とからめて記事にした。内容は、私たちがホテルのカフェテラスで猪狩から聞かされたものと大差なかった。水垣は警察ＯＢで、荒っぽい調査を得意としており、クライアントには一流企業や、ときには防衛庁筋がいたらしいと匂わせるに留めていた。

私は雨に閉じこめられ、仕事をするだけだった。

群馬まででかけていき、遺体のうち身許のわからぬ二名が、秋月と杏奈であると警察に告げたらどうだろう、という考えはいくども浮かんでいた。が、一方で、警察がそれらのことをつきとめずにおいた筈もない、とわかっていた。

つきとめた上で彼らは秘匿しているのだ。

ならば週刊誌に知らせてやったらどうか。

杏奈にも、音信不通ではあるが、母親がいた筈だ。少なくとも母親は、娘の死を知る権利がある。

だがそれを私がしたところで、喜ぶ人間はいない。

不快に感じる人間はいるだろう。

私が杏奈を殺した人間に怒りを感じていないといえば嘘になる。だがそれは直接手を下したジョンにではなく、そのクライアントに対してだ。それがいったい誰であるのか。たとえばケインのいった、ニューヨークのマフィアのような男たちであったら、彼らとの距離はあまりにも遠い。

私がしたのは、かつての仕事でつきあいのあったひとりの男に連絡をとることだった。天野《あまの》という、銀座でプロのスカウトマンを三十年近くやっている人物だ。銀座ホステスの生き字引といわれ、どの店にいた誰が、今は何をやっているか実に詳しく知っているのだ。天野の頭には、それこそ何千人というホステスたちのデータが詰まっている。

私は古い電話番号簿を頼りに、天野の連絡先をつきとめた。スカウトマンといっても、もはや天野は、夕暮れどきの街角に立って、これはと思う女性に名刺を渡すような仕事はやっていないのだ。

彼と電話がつながったのは、夜の十二時過ぎになってからだった。

「天野さん、六本木の松原といったら覚えがありますか」

警戒した声で電話口にあらわれた彼に、私はいった。

「松原さんというと、ケインさんといっしょに六本木でお店をやっていた――？」

天野の記憶力は少しも衰えていなかった。

「そうです」

「えらく久しぶりですね。お元気でしたか。噂じゃ、作家に転身されたそうですが」

「ええ。何とか、ね、やっています。実はお願いごとがあって、天野さんを捜していたんです」

私はいった。

「願いごと。またお店を始められるとか」

「いいえ。もう私は素人同然です。そんなことは考えてない」

「そう、それがいい。松原さんが素人だとはいわないが、今は水商売を始めるにはいい時代じゃない」

「いいホステスがいなくなりましたか」

「いないですね」

やや低い声で、そっけなく天野はいった。

「今は子供が商売する時代ですよ。儲《もう》けるのは大人だが、皆ずるくなって、決して前にでてこようとはしない。ほんの小娘が一人前のホステス面をして、それで商売ができてしまうんです。尤《もっと》も、ホステスも子供なら、客も子供ばかりだが」

「そのホステスのことを知りたいんです。本名しかわからないのですが――」

「何という名です？」

「田内由美子といいます。横浜育ちで、現在二十六歳です。十代の終わりから二十代の初めにかけて杏奈という源氏名でホステスをやっていたのですが」

「銀座で？」

「たぶん。あるいは横浜かもしれません」

「その年齢だと、売りあげの一本立ちはまだ無理だろうから、ヘルプでしょうね」

天野はいった。売りあげとは、店側と月々いくらの売りあげをするからと契約して働くプロのホステスだ。売りあげになると給料が高くなるかわりに、パンクした客の支払いを肩代わりしなければならない。一方、ヘルプとは、単純に一日いくらの賃金で雇われているホステスをさす。売りあげのホステスに協力するのでヘルプというわけだ。売りあげとヘルプとでは、倍以上給料がちがうこともざらである。

「――だと思います。難しいですかね」

「よほど美人だとか？」

「ええ、それは確かです」

「あがったのは、水揚げですか」

水揚げとは、結婚や愛人契約で水商売を離れることだ。

「いえ。アメリカに渡って就職したんです」

「なるほど。女の子に厳しい松原さんが美人というのだから、かなりの美女なのでしょう。それだったら、誰か覚えているかもしれません。あたってみましょう」

天野はいった。

「ありがとうございます。お礼はどうすれば――」

「そうですね……」

天野は少し考え、いった。

「これはバイトのようなものですから、成功報酬ということで、五本もいただけばけっこうです」

五万でいい、といっているのだ。

「わかりました。もし何かわかればご連絡下さい。こちらからうかがいます。今、私は田舎に住んでいるので」

「田舎？」

「千葉の外房にいるんです」

「そりゃあいい」

天野は笑った。

「そっちには、よくヒラメ釣りにいきますよ」

「天野さん、釣りを？」

「昔からね。うまい魚には目がなくて――」

「じゃあ、お会いするときはよい干物でももっていきます」

「期待しています」

私は自宅の電話番号を告げた。かわりに天野は携帯電話の番号を私に知らせた。

天野からは、翌日の午後、電話がかかってきた。杏奈らしき友人がいるというホステスを銀座で見つけたのだった。

「『ポワン』という、七丁目の外れの店で働いている子です。やはり横浜出身で、年も、二十六とかいいましたね。会ってみますか」

私が「田内由美子」に興味を抱いている理由を訊《たず》ねようともせず、天野はいった。

「ぜひ」

「だったら店にいくのが早いでしょう。松原さんはいつこちらにこられます？」

私は時計を見た。二時過ぎだった。

「今からでも」

「ほう」

天野はちょっと驚いたような口調でいった。私の答は、六本木時代の私に抱いていた彼のイメージと反するものだったようだ。

「――わかりました。九時頃がいいでしょう。店もまだそんなに混んでいない時刻でしょうし、同伴で入っていなければ話す時間もあると思いますしね。店まではごいっしょします」

「ありがとうございます」

天野は銀座八丁目にある喫茶店を指定して、電話を切った。同伴とは、ホステスが出勤時に客を伴って入店することだ。これによって店側はその日、ひと組は客を確保できる。銀座のクラブにはノルマ制度があり、週に同伴一回がホステスに課せられていることが多い。これを怠ればペナルティで、一日分の給料を差しひかれたりする。

同伴にはたいていの場合、食事がつきもので、七時から八時頃にかけての銀座八丁目界《かい》隈《わい》のレストランや割烹《かっぽう》は、ホステス連れの客で賑《にぎ》わっている。

この同伴を回数重ねることによって、ホステスは売りあげを伸ばし、給料を高めていく。彼女たちは日給月給で仕事をしている。一日いくらの賃金である以上、ノルマを果たせずペナルティが増えていけば、実際には何日間かは働いているにもかかわらず、翌月の給料はゼロという事態がおこる。まして担当している客が支払いを滞らせたということにでもなれば、マイナスとなり、店側に払わなければならない。

華やかに見えるが、内情は厳しく、すべてに金がからむ世界なのだ。こうしたシステムは、世界でも日本だけの特殊なものといえるだろう。それがこうして存続している理由は、ひとえに政・官・財の、夜の交渉の場として銀座のクラブが活用されてきたからに他ならない。

私は高速道路の渋滞を見はからって、午後四時過ぎに家をでた。深夜ならば二時間足らずの距離だが、夕方のラッシュ時には、三時間以上かかることもある。

都内に入ったのは、七時を回った時刻だった。西銀座の地下駐車場に車を入れ、近くの小さなホテルに部屋をとった。

銀座のホテルに泊まるのは、初めての経験だった。六本木で店をやっていた頃は、つきあいで銀座で飲む機会がなかったわけではない。特に麻貴子とつきあっていたときは、彼女が勤めていたクラブに、月に二、三度は顔をだしていた。同伴のノルマを助けてやったのも何度かあった。麻貴子は店では闊達《かったつ》なお喋《しゃべ》りをするのだが、同伴を依頼するために客のところへ電話をするのをひどく嫌がった。

電話が苦手なの――よく、そうため息をついていた。それに電話の内容は頼みごとでしょう。かけにくくて困っちゃう。

「今度、ごはん食べにいきましょうよ、連れていって」は、客とホステスの合言葉のようなものである。それをしない限り、同伴ノルマをこなすことはできないからだ。

天野との待ちあわせにはまだ早い時刻、ホテルの小さなシングルルームでスーツに着がえた私は街にでた。

銀座のクラブの場合、ホステスの通常の出勤時刻は、七時半から八時である。ホステスたちは、それにあわせ美容院にいくために、少し早くこの街にやってくる。

電車でくる者、タクシーやハイヤーで乗りつける者、自分の車を運転してやってくる者、それはさまざまである。自家用車といっても、メルセデスやポルシェのような高級車もあれば、自転車がわりのようなリッターカーもある。それはそのときそのときの、彼女たちの地位をものがたっている。

もちろん地位は段階的にあがっていくとは限らない。先月までA子が乗り回していたメルセデスに、今月からはB子が乗っているなどということはそれこそ日常茶飯事である。男が替わった場合もあれば、女を替えた、という場合もある。

東京以外の土地の人間、あるいは夜遊びに何ら興味のない者にとって銀座といえば、四丁目の交差点付近、和光や三越デパートなどが建ち並ぶ繁華街を意味する。

一方、夜の街としての銀座は、これよりも西よりの七丁目八丁目界隈が中心となる。料理店やレストラン、バー、クラブといった店舗の入った雑居ビルが建ち並ぶあたりだ。このあたりは、昼間と休日はひっそりとしていて、夕方六時を回ったあたりからがぜん活気づくのだ。

「松原さん！」

リクルート本社の前から日航ホテルの方角に歩きかけたところで、携帯電話を手にした男に呼びとめられた。

「久しぶりじゃないですか、お元気でしたか」

三十代半ばの男で、紺の地味なスーツに薄いレインコートを羽織っている。外房では弱く降っていた雨が、都内に入るとやんでいた。だがいつ降りだしても不思議ではない空模様だった。

「やあ」

男の記憶力に驚きながら、私も彼の名を思いだそうとしていた。

「ター坊です。そこの『ミケランジェロ』の――」

「ああ、そうだ。元気そうだね」

「あいかわらずですよ」

男はいって人なつこい笑みを浮かべた。

「上の倅《せがれ》が生まれたとき、ご祝儀下さったじゃないですか。あいつももう、小学校二年ですよ」

「そうか……」

「六本木の方は、今は――」

私は首をふった。

「もう引退した。外房で隠居暮らしさ」

「まさか――」

「本当さ。今日は気まぐれでね」

「そうですか。よかったらあとで寄って下さい――」

ター坊はいって腰をかがめた。

彼は「ポーター」と呼ばれる、客やホステスの車を預かる仕事の人間だった。一応、所属する店は決まっているが、ひと晩分の規定料金——数千円——を払えば、その店のホステスや客でなくても、車を預かる。

ポーターは、銀座の路上にそれぞれの縄張りをもち、預かった車を駐車しておく。警察の取締りにあわないよう、定期的に見まわっては移動させるのだ。そして、ホステスや客の求めに応じて、店の前まで車を運んでくる。

彼らポーターの縄張りは、路上とはいえ、絶対的である。早い時間から何も知らない人間が駐車してしまわぬよう、パイロンなどを立てているし、それを無視して止めようものなら、まちがいなく車を壊される。

警察はときおり、彼らを狙った取締りをおこなうが、車で乗りつける客やホステスが多い以上、イタチごっこに等しい。

私は出勤してくる女性たちを眺め、本屋に入って時間を潰《つぶ》したりした。街並みはそれほど変化していなかったが、一点だけ驚きを感じたのは、表通りにコンビニエンスストアが進出していることだった。

夜の銀座でコンビニエンスストアを利用する客がいるとは、以前なら考えられないことだった。それだけ夜の銀座で働く者も遊ぶ者も、庶民的になったのだろうと理解した。

それはバブルが崩れさった今は当然で、必然の結果なのかもしれない。彼女たちも客も、プライドで意地を張る時代ではなくなったということだ。

軽井沢もそうだったが、すべてを均一化し、大衆化させていくこの国の流れを回避するのは、どこの土地であっても不可能なのだろう。

定刻の十分ほど前に、私は待ちあわせた喫茶店に到着した。ホステスらしい客は、出勤時間を回っているので少ない。

天野はすでにそこにいた。ひとりではなく、ＯＬと思《おぼ》しい若い娘とテーブルをはさんでいる。

仕事の最中というわけだ。私はさりげなくその横を歩きすぎ、離れたボックスに腰をおろした。ちょうど天野の背中をはさんで、相手の娘の顔が見える位置だった。

ずばぬけた美人というわけではない。が、愛くるしい、どこか人好きのする顔を娘はしていた。表情も豊かで、笑顔に温かみがある。年齢は二十か二十一といったところだ。

天野は、水商売の世界で成功する素人娘を見つけだす天才だといわれていた。

美人で派手好きそうな娘を水商売の世界にひっぱりこむのは、誰でも思いつくし可能な方法である。

一見すると派手さはないが、接客に長《た》け、頭の回転のいい娘こそが、長い目で見た場合、水商売の世界でも成功する。

「顔で稼げる女は長つづきしない。頭で稼ぐ女が成功する」が、天野の持論だった。彼によってこの世界に引きこまれ、今はママとなっているホステスは数えきれない。その大半が、天野のいうようなタイプだということだ。

やがて天野が伝票をつかみ、立ちあがった。娘は律儀に一礼し、店をでていった。

「お待たせしました」

天野は私の向かいに移ってきた。でっぷりと太っていて、福々しい顔つきをしている。地味ながら値のはるなりで、古いタイプの銀座の男といった趣きがあった。夜の街で会わなければ、中規模ていどの企業のオーナー社長といった風情だ。いかがわしさはみじんもない。

「今の子、なかなかいい感じだったじゃないですか。いかにも天野さん好みだ」

私はいった。天野は苦笑した。

「進歩がなくて。でも駄目でしょうね。今はああいう子は水商売にこない。よほど生活苦にでもならない限りね。くるのは皆、派手好きのケバい姐《ねえ》ちゃんばかりです。洋服や車、贅沢《ぜいたく》もしたいがまともに働くのも馬鹿ばかしい、という。まあ、まともに働いたんじゃ、あの子たちの欲しがっているようなものは、そうそう手がでない」

「なるほど。だから子供が多い、と」

「ええ。割りきってますよ。『若いときしかできないから』って、そういいますからね。

一生この道で食って、店の一軒ももってやろうとか、そんなのは、まずいません。それにノルマがきついと、さっさとトンズラです。風俗いった方が楽だし稼げるってね」

「客もそうなのでしょう」

「まったくその通り。通いつめて口説くなんて、今どきやってるのは、五十代から上くらいのものです。まあそこまでしなくても、積むもの積めば、今はたいていの子が落ちますがね」

「バブルのせいですか」

「崩れたことより、バブルそのものでおかしくなっちまいましたね。あんなものなかった方がよかったっていうのが多いですよ、最近は」

天野はいい、モアをとりだすと漆塗りのデュポンで火をつけた。太くて丸まっちい指に細長い煙草は似合った。

私は買ってきた干物をさしだした。

「こんな場所で渡すのも妙ですが、アジの開きです。私の考えでは外房のアジが一番うまい」

「ごちそうさまです」

天野は口もとをほころばせた。

「女房子供は朝飯に食うでしょうし、私は寝る前の酒の肴《さかな》になります」

私は頷《うなず》いた。

「お訊《たず》ねの杏奈という子がその子かどうかはわかりませんが、七年くらい前に、『アンジェ』に、そういう名のヘルプがいたとわかりました。横浜出身で、相当な美人だったようです。バブルの頃ですから、かなり札束を積んだ客もいたようですが、意外に堅かったらしい。結局、二年半ほどでそこを辞めています。店側の引きとめもけっこうきつかったのですが、あっさり辞めたものだから、よほどの大物にひかれたのだろうと皆、思ったようですね」

「で、友人というのは？」

「梨香《りか》という子でね。これからご案内する店で、この一年くらい働いています。ちいママが、私の紹介で入っていますから、話は通してあります」

つまり、たった一回の客だからと、ぼったくることはしないというわけだ。

「助かりました」

私はいった。天野は小さく頷いた。

「じゃ、いきましょうか」

習性か、天野の手が伝票にのびた。私はそれをおしとどめ、上着から五万円を入れた封筒をとりだした。

「成功報酬と申しあげた筈《はず》です。まだ梨香が、松原さんの捜していらっしゃる子の友だちとは限らない」

天野は封筒を見ていった。

「そのときはそのときです。とにかく時間を割いていただいたお礼はしなければならない」

天野は突然、大きく破顔した。

「松原さん。私はあなたが好きですよ。この仕事をやってますと、いろんな人間と会う。特にカウンターのこちら側の連中とね。はっきりいって、金がすべての世界で、好きになれる者はほとんどいない。あなたは昔から、きれいな商売をしていた。きれいな、というのは、この世界ではめったに使わない言葉です。きれいでありながら、商売を長つづきさせられる人間はもっといない。あなたとケインさんが店を畳んだと聞いたときは、ひどく残念な気がしたものです。しかし、あとからは、それでよかったのだろうとも思いました。あなた方はきっと、店が左前になったからやめたわけではない。別の理由があったのだろうと感じたからです。今日お会いして、松原さんの顔を見て、やはりそうだとわかりました。駄目にしたことがある人間は顔にそれがでる。松原さんはちがった。それどころか、前よりもっといい顔になっていた。ほっとしましたよ」

私は驚き、一瞬言葉を失った。同時に、天野は、かつて私がモリスに頼まれてしてやったことを知っているのではないか、と思った。考えてみれば、私がしたのは、天野の専門としている仕事の真似ごとであった。

「――ですから、このお金はまだ今はけっこうです」

私は無言で頭を下げ、封筒をしまった。水商売の世界の恐さを、思いだした。

水商売の世界では、前面にでるのはたいていの場合、女である。たとえ自分が同じ世界にいてすらも、〝客〟として眺めれば、女にしか目がいかないものだ。男性のスタッフは、マネージャーやフロアボーイ、ポーターといった形で存在しても、テーブルや花と同じように店の付属物でしかない。しかし彼らも観察し、頭を働かせている。その口から客に関する意見が吐かれることはめったにないが、観察は鋭く、的確である。彼らは客の、ふとした素振り、態度のちがいから、仕事や家庭内での変化までを見抜く。性格を読みとり、何に弱く何に強いかを悟る。

それらの情報は、彼ら自身やホステスの利益になる形で使われる。別の客の耳に入ることは決してない。

私と天野は喫茶店をでて歩いた。電通通りを渡り、路地を右に折れて、中規模の雑居ビルの前までいった。

「この四階にあります。ちいママの、かすみという女を呼んで下さい。あとはかすみが手配します」

天野は落ちついた口調でいった。天野は店には入らない。天野がプロのスカウトマンであることは誰でも知っている。スカウトマンを迎え入れるクラブは銀座のどこにもない。

それどころか即刻退店、罰金、をうたう店もあるほどだ。

よそからは引き抜くが、自店からの引き抜きを決して許さないのが、この世界の掟《おきて》である。

「わかりました。のちほどご連絡します」

天野は頷き、微笑んだ。

「うまくいくことを祈ってます」

私がエレベータに乗りこむのを待って、天野は立ち去っていった。そのでっぷりと太ったうしろ姿には、隅々まで知りつくした街をいくプロの余裕のようなものが漂っていた。

16

「ポワン」は、小規模の店だった。満卓になって二十名といったところだろう。ホステスの数は、それよりやや少ない、十二、三人だ。

特に怪しまれることなく席についた私は、かすみというちいママを呼んでくれるよう頼んだ。ちいママというのは、ママの下にいるサブの存在で、ママひとり、ちいママひとり、というケースもあれば、大箱になると、ママもちいママも複数というときもある。

かすみは、三十二、三の和服を着た細面の女だった。特に美人ではないが、伏し目がちで、男の気を惹《ひ》く表情が染みついているといった印象だ。

「いらっしゃいませ」

初対面で指名をうけても、特にとまどったようすを見せず向かいにすわるあたりは、仕事への慣れを感じさせる。

「松原といいます。天野さんにご紹介いただいた者です――」

かすみはにこやかに頷いた。

「承わっております」

そして通りかかったボーイを呼びとめ、口もとに手をあてて何ごとかを囁《ささや》いた。

客の入りは、私以外に三組という状況だった。いずれもひとりかふたりの少人数だ。

かすみの意を受けたボーイが、スコッチのボトルとアイスペールを運んできた。ボトルは新品ではなく封が切られ、わずかに減っている。新たなボトルを入れることで料金が高くなるのを避けようという配慮だった。

「これでよろしければ召しあがって下さい」

かすみはいった。

「ありがとう。水割りをじゃあ――」

かすみは頷き、グラスに氷を入れ、ウイスキーを注いだ。

「梨香ちゃんは今きますから」

ホステスの年齢は、やや上にかたよっている。二十代半ばから後半といったところが中心で、三十を超えている者も何人か目についた。常連客を中心にした経営で、派手さはないが手がたくやっているという雰囲気だった。不景気には強いタイプの店だ。

「――いらっしゃいませ、今晩は」

グレイのスーツを着た女が、私の前に立った。大柄で、身長は百七十センチ近くありそうだった。目と口が大きく、気立てのよさそうな顔立ちをしている。

「梨香ちゃんです。こちら松原様」

かすみが私を紹介した。

「よろしく」

「お隣、よろしいですか」

「どうぞ」

梨香は私の隣に腰をおろした。

「どうも初めまして」

「やあ」

私は頷いた。かすみがさりげなく席を外した。

「ごゆっくり」

「いろいろ、どうも」

私はいった。立ち去っていくかすみを目で追っていると、梨香がいった。

「松原さん、こちらは初めてですか」

「そう。あなたに会いたくてね、きたんだ」

私は単刀直入に答えた。

「え？」

梨香は大きな目をより大きくみひらいて私を見つめた。

「私は田内由美子さんと少しのあいだいっしょにいた」

私はいった。梨香は無言で瞬《まばた》きした。

「千葉の外房で――」

つけ加えた。梨香の目の奥で、何かが閃《ひらめ》いた。

「――作家の先生」

「正確には漫画の原作をやっている」

梨香はすっと息を吸いこんだ。

「今、由美どこにいるんです？」

私の胸の奥に鋭い痛みが走った。

「たぶんだが、彼女は亡くなった」

「えっ」

梨香は口もとをおおった。

「嘘！」

私は梨香が少し落ちつくのを待って言葉を切りだした。梨香の目がうるみかけている。

ここで彼女を大泣きさせたら、かすみは私に協力しなければよかったと思うだろう。

「落ちついて。まだ確かというわけではないんだ。ただ、先週、群馬の上信越道でメルセデスが炎上して、乗っていた三人の人が亡くなった。運転していたのは、秋月三千雄氏のボディガードをやっていた水垣という男だった」

梨香は無言で私を凝視していたが、やがて低い声でいった。

「その人は知っています。由美がアメリカから逃げたとき、捜してここにもきましたから――」

私は頷《うなず》いた。

「彼は結局、私を見つけ、私がいない間に彼女を連れていったんだ」

「由美が日本に帰ってきて、東京でいくところがないとき、わたしのところに二日くらいいたんです」

「それはいつ頃?」

梨香は考え、答えた。それは杏奈がいったん私のもとをでていったときと日ヽ、ヽ、ちヽが一致していた。

「そうか……」

「松原さんのこともそのとき聞きました。すごく困っていたときに、事情も何も訊《き》かないで助けてくれたって……」

「訊かないのじゃなくて、訊きたくなかったんだ。最初私は、彼女が何か、犯罪のような大きなトラブルに関係しているのではないかと疑っていたんだ」

梨香は頷いた。

「それも聞きました。火事があって、由美は逃げだしたんだって――」

「そうだ」

「由美は、自分が追いかけられるってわかっていたんです。秋月会長は、簡単には自分をあきらめてくれないだろうし、他にも理由はあるからって」

「あきらめる？」

「秋月会長と、由美は離れたがっていました」

私は目を閉じた。なぜああも簡単に秋月の言葉を、私は信じてしまったのか。わからない。あのときはあの男の言葉には説得力がこもっているように思った。ケインも否定しようとはしなかった。

「――なぜ」

苦い気持で言葉を押しだした。

「恐くなったといっていました」

「秋月の何が恐くなったと？」

私は梨香に訊《たず》ねた。

「仕事を手伝っているのが。何だかとんでもないことにかかわってしまっていたと……」

梨香の返事は意外だった。杏奈が感じた秋月への恐怖を、私はもっと男女の関係に近いところで生じたものだと想像していたのだ。

「すると彼女は秋月との関係が嫌になっていたわけではないんだ」

私は思いを言葉にして訊ねていた。

「そのあたりの由美の気持はよくわからないんです。由美は、会長にはすごく感謝している、といっていました。何も知らなかった自分を、女として一人前にしてくれたのは会長だって。会長は自分をすごく大切にしてくれるし、それを裏切るなんて考えたこともなかった、といっていました」

「秋月はそれだけ真剣に彼女に惚《ほ》れていたってことだね」

梨香は頷いた。

「これはわたしの勝手な想像なのですけど、相手への自分の気持を証明するために、秘密を打ち明けてくる人っているじゃないですか。その人が何も知らなかったことを。それでその人がびっくりしたりするのを見て、自分はこれだけお前のことを信じてるんだって、暗にいいたがる人」

「わかるよ」

「秋月会長は由美に対してそうだったのかもしれません。由美としては、別にそれほど深く知りたいわけでもなかった会社のいろいろなことを教えられ、逆につらくなったのじゃないかしら」

教える、というのとはちがうかもしれない。知ることのできる立場に杏奈をひきあげたのだ。

つまりそれだけ杏奈は優秀であろうと努力したのだ。

「いったいどんなことを彼女は知ったのだろう」

梨香は首をふった。

「それは、わたしには――」

杏奈は、秋月の愛情に負担は感じていたかもしれないが、苦痛までは感じていなかったのだ。彼女に苦痛をもたらし、やがて別れようという決断に至らせたのは、愛情とともに与えられた仕事の内容だった。

私はそう、梨香の話を解釈した。だからこそ連れ戻され、説得をうけたあと、杏奈は軽井沢で秋月と行動を共にしていた。秋月は約束していたのかもしれない。アメリカに戻ったら、杏奈にはもうつらい仕事はさせないと。

だがそれは間にあわなかった。

「――由美は本当に死んじゃったんですか」

再び涙腺《るいせん》を緩ませそうな気配を漂わせて梨香はいった。

「亡くなった運転手以外の二人の身許《みもと》を、警察はもうつきとめている筈《はず》だが、何も発表しないんだ」

梨香はつらそうに頷いた。

「彼女には、あなた以外の親しい人はいた？　あるいは親戚《しんせき》の方とか」

「お母さんが生きている筈だけど、連絡がとれないっていっていました」

「お友だちは？」

「梨香だけよって。本当に頼りになるのはって……」

そこまでいって、梨香は限界がきたようだった。

「すいません。失礼します――」

いい、顔をおおって席を立った。化粧室にいったようだった。

さりげなく観察をしていたのだろう。たちまちかすみが梨香のいた席に現われた。

「申しわけない。彼女にとって大切な友だちが亡くなったという知らせをしてしまったんだ」

「まあ。お若かったのですか、その方」

かすみはわずかに眉《まゆ》をひそめ、いった。

「彼女と同じ年だ。以前、銀座でいっしょに働いていたことがある」

「そうだったんですか」

かすみは頷いた。やがて梨香が戻ってきた。

「大丈夫？　梨香ちゃん」

「ええ。ちいママ、すいません」

梨香は赤くなった目もとにハンカチをあてがい、小声でいった。

「松原さん、ごめんなさい」

「いや。私こそ、仕事時間中にこんな話をして申しわけなかった」

「もし、お葬式とか、日にちがわかったら教えて下さい」

梨香はいい、店用の名刺に電話番号を書きつけて、私に渡した。

「わかった」

私はいって、名刺をしまった。かすみにめくばせし、勘定をするよう頼んだ。値段は、想像していた金額よりかなり安かった。

私は現金で支払い、立ちあがった。エレベータの前まで、かすみと梨香が見送りにきた。

「ちいママ、下までいきます」

梨香はいい、私とともにエレベータに乗りこんだ。

「本当にすいませんでした。とり乱しちゃって――」

梨香は再び頭を下げた。私は首をふった。

「あの……松原先生のお名刺、いただけませんか。もしわたしの方で何かわかれば、連絡しますから」

「名刺はもっていないんだ」

私はいい、かわりに電話番号をメモして渡した。

梨香はそれを握りしめ、また涙ぐんだ。

「あんなきれいで、いい子だったのに……わたしたちしか、知らないなんて——」

「——そうだね」

一階に降りると、梨香が深々とおじぎした。

「もしよかったら……またいらして下さい。由美の話をしに……」

聞きたい、と思った。だがこれ以上彼女の話をすれば、私にも梨香の涙が伝染しそうだった。私は小さく頷《うなず》き、

「じゃ」

とだけ、手をあげて、その場を立ち去った。

17

外房に戻り、二週間が過ぎた。私はこれまでと同じように、カールと暮らし、原稿を書き、釣りをした。

杏奈のことはつとめて考えないようにした。彼女が殺されたのか、事故で死んだのかは、あいかわらず不明だったが、もはやそれがどちらであろうと、彼女が帰ってくることはない。

杏奈のことを考えれば考えるほど、私はここに住むのがつらくなりそうだった。といって、他にいきたい場所などどこもない。

静かな日常をとり戻す他に、私にはできることがなかった。

麻貴子が死んだとき、私はまだ六本木にいた。仕事に没頭することで、罪の意識と心の痛みの両方を忘れさろうとした。あの頃の仕事ならそれができた。

だが「書く」という作業では、いつも自分の心を手探りし、物語の材料や言葉を拾いあげていかなければならない。当然の結果として、杏奈の思い出につきあたってしまう。それをしないで作業を進めるのは、心の半分に蓋《ふた》をして、ものを考えるのと同じだった。

可能だとしても、表われては消えるアイデアは、どこか虚《うつ》ろで、あいまいなものばかりだった。

担当編集者はしかし、我慢をしてくれているようだった。人気投票でダントツ、という作品でもない以上、急激に順位が下がるわけではない。

梅雨が明け、真夏がやってきた。道路は渋滞し、深夜まで、浜辺で打ちあげるロケット花火の音が聞こえるようになった。私は海には近づかず、自宅に閉じこもりがちな日を送っていた。

ケインからも連絡はなかった。

外房の陽射しは熱く、しかし夜になると湿った南風が吹いて、エアコンを作動させなければ眠れないような寝苦しさはない。

早い時間に起きた私は、カールと別荘地を散歩し、昼過ぎには仕事を終えて、ベランダでビールを飲んだ。

酒の量は増えていた。

会社などが夏休みに入る時期になると、ほとんどの別荘にも明りが点《とも》り、大きなボリュームで音楽を流す若者の車があたりを走り回るようになった。

焼け落ちた横森画伯の家は、瓦礫《がれき》が撤去され、整地されていた。売りにだされているらしいとの噂も耳にした。

街に住んでいた頃は、海辺で過す夏が好きだった。店を閉めたあと、ケインや馴染《なじ》みの女性客らと車を飛ばし、伊豆やこのあたりの海水浴場へきたものだ。客が相手なら、高級旅館やリゾートホテルに泊まりたいとせがむホステスも、私たちとなら民宿に泊まるのをいとわなかった。

もちろんそれは、男女関係を抜きにしたつきあいだったからだ。私たちと海辺にいるときは、彼女らも気どりや装いを忘れ、はしゃぎ笑い転げることができたからだ。

こちらに移ってきて一、二年のあいだは、かつてのそういった友人がここを訪れることもあった。だが潮がひくようにその数は減っていった。

理由はいくつかある。彼女らも若い時代を終えつつあったということ——ホステスは経営者にならない限り、若さと美貌《びぼう》のとりかえがきく消耗品である。よほどの才覚がなければ、水商売をつづけていくことができない。やがては客を失い、給料も下がり、引退を余儀なくされる。

さらに、この土地が私にとっては生活する場となり、彼女らにとってはあいもかわらず遊ぶ場であった、ということがある。派手で、華やかで、しかもどこかいかがわしさの漂う娘たちの出入りは、家族連れが圧倒的な多数を占める夏のリゾート地ではひどく目立つ存在となる。

眉《まゆ》こそひそめぬものの、まったく別種の人種としての視線を浴びる。彼女たちにそうした視線を向けるのは、夫や子供とともに短期間別荘に滞在する主婦たちである。彼女たちはそうした視線には敏感だった。

現在では、真夏に我が家を訪れる者はほとんどいない。一年中で最もこの別荘地がにぎわうこの時期、バーベキュー大会やゴルフコンペといった催しが連日のように開かれているのに、私は人と顔を合わせることがほとんどなかった。

釣りにもいかず、もっぱら本を読むのと酒を飲むことだけで、夜を過していた。夏をうとましく思ったわけではない。今でも一年のうちで夏が一番好きな季節であることにはかわりがない。

だが今年の夏だけは、人々が目ざわりだった。嬌声《きょうせい》や笑い声がうるさかった。夏を楽しむ人々にいらだちを感じた。

日々が足早に通りすぎることだけを願った。夏休みが終わり、別荘地が静寂をとり戻すのを待ちこがれた。

理由はもちろん杏奈だった。夏には何の関係もない。

私はただ、時間が過ぎていくことだけを願っていた。

18

カールを連れ、食料品の買いだしにでかけた帰途、激しい夕立ちに見舞われた。夏の終わりが近づいている。一瞬にして、空と海の境がなくなるほどの黒い雲に視界が閉ざされ、稲妻の閃光《せんこう》が岬の突端や堤防の灯台を浮かびあがらせる。轟《とどろ》きが車体を震わせ、あっというまにワイパーが役に立たないほど大粒の雨が車を襲った。

私は海沿いの国道を別荘地に向け、走っていた。豪雨に視界を閉ざされた先行車が速度を落とし、やがて止まってしまう。その先の車も、その先も、同じ状態だった。国道には、海岸近くまでせりだした小山をくぐるための狭いトンネルがいくつもあり、その上部からは山肌を流れ落ちてきた逃げ場のない濁流が迸《ほとばし》っていた。

私はライトを点《つ》け、ウインカーをだして止まってしまった車を追いこした。運転しているのは、家族連れで海水浴にきた父親と思《おぼ》しい男たちだった。

別に急いでいたわけではない。彼らにとってはこの夕立ちも夏の思い出のひとつとなるのに比べ、私には日常の中で起こったありふれたできごとに過ぎない。彼らと同じような時間の過し方をする必要性を感じなかっただけだ。

雷雲は、陸の方から海へと広がっていた。したがって別荘地のある丘にあがると、さらに雷は激しさを増した。

カールは吠《ほ》えこそしなかったが、怯えを漂わせていた。ガレージにパジェロを入れ、さてどうしたものかと考えた。ガレージから我が家の玄関まではほんの数メートルだが、そこへいくまでのあいだにずぶ濡《ぬ》れになってしまうことは目に見えていた。それは私だけでなくカールも同じで、もしそうなったら、カールがはねとばす水滴が家中にとび散ることになりそうだった。

「少し待とう」

私はいって、エンジンを切った。とたんにエアコンが切れ、車内にじっとりとした湿気がこもり始めた。私はあわてて窓をおろした。

ガレージには屋根がついているので雨粒が車内にまでとびこむことはない。プラスティックの屋根を叩《たた》く雨音は、タップダンスというよりは電動ドリルのように聞こえた。

煙草に火をつけ、サイドミラーをなにげなく見た。ガレージの柱にとりつけた郵便受が映っている。配達人の手間を少しでも減らそうと、家の扉ではなくそこにとりつけたのだ。

その郵便受の中に白いものが見えた。

私が受けとる郵便物は、仕事をしている出版社の刊行物をのぞけばさほど多くはない。そしてそれらの雑誌が届く曜日は決まっていて、今日ではなかった。

ドアを開けた。後部席でカールが身を起こした。

「いろよ」

カールに告げ、ガレージの屋根の下を郵便受に近づいた。取出口を開け、中のものを手にとった。

ありふれた絵葉書だった。どこか南の島と思しい、白い砂浜とサンゴ礁の写真が使われている。

裏返し、通信欄を見た。とたんに頭の中にまで雷が落ちたような気がした。

「生きています」

ただそれだけが記されていた。差出人の名もない。あて先は確かに私の住所だった。

しばらくそこに立ちつくしていた。やがて本物の落雷が、すぐそばのゴルフコースの避雷針にあり、びりびりという震動で我にかえった。

何かのいたずらか。

私は葉書の消印を見た。三日前で、「石垣島《いしがきじま》」となっていた。

石垣島。

名前は知っていたが、訪れたことのない土地だった。沖縄本島の近く、宮古《みやこ》島や西表《いりおもて》島と同じく、南西諸島のひとつだという知識しかない。知人はいない。

石垣島から、いったい誰が「生きています」という短信を添えて私に葉書を送るのか。

思いあたるとすれば、それはひとりしかいない。

文字をいくども見つめた。ボールペンと思しい筆記具で書かれ、それも時間にゆとりがあったとは思われない。

文字はしかも、男の文字ではなかった。

気づくと雨が小降りになっていた。私はこの葉書を濡らしたくなくて、買いこんだ品を詰めたダンボールの箱の底に押しこんだ。箱を抱え、

「カール、いくぞ」

と叫んで走った。

家に入って、リビングのテーブルにダンボール箱をおき、そのまますわりこんだ。

頭が混乱していた。煙草に火をつけた。

どう解釈すべきなのか。

「生きています」

文字通り、死んではいない、ということだ。他に何かなかったのだろうか。連絡先を添えるとか、いずれ改めて電話をします、とか。

考え、気づいた。これは本当に、短い時間の中であわただしく書かれたものなのだ。電話もできず、具体的な情報を盛りこむ暇もなく、ただただ、最低限の情報だけを伝えようと記されたにちがいない。

そしてそれをした人間に心当たりはひとりしかいなかった。

不意に世界が色づいた。暗鬱《あんうつ》な雷雲のせいで光を失った我が家の隅々に希望が満ちた。気分が高揚し、じっとしてはいられなくなった。

立ちあがり、ダンボール箱の中身をキッチンに運ぶ作業を始めた。が、一往復するたびに葉書を手にとらずにはいられなかった。

作業を終え、リビングのソファに戻った。静かだった蟬が一匹、突然鳴き始めた。すると唱和するように、さらに一匹、また一匹と鳴き始め、アブラゼミとヒグラシの大合唱となった。

私はベランダをふりかえった。雨がすっかりあがり、力強さをとり戻した西陽が濡れた樹木にさしかけていた。海は青く輝き、堂々たる入道雲がそこを足場に湧きあがっている。

突然、何の脈略もなく、私は、自然と夏そのものに頭《こうべ》を垂れ、祈りを捧《ささ》げたいような気分に襲われた。それほど海と空の青さは神々しく、得難い貴重な存在であるかに思えたからだった。

杏奈は生きている。しかもそれを私に知らせたいと思ったのだ。

しばらくの間、私はベランダに立ち、海と、くっきりと浮かびあがる水平線に見入っていた。

杏奈が死んだと思ったその日から、私はまるでこの景色を眺めていなかったような気がした。実際は、ほぼ毎日のように、このベランダのベンチにかけ海を眺めていたというのに。

海も空も美しかった。それはすべて夏が与えた美だ。夏の海には、雄々しさと優しさが同居している。冬に感じる猛々《たけだけ》しさや冷たさが、そこにみじんもないのは、本当に不思議なことだった。

同じ海であって、同じ海ではない。

もちろんこれは季節だけが理由なのではなかった。私自身の心の変化を海が映しこんでいる。

海は鏡と同じで、こちらの心の色をその水面に映しこむことができるのだ。

夕立ちは南風をも連れ去り、雨のせいで一瞬冷んやりとしていた大気は、やがて太陽の放射する熱で、じりじりと温度をあげ始めた。じっと立っているだけでも、額を汗が伝うのがわかる。

唐突に私は、今目に見えるあの海に飛びこみ、泳ぎたいという衝動にかられた。自分を満たしているこの喜びのまま、まるで子供のようにはしゃぎ、水飛沫《みずしぶき》を散らして泳ぎ回りたい。

それをかろうじておさえたのは、私の中にわずかに残っていた分別だった。と同時に、もしそれをするなら、かたわらに杏奈がいるときだ、と強く思った。

杏奈。

私は再び、彼女を捜す旅にでるだろう。そして今度は怯《ひる》まない。たとえ秋月三千雄に立ちはだかられたとしても、進むのを止めない。杏奈と会い、その姿を目にし、その声を耳にするまでは、動きつづける。

その夜、私は銀座の「ポワン」に電話をした。梨香を電話口まで呼んでもらった。

「お待たせしました、梨香です」

「先月、田内さんの件でお訪ねした松原です」

「先生——」

梨香は小さくつぶやいた。

「あの晩は失礼した」

「いえ」

「仕事中でしょうから、かいつまんで話します。今日、絵葉書が一枚、私のところに届いた。誰が書いたか、名前はなかったけど、一行だけ、『生きています』とだけあった。石垣島の絵葉書だった」

「——石垣島」

梨香はくり返した。

「たぶん彼女からじゃないかと思う。心当たりはありますか」

「あります」

耳にとびこんできた梨香の声は、息せき切っているかのように弾んでいた。

「由美は、一時、ダイビングに凝っていて、石垣島に通っていたことがあるんです。十八くらいからの三年間くらい」

私は息を吐いた。

「そうか。どういう事情かはわからないが、彼女は石垣島にいて、自分が死んではいないということを私に知らせたかったのだと思う」

「よかった……。生きてたんですね、由美」

「それだけは知らせておこうと思って」

「でも石垣島で何をやっているんでしょう」

「わからない。それを知るには、いってみる他はないようだ」

「先生、いかれるんですか⁉」

「時間がとれしだい、いってみようと思っている」

「わたしもいきます！」

梨香は小さく叫んだ。

「あなたが——。しかし……」

「土日を使えば、四日くらいは休みをとらせてもらえると思うんです。いきます」

予想もしない言葉だった。

「しかし彼女にどんな事情があるか」

「でもわたしは由美の友だちです」

反対しようとして、私は言葉を失った。軽井沢で見かけた人物に関して、私は何も梨香には伝えていない。だが、杏奈の身を心配する立場についていうなら、梨香は私以上にその権利がある。

「わかった。じゃあその前に少し話をしないか。まだ彼女のことについて、あなたに話していないことがある」

「はい。どうすればいいですか」

電話ですべき話ではないような気がした。

「明日、私が東京にいこう。夜、お店が終わったあとでも話をする時間はあるかな」

「大丈夫です」

「では店に電話をする」

いって、受話器をおろした。意外な展開にとまどいを感じていた。まさか梨香が石垣島への同行を希望するとは、思ってもいなかったのだ。

ビールを開け、煙草の煙を見つめながら考えていた。

あの事故の意味はいったい何だったのか。

考えうる可能性はふたつだ。運転手が水垣であった以上、軽井沢にいたジョンは、その契約された任務を果たしたが、後部席に乗っていた二人は、秋月と杏奈ではなかった、というケース。

私は秋月のみが死に、杏奈が生き残ったという可能性を排除していた。もしそうであるなら、私か梨香のもとに連絡をしてこない筈《はず》はない。少なくとも梨香の助けは絶対に必要であった筈だ。

梨香が杏奈の生存を知り、私にそれを隠したということはありえない。もしそうなら石垣島への同行を希望しなかったろう。

もうひとつの可能性は、あの事故が、ジョンではなく、秋月自らの手によって演出された、というものだった。ジョンの出現を知らされ、秋月はアメリカの暗黒社会における殺し屋の契約から逃れるために、先に手を打った。それは自らの死を偽装する、というものだ。

だがもしそうならば、水垣とあとの二名の死は、秋月に責任がある。秋月は自分が生きのびるために、三人の生命を奪ったのだ。

それを考えると、葉書の内容が、あれほど中途半端で不可解なものであった理由がわかるような気がした。

そこまでの犠牲と危険をおかして自らを〝消去〟した秋月が、杏奈に外部との連絡を許す筈がないのだ。不用意な連絡は、彼の生存を白日のもとにひきだしてしまう。

私はニューヨークに電話をかけた。ムーン・インダストリーが現在どんな状況であるかを知りたいと思ったのだ。それによって何かがわかるかもしれない。そうした情報をもたらしてくれるのは、ひとりしかいない。

電話にでたケインは眠たげで、決して機嫌がいいとはいえない声だった。

「眠っていたのか。すまなかった」

「リュウか。こっちはひどい暑さだ。いつ街が溶けちまってもおかしくない。おかげでエアコンがいかれちまって、なかなか寝つかれないんだ」

ケインはしわがれた声でいった。そういえば、記録破りの熱波がアメリカ東海岸を襲っているとニュースで見た記憶があった。

「そうだったのか。こっちは最高だ。海はやさしくて、いつでも手招きしているぞ」

「やけに幸せそうじゃないか、え？」

寝返りを打つような気配があって、ケインはいった。

「今日、無記名の絵葉書が届いた。石垣島からで、文面はたった一行、『生きています』」

すぐにはケインは何もいわなかった。

「待ってくれ」

といって、受話器から離れた。数分すると、別人のようにはっきりとした声がいった。

「彼女なのか」

それでわかった。ケインは私を待たせている間に、元気の素を吸いこんできたのだ。

「やったのか」

「ああ。頭をはっきりさせるにはこれが一番だ」

私はそれ以上、何も追及せず、いった。

「まちがいないと思う。あれから知った、彼女の親友に確かめたところ、石垣島は、彼女がよく知っている土地のようだ」

「じゃあ、あの事故は何だったんだ」

「ジョンが相手をまちがえたか、秋月が先手を打ったかだろう」

ケインはすぐには答えなかった。やがて、

「なるほどな」

と、低い声でいった。

「どちらにしろ、生きているのは秋月もいっしょだ。あれからムーン・インダストリーがどうなったか、知っているか」

「売却された」

ケインは短く答えた。

「買いとったのは、同じバハマの法律事務所だ。つまり、そこの裏に、本当の買い主が別にいる、ということさ」

「それはわかるか」

「無理だろうな。そんなことができるなら、誰も弁護士を雇う必要がない」

「秋月かもしれないとは思わないか」

「思うね。緊急避難的なやり方だが、死んだふりをしなけりゃならんとなれば、選択の余地はないだろう」

「秋月がなぜ殺し屋に狙われていたかについちゃ、どうだ」

「そいつは触れないな。あのときいったように、そういう疑問を口にすることじたいが、ガンをこっちへ向けてくれと頼んでいるようなものだ」

「なるほど」

「どうするんだ?」

「いく。決まっているだろう」

「きっと面倒なことになるぞ」

「だろうな」

私はいったが、ケインの忠告が自分の行動には何の影響も与えないとわかっていた。

「秋月は、俺たちの警告をうけいれた。死んだと見せかけて、ジョンの追跡をかわした。

そしてアメリカにもバハマにも戻らず、石垣島に隠れている」

「ひとつだけはっきりしていることがある」

ケインはいった。

「三人の人間が死んだ、ということだ。殺《や》ったのは、ジョンか秋月かはわからないが、もし秋月だとすれば、お前がのこのこ石垣島にでかけていけば、四人目になる可能性は高い」

「だろうな」

私は同じ言葉をくり返した。ケインはため息を吐いた。

「わかった。好きにするさ。だが用心しろよ。俺はあんたといっしょに、ほんの上べしか今度のことにかかわっちゃいないが、二度目は秋月も容赦なしだろう」

「俺も今度はだまされない」

「セクレタリー・シンドロームの話か。俺もあのときは本気にした。かわいそうであんたの顔が見られなかった」

「それが本当だったら、彼女はなぜ俺に絵葉書をよこしたんだ」

「わかってる、わかってる」

ケインはしわがれた笑い声をたてた。

「むきになるなよ。俺とあんたは同じ意見だ。俺はただ――」

いいかけたケインに、私はいった。

「俺のことを心配してくれているのだろ」

「その通りだ。秋月も危険な奴だが、その秋月が死んだふりをしてまで逃げなければならない相手はどんな連中なのだろうと思っているのさ」

私は黙った。

「その連中は、たぶん俺と同じアメリカにいる。リュウ、これだけは覚えておけ。意外な人間が現われたら、そいつに注意するんだ。何といったっけ、地獄で仏、か。そんな風にお前が思う人間がでてきて、助けてやるといわれても信用するんじゃない。そいつは絶対、パンツの中にふたつめのガンを隠している」

「何を知ってるんだ」

「何も。何も知っちゃいない。勘と経験がそう告げているのさ。あんたはすっかりカントリー・ボーイになっちまっているから教えてやっている」

「その言葉は信じない。だが忠告は覚えておこう」

「それでいい。また連絡をしてくれ」

「ケイン」

「何だ？」

「ありがとう」

「よしな。じゃあな」

いって、かつての相棒は電話を切った。私は酒ではなく、コーヒーを作りベランダにでた。

花火の音がする。ロケット花火が爆《は》ぜ、小さな火柱が海岸線で風に吹き流されているのが見えた。

濡《ぬ》れたベンチには腰をおろさず、手すりによりかかってコーヒーをすすった。

ケインの話には、私が考えをめぐらさずにいたことが含まれていた。

秋月の敵、だ。秋月ほどの男、ムーン・インダストリーほどの会社が、いったん消滅しなければ逃げられないほどの敵とは何ものなのか。

むろんのこと、ジョンではない。ジョンはただの殺し屋だ。確かに恐ろしい存在だが、契約を履行するか、対象が消滅してしまえば、脅威は消える。秋月が恐れたのは、ジョンの雇い主の方なのだ。

その雇い主は、秋月が生きている限り、第二、第三のジョンを送りだすことができる。しかも秋月の側からすれば、まともに戦っても決してかなわぬ相手なのだ。

私には想像がつかなかった。ライバル企業である筈がない。いかにアメリカの企業間競争が厳しかろうと、殺し屋を用いて経営者を殺すなどということはありえない。

といって、これがただの私怨《しえん》であるわけもない。私怨ならば私怨の主と和解するか、あべこべに消してしまえばすむことだ。秋月ならそれができる。

連中。ケインの言葉がよみがえった。

ケインは何かを、秋月のトラブルについて知っている。そして秋月の敵について、連中という言葉を使った。連中とは、グループ、組織、あるいはもっと巨大なものを意味する。もっと巨大なもの。

アメリカ。

まさか。私は苦笑いを浮かべた。秋月はアメリカに協力していた人間だ。笑いが消えた。しかしその協力は決して公にしてはならないものだ。それが公になれば、何人かの官僚と政治家には致命的なスキャンダルになる。

そして今、アメリカでは四年に一度のスキャンダルシーズン、大統領選が近づいている。

考えすぎだ。たとえアメリカが秋月をスキャンダルのもととして消滅させようとしても、いや、しているとするなら尚更、ジョンのような殺し屋を使う筈《はず》がない。より確実で隠蔽《いんぺい》しやすい手段を選ぶにちがいない。

わからなかった。秋月の敵は何ものなのか。

ただひとつだけ、本当に注意しなければならないことがあるとすれば、私の行動によっては、秋月の生存がその敵に知られてしまう、という点だった。

私は秋月の身を心配しているのではない。秋月とともにいる、彼女の身を心配しているのだ。

秋月だけが殺され、彼女が生き残るならばそれでいい。

卑劣で邪悪な考えがふと浮かんだ。

だが次の瞬間、私はそれを急いで打ち消していた。そんなことはありえないのだ。

秋月は自分のガード役であった水垣を死なせているが、杏奈を死なせてはいない。水垣の死の責任が秋月にあるとするなら、杏奈は秋月にとり、自分の命と同様の価値をもっている。そしてそれは、杏奈の存在が秋月と同じくらい、秋月の敵には容認できないものであることを意味している。

秋月の敵が、秋月の死のみで満足することはない。秋月とともに杏奈もまた消滅させようとするだろう。

これほどの危険をくぐり、秘密の行動をともにした杏奈を、決して放置してはおけない筈なのだ。

寒さを感じた。


（下巻に続く）

本書は、二〇〇三年四月小社刊の
単行本を文庫化したものです。

秋《あき》に墓《ぼ》標《ひょう》を（上）

大《おお》沢《さわ》在《あり》昌《まさ》

角川文庫 14266

平成十八年六月二十五日　初版発行

発行者——井上伸一郎

発行所——株式会社角川書店
東京都千代田区富士見二—十三—三
電話　編集（〇三）三二三八—八五五五
営業（〇三）三二三八—八五二一
〒一〇二—八一七七
振替〇〇一三〇—九—一九五二〇八

印刷所——暁印刷　製本所——BBC

装幀者——杉浦康平

落丁・乱丁本はご面倒でも小社受注センター読者係にお送りください。送料は小社負担でお取り替えいたします。

定価はカバーに明記してあります。

お 13-23　　ISBN4-04-167123-X　C0193

角川文庫発刊に際して

角川源義

第二次世界大戦の敗北は、軍事力の敗北であった以上に、私たちの若い文化力の敗退であった。私たちの文化が戦争に対して如何に無力であり、単なるあだ花に過ぎなかったかを、私たちは身を以て体験し痛感した。西洋近代文化の摂取にとって、明治以後八十年の歳月は決して短かすぎたとは言えない。にもかかわらず、近代文化の伝統を確立し、自由な批判と柔軟な良識に富む文化層として自らを形成することに私たちは失敗して来た。そしてこれは、各層への文化の普及滲透を任務とする出版人の責任でもあった。

一九四五年以来、私たちは再び振出しに戻り、第一歩から踏み出すことを余儀なくされた。これは大きな不幸ではあるが、反面、これまでの混沌・未熟・歪曲の中にあった我が国の文化に秩序と確たる基礎を齎らすためには絶好の機会でもある。角川書店は、このような祖国の文化的危機にあたり、微力をも顧みず再建の礎石たるべき抱負と決意とをもって出発したが、ここに創立以来の念願を果すべく角川文庫を発刊する。これまで刊行されたあらゆる全集叢書文庫類の長所と短所とを検討し、古今東西の不朽の典籍を、良心的編集のもとに、廉価に、そして書架にふさわしい美本として、多くのひとびとに提供しようとする。しかし私たちは徒らに百科全書的な知識のジレッタントを作ることを目的とせず、あくまで祖国の文化に秩序と再建への道を示し、この文庫を角川書店の栄ある事業として、今後永久に継続発展せしめ、学芸と教養との殿堂として大成せんことを期したい。多くの読書子の愛情ある忠言と支持とによって、この希望と抱負とを完遂せしめられんことを願う。

一九四九年五月三日

角川文庫ベストセラー

角川文庫ベストセラー

闇の狩人（上）（下）　池波正太郎

盗賊の小頭・弥平次は、記憶喪失の浪人・谷川弥太郎を刺客から救うが、その後、失った過去を探ろうとする二人に刺客の手がせまる。

蘇える金狼　全二冊　大藪春彦

会社乗っ取りを企む非情な一匹狼。私利私欲をむさぼり、甘い汁に群がる重役たちに容赦ない怒りが爆発。悪には悪を、邪魔者は殺せ！

優雅なる野獣　大藪春彦

一匹狼、伊達邦彦の新しい任務は、日銀ダイヤの強奪を狙う米国マフィアの襲撃を阻止することだ。巨大組織への孤独な闘いを描く、連作五編。

野獣死すべし　大藪春彦

伊達邦彦の胸に秘めるは、殺人の美学への憧憬、目的に執着する強烈な決意と戦うニヒリズム。獲物は巨額な大学入学金。決行の日が迫る！

汚れた英雄　全四冊　大藪春彦

東洋のロメオと呼ばれるハイ・テクニックをもつレーサー・北野晶夫。世界を舞台に優雅にして強靭、華麗な生涯を描く壮烈なロマン。

傭兵《ようへい》たちの挽歌《ばんか》　全二冊　大藪春彦

卓越した射撃・戦闘術をもつ片山健一は、赤軍極東部隊の殲滅を命じられた。その探索中、彼の家族を奪った者と赤軍との繋りをつきとめるが……。

餓狼の弾痕　大藪春彦

汚く金儲けした奴らから、ハゲタカのように金を奪う端正でクールな凶獣の軌跡――。現代犯罪の盲点を突いた意欲作！

角川文庫ベストセラー

忍法剣士伝　山田風太郎

その液体を浴びたとたん、どんな男も悩殺せずにはおかない女人となる〝幻法びるしゃな如来〟。北畠家の旗姫が、この幻法の犠牲となるが……。

死言状　山田風太郎

古今東西の有名人は死に際して、どんな言葉を残しているのだろうか。天才とも鬼才とも称された著者が、折々に書き綴った現代の徒然草。

甲賀忍法帖　山田風太郎

三代将軍の座は、竹千代か国千代か？　家康の命令のもと手綱を解かれた猟犬のごとく、敵に突進してゆく甲賀と伊賀。忍法帖の記念碑的傑作。

伊賀忍法帖　山田風太郎

松永弾正の毒牙にかかった伊賀忍者、笛吹城太郎の妻・篝火。最愛の妻を殺され、天性の淫女と首をすげかえられた城太郎の復讐が始まる。

魔界転生(上)(下)　山田風太郎

島原の乱に敗れた天草側の森宗意軒は、幕府への復讐を誓い、驚異の忍法を編み出すが……。驚愕と戦慄の連続。天才山田風太郎の最高傑作。

くノ一忍法帖　山田風太郎

真田幸村の秘策により、五人のくノ一が秀頼の子を身籠り、豊臣家再興をはかろうとするが…。千姫と家康の確執、伊賀忍法と信濃忍法の凄絶な戦い。

柳生忍法帖(上)(下)　山田風太郎

淫蕩の限りを尽くす会津四十万石の悪大名加藤明成。復讐のため立ち上がった七人の美女と、それを影のように援護特訓する柳生十兵衛の活躍。

角川文庫ベストセラー

角川文庫ベストセラー

人にはススメられない仕事
ジョー・R・ランズデール
鎌田三平＝訳

落ちこぼれ白人ハップとゲイの黒人レナード。二人はハップの恋人ブレットの娘を救出しに、メキシコの売春施設に乗り込むが……。

テキサスの懲りない面々
ジョー・R・ランズデール
鎌田三平＝訳

メキシコ旅行中にトラブルに巻き込まれたハップとレナード。助けてくれた老漁師父娘へ恩返しするため、二人を悩ます悪漢達との対決に乗り出す。

プロント
エルモア・レナード
高見浩＝訳

悪行から足を洗い損ねた賭博の胴元ハリー。ハードすぎず、クールすぎず、妙に生真面目な悪党たちを描く巨匠のハードボイルド。

ゲット・ショーティ
エルモア・レナード
高見浩＝訳

最高にクールな悪が泣く子も黙るハリウッドに乗り込んだ。愛すべき悪党を描かせれば天下一品、レナード節が冴えわたる。

ラム・パンチ
エルモア・レナード
高見浩＝訳

銃密売の巨額の金を巡る悪党たちの騙し合い。運び屋ジャッキー、元締めオーディル、彼らを追う捜査官の、一触即発三すくみの行方は……!?。

雨に祈りを
デニス・レヘイン
鎌田三平＝訳

愛する婚約者と幸せに暮らしていたはずのカレンが投身自殺した。ドラッグを大量に服用して。彼女を知るパトリックは、事件の臭いをかぎとる。

キロ・クラス
パトリック・ロビンソン
伏見威蕃＝訳

米軍は、中国がロシアにキロ級潜水艦を発注したとの情報を入手。台湾海峡の封鎖を防ぐため、米軍は輸送途上のキロ級を撃沈する作戦を決行する。